HELENE TURSTEN BEI BTB:

DIE IRENE-HUSS-KRIMIS

Der Novembermörder. Roman (72554)
Der zweite Mord. Roman (72624)
Die Tätowierung. Roman (73147)
Tod im Pfarrhaus. Roman (73233)
Der erste Verdacht. Roman (73596)
Feuertanz. Roman (73715)
Die Tote im Keller. Roman (74029)
Das Brandhaus. Roman (74165)
Der im Dunkeln wacht. Roman (74346)
Im Schutz der Schatten. Roman (74554)

DIE EMBLA-NYSTRÖM-SERIE

Jagdrevier. Roman (71313)

HELENE TURSTEN

JAGDREVIER

Kriminalroman

Aus dem Schwedischen
von Lotta Rüegger und Holger Wolandt

btb

Die schwedische Originalausgabe erschien 2014
unter dem Titel »Jaktmark« bei Kabusa Böcker, Stockholm.

MIX
Papier aus verantwortungsvollen Quellen
FSC® C083411

Verlagsgruppe Random House FSC® N001967
Das für dieses Buch verwendete FSC®-zertifizierte
Papier *Lux Cream* liefert Stora Enso, Finnland.

1. Auflage
Genehmigte Taschenbuchausgabe Februar 2016

Published by agreement with Leonhardt & Hoier Literary Agency A/S,
Copenhagen
Umschlaggestaltung: semper smile, München
Umschlagmotiv: © NTB scanpix/Plainpicture; © LilKar/Shutterstock;
Zacarias Pereira da Mata/Shutterstock
Satz: Uhl + Massopust, Aalen
Druck und Einband: CPI books GmbH, Leck
SL · Herstellung: sc
Printed in Germany
ISBN 978-3-442-71313-4

www.btb-verlag.de
www.facebook.com/btbverlag
Besuchen Sie auch unseren LiteraturBlog www.transatlantik.de

Für Hilmer und Cecilia, meine Liebsten

Nach neun harten Runden wurden die Gegnerinnen sichtlich langsamer. Sie schwitzten. Die Boxerin im rot-weißen Trikot versuchte, den Bauch der Kontrahentin in Blau-Gelb zu treffen, doch es gelang ihr nicht, denn diese konterte mit einer Serie kurzer Schläge in Richtung Kopfschutz und wurde dabei vom Publikum frenetisch angefeuert. Der Kampf war ausgeglichen, sein Ausgang bis zuletzt ungewiss.

Dann ertönte der Gong, und die Boxerinnen zogen sich in ihre Ecken zurück. Sie spuckten beide ihren Zahnschutz aus, und die Trainer reichten ihnen frische Handtücher. Sie nahmen ein paar Schlucke, schütteten sich aber das meiste Wasser ins Gesicht, um sich zu erfrischen.

Dann wurden sie wieder aufgerufen und nahmen rechts und links neben dem Ringrichter Aufstellung. Er hielt beide an den Händen, während die drei Punktrichter ihre Wertungen verlasen. Als der Ringrichter den Arm der Siegerin in die Höhe riss, brach ohrenbetäubender Jubel aus, und die Stimme aus dem Lautsprecher ertrank im Beifall.

»Embla Nyström ist neue nordische Meisterin im Halbweltergewicht!«

Die frischgebackene Medaillenträgerin hörte nichts als den Jubel des Publikums, als sie die Arme hob. Im Siegesrausch spürte sie weder Müdigkeit noch Schmerzen. Strahlend stand sie mitten im Ring, und der Applaus brandete über sie hinweg.

Nach einem Blick in ihr Gesicht begann der Trainer, sie vorsichtig in Richtung Umkleide zu lotsen. Sie blutete über einem Auge – die Brauen waren ihre Schwachstelle –, und sie musste mehrmals mit dem Handtuch darüberwischen. Aber das störte sie nicht im Geringsten. Sie war überglücklich.

Geräuschlos brachte die Sekretärin ein kleines Tablett herein und stellte es diskret auf den antiken Mahagonischreibtisch. Daneben legte sie die fein säuberlich gestapelte Post und machte kehrt. Anders von Beehn dankte ihr mit einem kurzen Kopfnicken und konzentrierte sich wieder auf sein Telefonat.

Eine geraume Weile lauschte er der Stimme von der anderen Seite des Atlantiks. Dann richtete er sich auf.

»Yes, I'm looking forward to seeing you in New York, too. Byebye.«

Kaum hatte er aufgelegt, erlosch sein Lächeln. Mit Amerikanern Geschäfte zu machen war etwas ganz anderes als mit Europäern. Die Amis gaben sich oft unbeschwert, aber man durfte sich davon nicht täuschen lassen, und nach Jahren in diversen Führungspositionen in der schwedischen Wirtschaft konnte man ihm so leicht nichts mehr vormachen. Nur noch ein paar Monate, dann würde Scandinvest zu den zehn erfolgreichsten schwedischen Familienunternehmen gehören.

Doch erst einmal erwarteten ihn ein paar wohlverdiente freie Tage bei der Elchjagd. Er hatte hart für diesen Kooperationsvertrag gearbeitet, und das einfache Leben in der Jagdhütte war genau, was er jetzt brauchte, um sich zu entspannen und für die Abschlussverhandlung wieder zu Kräften zu kommen.

Nach dem Vormittagskaffee öffnete er wie immer seine persönliche Post. Um die übrige Korrespondenz kümmerte sich seine Sekretärin. Sein Blick fiel auf einen kleinen, gefütterten

Umschlag. Vorsichtig nahm er ihn vom Stapel und wog ihn in der Hand. Der Umschlag sah merkwürdig aus, und er befühlte ihn vorsichtig. Er enthielt einen harten Gegenstand.

Sachte legte er ihn zurück auf den Schreibtisch und drückte auf die Gegensprechanlage.

»Wurde der gefütterte Umschlag durchleuchtet?«, fragte er.

»Ja. Er enthält einen Schlüsselanhänger.«

Mit einem Brieföffner riss Anders von Beehn den Umschlag auf und warf einen Blick hinein. Dann zog er einen BMW-Schlüsselanhänger ohne Schlüssel daraus hervor.

Lange starrte er darauf hinab. Was sollte das? War das ein Werbegeschenk? Oder ein Scherz? Aber was sollte daran bitte lustig sein? Im Lauf der Jahre war er diverse BMWs gefahren, aber auch Autos anderer Marken. Im Augenblick besaß die Familie vier Wagen, darunter in der Tat auch einen nagelneuen BMW.

Als er den Umschlag umdrehte und schüttelte, flatterte ein Zettel auf die glänzende Tischplatte. Er überflog ihn – mehrmals –, ohne zu verstehen.

Ich vergesse nicht. M.

M.? Ihm fiel auf, dass sowohl die Adresse als auch der Text auf dem Zettel mit dem Computer geschrieben waren.

Wer war M.? Mit einem Mal stieß ihm der Kaffee sauer auf. M.? Undenkbar! Wollte sich hier jemand einen schlechten Scherz mit ihm erlauben? Ihm Angst einjagen? Wer wusste von M.? Jan-Eric natürlich. Aber so was Lächerliches würde ihm nicht in den Sinn kommen. Außerdem hatte er niemals darüber sprechen wollen. Nein, Jan-Eric war es nicht gewesen. Aber wer dann? Ola. Aber Ola war tot.

Das elektrische Tor glitt langsam hinter dem schweren Motorrad zu. Der Fahrer hielt bei laufendem Motor, öffnete den Briefkasten in der Innenseite der Mauer und schob die Post in seine Motorradjacke, dann fuhr er die frisch angelegte Allee hinauf.

Pfeifend schloss er die Tür auf, die von der Garage ins Haus führte. Zielstrebig steuerte er die Küche oder, genauer gesagt, den Kühlschrank an. Ein paar Flaschen Bier im Whirlpool gehörten inzwischen zu seiner Abendroutine. Wenn er noch die Kraft hatte, schwamm er manchmal sogar noch ein paar Bahnen. Mittlerweile fühlte er sich nach längeren Motorradfahrten immer ein wenig steif. So ist es wohl, wenn man auf die fünfzig zugeht, dachte er und verzog beim Anblick seines Spiegelbilds in der Terrassentür das Gesicht. Mit Geld ließ sich einiges lösen, aber die Zeit konnte man damit nicht aufhalten. Vorsichtig fuhr er sich mit der Hand durch das zunehmend schüttere Haar.

Nein, jetzt bloß keine düsteren Gedanken. Es war Freitagabend. Morgen würde er die Tasche für die Elchjagd packen, und am Nachmittag ging es los nach Dalsland. Auf das traditionelle Jagdessen am Abend freute er sich schon.

Die Küche erstrahlte in Glas, poliertem Porphyr und Stahl. Er warf die Post auf eine der schimmernden Natursteinablagen. Als er die Kühlschranktür aufzog, spiegelte sich das Licht in den Flaschen und Bierdosen. Er nahm ein tschechisches Bier heraus. Wie immer erfüllte ihn bereits das Zischen beim Öffnen mit großem Wohlbehagen.

Dann riss er die Terrassentür sperrangelweit auf, trat hinaus ins Freie und atmete tief die kühle Herbstluft ein. Als er sich gerade ein zweites Bier holen wollte, fiel sein Blick wieder auf die Post. Die konnte er genauso gut gleich öffnen, ehe er mit ein paar weiteren Dosen Bier im Whirlpool abtauchte.

Er nahm ein scharfes japanisches Messer von der Magnethalterung über dem Herd und schlitzte sämtliche Umschläge auf. Einer davon machte ihn stutzig. Ein viereckiges, gefüttertes Kuvert, wie zum Verschicken von CDs. Doch offensichtlich enthielt es keine CD, sondern einen weichen, leichten Gegenstand. Auf dem Adressetikett stand aufgedruckt sein Name: Jan-Eric Cahneborg. Er drehte den Umschlag um. Kein Absender.

Mit einigem Erstaunen zog er ein Stück dünnen schwarzen Stoff aus dem Kuvert. Es dauerte ein paar Sekunden, bis er erkannte, worum es sich dabei handelte. Ein Halstuch? Ratlos warf er einen Blick in den Umschlag. Darin lag ganz zuunterst ein kleiner Zettel. Mit etwas Mühe gelang es ihm, ihn herauszuziehen. Auch dieser Text war aufgedruckt.

Ich vergesse nicht. M.

Schlagartig rang Jan-Eric Cahneborg nach Luft. Sein Gesicht nahm eine kränklich graue Färbung an, und er musste sich an der Spüle abstützen.

Die weiße Fassade des Gutshofs Dalsnäs verfärbte sich im Sonnenuntergang rosa. Ein klarer, sonniger Herbsttag ging zur Neige. Die Wettervorhersage für die kommenden Tage war vielversprechend. Nachts Minusgrade, tagsüber überwiegend sonnig, aber kalt. Höchsttemperaturen um drei Grad. Solange es nur nicht regnet, dachte sich Anders von Beehn. Es war wichtig, dass die Jagd ein Erfolg würde, und zwar nicht nur im Hinblick auf den deutschen Gast. Volker Heinz war Eigentümer der DEIGI, einer der größten deutschen Investmentgesellschaften und einer von Scandinvests wichtigsten europäischen Partnern. Außerdem bekleidete er eine Schlüsselposition bei den Verhandlungen mit den USA. Er tätigte schon lange Geschäfte mit Amerikanern. Anders von Beehn hatte auch Lennart Folkesson eingeladen, den Chefjuristen von Scandinvest und einen mit allen Wassern gewaschenen Strategen. Gemeinsam würden sie mit Heinz schon fertigwerden.

Kaum eine halbe Stunde später standen drei neue, glänzende Luxuslimousinen auf dem Kiesrondell vor dem Gutshaus. Nicht weit entfernt parkte ein Hummer H3 Alpha. Das aus den Staaten importierte Ungetüm war Anders von Beehns ganzer Stolz: mit Überlänge und für neun Personen zugelassen. Die Rückbank ließ sich umklappen, falls zusätzlich Platz benötigt wurde. Der Motor schluckt Sprit, als wäre der Tank mit einer Schrotflinte durchlöchert worden, pflegte von Beehn zu sagen. Der Koloss glich einem kleinen Panzer, war aber erstaunlich geländegängig, und nur damit konnten die Wege zum Jagdschloss überhaupt befahren werden. Der Hummer wurde nur für Jagdtransporte verwendet und stand die übrige Zeit in der Garage des Gutshofs. Dort parkte jetzt stattdessen ein nagelneuer Jaguar XJR, den von Beehn nur aus Platzgründen dort abgestellt hatte, anstatt auch dieses Auto auf dem Vorplatz zur Schau zu stellen.

Als Letzter brachte Greger Liljon schleudernd seinen neuen Maserati vor der Freitreppe zum Stehen. Seine Position als Geschäftsführer der kleinsten Scandinvest-Tochtergesellschaft hing mittlerweile am seidenen Faden, doch darüber wollte von Beehn den jungen Mann erst nach der Jagd aufklären. Aber vermutlich wusste Liljon es längst selbst. Die letzten Quartalsabschlüsse waren lausig gewesen, oder vielmehr war Greger lausig, vollkommen unbrauchbar, dachte von Beehn, verriet aber mit keiner Regung, was in ihm vorging, sondern nahm seinen Neffen zur Begrüßung in die Arme.

Der Gastgeber führte seine Besucher durch die Empfangshalle und über die breite Treppe hinauf ins Obergeschoss. Durch die weit geöffneten Terrassentüren traten sie ins Freie, um erst einmal den Blick über den See zu bewundern. Die letzten Sonnenstrahlen glitzerten auf der leicht gekräuselten Wasseroberfläche, deren Goldfärbung zum Herbstlaub am Seeufer passte. Hier und dort leuchtete ein knallroter Ahorn.

Wie aus einem Werbeprospekt, dachte von Beehn zufrieden. Lächelnd reichte er jedem seiner Gäste ein Glas Champagner. Als alle ihre Gläser in Händen hielten, sagte er in einwandfreiem Englisch: »Liebe Freunde, herzlich willkommen in Dalsnäs. Auf eine gute Elchjagd. Skål!«

Er hob sein Glas, und die letzten Sonnenstrahlen funkelten in dem geschliffenen Bleikristall. Die anderen folgten seinem Beispiel, hoben ihre Gläser und prosteten einander zu.

Als alle einen Schluck genommen hatten, räusperte sich von

Beehn. »Letztes Jahr waren hier noch die drei Musketiere versammelt. Über vierzig Jahre haben Jan-Eric, Ola und ich zusammengehalten. Leider weilt Ola mittlerweile nicht mehr unter uns. Volker, ich will dir kurz erzählen, was passiert ist. Ola kam letztes Jahr nach der Elchjagd auf dem Heimweg nach Oslo bei einem Autounfall ums Leben. Er hat in unseren Freundeskreis eine große Lücke gerissen, die sich nicht wieder schließen lässt. Ich möchte, dass wir auf das Andenken unseres Freundes und Kameraden Ola Forsnaess anstoßen. Seinem Angedenken! Skål!«

Mit ernsten Gesichtern hoben alle von Neuem ihre Gläser. Einige Minuten lang wurde die Unterhaltung gedämpft fortgesetzt. Volker Heinz war der Einzige, der Ola Forsnaess nie begegnet war. Selbstverständlich hatten ihn die bewegten Worte nicht ganz unberührt gelassen; nach einer Weile begann er trotz allem, mit den anderen über das Nächstliegende zu sprechen: die bevorstehende Jagd. Sein Enthusiasmus färbte ab, und eine erwartungsvolle Stimmung breitete sich aus. Als alle ihren Champagner getrunken hatten und die Sonne längst hinter den Bergen verschwunden war, ging man zu Tisch.

Nach dem Essen zogen sich die Herren in die Bibliothek zurück. Das Feuer im offenen Kamin war heruntergebrannt, und Anders von Beehn legte ein paar große Scheite nach, sodass es wieder aufflammte. Der Feuerschein flackerte über die Goldlettern auf den ledernen Buchrücken hinter den Glastüren der Bücherschränke. Satt und zufrieden saßen alle auf den bequemen Chesterfields und tranken achtzehn Jahre alten Whisky. Erstklassig, da waren sich alle einig, nicht zuletzt Jan-Eric Cahneborg, der sich gleich mehrmals nachschenken ließ.

Als Anders von Beehn in die Küche ging, um eine weitere Flasche zu holen, folgte Jan-Eric ihm auf unsicheren Beinen.

»Anders … du … wir müssen … reden.«

Er brachte die Worte nur mühsam heraus und taumelte zur Seite.

»Jetzt nicht, Janne.«

»Es ist wich … wichtig!«

Er klang wirklich verzweifelt. Leicht schwankend blieb er in der großen Küche stehen.

»Ein Stirnband … ein verdammtes … Stirnband … Wer … wer schickt einem denn so was?«, fragte er und hickste.

Von Beehn war schlagartig wieder nüchtern.

»Hast du etwa auch was mit der Post bekommen?«

Wieder verspürte er ein Brennen in der Magengegend. Vor seinem inneren Auge pendelte ein BMW-Schlüsselanhänger hin und her, und ein kleiner Zettel flatterte aus einem gefütterten Briefumschlag.

»Ja … einen Umschlag …«

Mit einer vollen Whiskyflasche in der einen Hand trat von Beehn auf seinen Freund zu, packte ihn mit der anderen Hand am Oberarm und lotste ihn zurück in Richtung Bibliothek.

»Darüber reden wir später«, zischte er ihm ins Ohr.

Der Kies spritzte in alle Richtungen, als Emblas Volvo 245 schlitternd auf dem Hof zum Stehen kam. So fuhr sie immer vor, damit Nisse auch wirklich mitbekam, wer gerade im Anmarsch war. Wenn sie in seinen sonst so ruhigen Alltag einfiel, pflegte ihr Onkel stets entzückt zu rufen: »Hier kommt die Rockerbraut!« Dieses Wort hatte er erstmals benutzt, als sie sich mit fünfzehn das Moped ihres Bruders »ausgeliehen« und damit den ganzen Weg von Göteborg zu ihm zurückgelegt hatte. Unterwegs hatte sie bei einem Cousin in Vänersborg übernachtet. Sonst wäre es nicht zu schaffen gewesen. Noch Tage später hatte ihr der Hintern wehgetan. Für den Heimweg hatte ihr Onkel die Rückbank seines Volvo umgeklappt, das Moped eingeladen und sie nach Göteborg gefahren.

Dasselbe Auto hatte er Embla drei Jahre später zur bestandenen Fahrprüfung geschenkt.

Mittlerweile fuhr sie den Wagen seit zehn Jahren, und er hatte inzwischen fast 290 000 Kilometer auf der Nadel. Sie liebte die Karre, obwohl sie mit der Zeit ein bisschen altersschwach geworden war. Über den unzuverlässigen Tacho und die kaputte Kraftstoffanzeige ärgerte sie sich am meisten. Seit ihr ein paarmal mitten in der Wildnis das Benzin ausgegangen war, nahm sie auf längere Strecken mittlerweile immer einen Reservekanister mit.

Als Embla aus dem Auto stieg, hörte sie Seppo hinter dem Haus laut bellen. Da er nicht auf sie zustürzte, befand der Jämthund sich vermutlich gerade im Hundezwinger.

Die Haustür flog auf, und Nisse kam mit ausgebreiteten Armen und einem breiten Lächeln auf sie zu.

»Hallo, Rockerbraut!«

Er nahm sie stürmisch in die Arme, und sie vergrub die Nase in seinem blau karierten Flanellhemd, das nach Kuhstall und nach Schweiß roch – oder einfach nach Nisse, ihrem geliebten Onkel, der aus demselben Holz geschnitzt war wie ihre Mutter Sonja und sie selbst. Nisse und seine Schwester hatten in jungen Jahren rotes, lockiges Haar gehabt. Inzwischen konnten nur noch Embla und der jüngste ihrer drei Brüder mit der auffallenden Familienhaarfarbe aufwarten. Sonja und Nisse waren grau geworden, außerdem war ihr Onkel inzwischen fast kahl, was ihn aber wenig kümmerte, da er sich ohnehin regelmäßig den Schädel kurzrasierte. Die kurzen Stoppeln standen ihm hervorragend, wie Embla fand.

»Ich sehe, der Veteran läuft immer noch«, sagte er und legte zärtlich seine Hand auf die Kühlerhaube.

»Allerdings, wie ein Uhrwerk!«

Das entsprach zwar nicht ganz der Wahrheit, aber er hörte es gern. Der Volvo war sein Augenstern. Er hatte dem Auto auch seinen Namen gegeben, den Embla anfangs blöd gefunden hatte, aber inzwischen selbst verwendete: der Veteran.

»Mach's dir bequem, dann dusche ich schnell und ziehe mir etwas Ordentliches an. Wir fahren Karin und Björn besuchen«, verkündete Nisse.

Karin war Emblas einzige Cousine, die noch vor Ort wohnte. Obwohl Embla fünf Jahre jünger war, hatten die beiden in den Sommerferien immer viel Zeit miteinander verbracht. Karin hatte ebenfalls Brüder, allerdings zwei ältere. Vielleicht ersetzten sie einander ja die Schwester, die ihnen beiden stets gefehlt hatte.

Nisse war seit fast drei Jahren verwitwet. Ann-Sofie und er

waren früher glücklich verheiratet gewesen, hatten aber zu ihrem großen Bedauern nie eigene Kinder bekommen. Doch während der Sommerferien hatten Embla und ihre drei Brüder den Mangel immer gründlich wettgemacht. Und während ihre Brüder als Teenager des Landlebens bald überdrüssig geworden waren, hatte sie es auch Jahre später noch heiß und innig geliebt – teilweise weil sie ihre Brüder dort ganz einfach los war, hauptsächlich aber weil sie sich auf dem Land und auf dem Bauernhof zu Hause fühlte.

Eine Zeit lang hatte sie ernsthaft darüber nachgedacht, selbst Bäuerin zu werden, aber die Schufterei hatte sie am Ende abgeschreckt. Der Hof hatte nicht einmal Nisse und Ann-Sofie ernähren können; er hatte damals zusätzlich im Sägewerk gearbeitet und sie Zeitungen ausgetragen.

Es war Nisse gewesen, der sie auf die Idee mit dem Boxen gebracht hatte. Vor seiner Hochzeit und dem Einzug auf dem Hof war er selbst Bezirksmeister seiner Gewichtsklasse gewesen. Vielleicht war ihm ja aufgefallen, dass sie als Teenager ein Ventil für ihren Frust gebraucht hatte. Aber nicht einmal ihm hatte sie je erzählt, was der wahre Grund dafür gewesen war.

Sie hatte nie jemandem von Lollo erzählt.

Ihr Onkel war es auch, der in dem Sommer, als sie fünfzehn geworden war, gefragt hatte, ob sie mit auf die Pirsch gehen wolle, und ihr Interesse für die Jagd weckte. Sie wollten ein paar räudige Füchse schießen gehen. Natürlich fand sie das wahnsinnig spannend und war sofort dabei. Allerdings entpuppte es sich dann zunächst als nicht annähernd so aufregend wie erhofft. Lange Zeit standen sie einfach nur reglos herum, um dann in irgendeine Richtung weiterzuschleichen, aus der sie eine Bewegung wahrzunehmen oder ein Rascheln zu hören meinten. Von einem Fuchs keine Spur – weder mit noch ohne Räude –, aber

Emblas Interesse war nichtsdestotrotz erwacht, und in den folgenden drei Jahren nahm sie als Treiber an der Elchjagd teil. Mit achtzehn legte sie die Jägerprüfung ab und begleitete Nisse fortan mehrmals im Jahr zum Jagen, hauptsächlich im Herbst, wenn ab August das Rotwild und die Wildschweine zur Jagd freigegeben wurden.

Embla packte ihre Sachen aus und hängte ihre Kleider in den winzigen Schrank unter der Dachschräge. Im Gästebad gab es eine Duschkabine, aber sie hatte bereits in Göteborg geduscht, und so genügte ihr eine schnelle Katzenwäsche, Deo und Parfüm. Dann zog sie sich einen hübschen Pullover an. Wimperntusche und Lipgloss würden als Make-up reichen, schließlich war es nur die Jagdgesellschaft, die sich zwanglos am Abend vor der alljährlichen Elchjagd zusammenfand.

Unten in der Diele wartete Nisse bereits auf sie. In seinem frischen weißen Hemd, dem hellblauen Strickpullover, einer hellgrauen Hose und neuen, ebenfalls hellgrauen Lederschuhen hätte er das Cover von *King* zieren können. Er duftete nach dem Aftershave, das sie ihm im vergangenen Jahr zu Weihnachten geschenkt hatte.

»Gut siehst du aus! Wie heißt denn die Glückliche?«, fragte Embla fröhlich.

Sein wettergegerbtes Gesicht nahm die Farbe polierten Kupfers an.

»Ach was … na ja … Ingela«, stammelte er.

»Ist nicht wahr! Ingela Franzén?«

»Die Pastorenwitwe? Bist du verrückt? Nein, Ingela Gustavsson vom ICA. Die kennst du doch, oder?«

Es dauerte ein Weilchen, bis sie sich wieder an die Frau erinnerte.

»Blond, ziemlich klein, ein bisschen jünger als du …«

»Ja, genau. Aber wir … Die Leute reden. Du weißt ja, wie das ist …«

Da stand ihr pensionierter Onkel vor ihr und stotterte wie ein schüchterner Teenager, der zum ersten Mal verliebt war. In der Tat rührend, aber auch nicht wahnsinnig verwunderlich. Immerhin waren Ann-Sofie und er seit der Konfirmation ein Paar gewesen.

Embla nahm ihn in die Arme.

»Das ist doch toll!«

Lächelnd reichte sie ihm eine der Bag-in-Boxes, die sie mitgebracht hatte.

»Und jetzt feiern wir ein bisschen und stärken uns für die Jagd. Halali!«

Sie zogen ihre Jacken an und gingen zum Stall, wo Nisses und Ann-Sofies auf Hochglanz polierte Fahrräder standen. Nisse brachte die Räder vor jedem Jagdessen auf Vordermann. Trunkenheit am Steuer war bei ihm tabu, Trunkenheit am Lenker hingegen ließ er gerade noch mal durchgehen.

Karin und Björn Bergström besaßen die größte Küche der Region und waren daher einhellig zu Gastgebern des diesjährigen Jagdessens auserkoren worden, zu dem die Gäste allerdings samt und sonders etwas beisteuerten.

Um den Tisch hatten sich die acht Teilnehmer der Jagd sowie die drei Kinder der Bergströms und Einar und Tobias Lindbergs Frauen versammelt. Embla kannte sie alle – mit einer Ausnahme: Peter Hansson. Gerade erst zugezogen oder, genauer gesagt, zurückgekehrt und neuestes Mitglied der Jagdgesellschaft.

Embla beobachtete ihn unauffällig. Sie wusste, dass er achtunddreißig Jahre alt war, aber er sah jünger aus. Er war groß und athletisch. Es war ihm anzusehen, dass er regelmäßig trainierte. Außerdem wirkte er mit seinen blauen Augen und seinem kräftigen blonden, verhältnismäßig langen Haar erstaunlich attraktiv. Er trug ein dem Anlass angemessenes legeres, dünnes Leinenhemd, dessen oberster Knopf geöffnet war. Ein kleines goldenes Kreuz blitzte unter dem Kragen hervor. Er stellte sich ihr vor und lächelte sie dabei mit strahlend weißen Zähnen an. Bleicht er die?, fragte sie sich unwillkürlich. Ihr entging nicht, dass auch sie ihm zu gefallen schien, und sie war froh, den hübschen Pulli angezogen zu haben. Der Pullover war kobaltblau und so weit ausgeschnitten, dass er nur eine Schulter bedeckte. Die Farbe passe gut zu ihren Augen, hörte sie oft. Darunter trug sie ein dünnes schwarzes Spaghettiträgertop, das ihre neue Tätowierung auf der rechten Schulter offenbarte – einen angriffslustigen, auf den Hinterbeinen stehenden Grizzlybären. Das kleine, kunstvolle Tattoo hatte sie sich während eines Trainingsaufenthalts in Florida stechen lassen.

Sixten Svensson wies gerade darauf hin, dass die Runde aus dreizehn Personen bestehen würde. »Kein gutes Omen«, brummte er und schielte zu Peter Hansson hinüber.

Von Nisse wusste Embla, dass Vater und Sohn Lindberg den Neuling nicht sonderlich sympathisch fanden. Offenbar hatte Einar Lindberg den Hansgården, der Peter Hansson gehörte, für seinen Sohn Tobias erwerben wollen. Dass Peter ihn nach dem Tod seines Vaters nicht verkauft hatte, sondern selbst dort eingezogen war, hatte ihm einen gehörigen Strich durch die Rechnung gemacht. In den Augen der Lindbergs war Peter offenbar genauso dickköpfig wie sein Vater, und Sixten Svensson schien ihre Ansicht zu teilen. Er war der Jagdleiter und hatte seit jeher das Revier von Peters Vater gepachtet. Sein eigener Grundbesitz fiel recht bescheiden aus. Dass er das Land gerne gekauft hätte, war in der Runde kein Geheimnis. Inzwischen aber hatte auch Peter selbst die Jägerprüfung abgelegt und beschlossen, von seinem Jagdrecht Gebrauch zu machen, wodurch Sixtens Radius beträchtlich geschmälert worden war.

Wie immer war das Buffet reichhaltig und köstlich: Karins Quiche mit Pfifferlingen, verschiedene Käsesorten, frisch gebackenes Brot, Räucherlachs, Dalslandwurst, kaltes, kräutermariniertes Schweinefilet, Tomatensalat, ein nach Knoblauch duftendes Kartoffelgratin und als Nachtisch karamellisierter Apfelkuchen mit Vanillesoße. Emblas Beitrag waren zwei Bag-in-Boxes eines Weins, der vor Kurzem im *Aftonbladet* empfohlen worden war. Peter Hansson hatte zwei Kästen Bier und eine Flasche O.-P.-Anderson-Aquavit mitgebracht, was ihn doch gleich etwas beliebter machte.

Embla nahm auf dem freien Stuhl neben Peter Platz. Wie alle

anderen Anwesenden überlegte auch sie, was ihn wohl zu der Rückkehr nach Dalsland bewogen hatte, und nach einer Weile erkundigte sie sich danach.

»Ich habe eine IT-Firma in Göteborg. Unsere Spezialität ist die Sicherheit von Datentransfers übers Internet – ein Thema, das jedes Unternehmen angeht«, erklärte er.

»Musst du dann nicht in Göteborg wohnen? Ich meine, wegen der Kunden und deiner Mitarbeiter?«

»Ich fahre ein-, zweimal pro Woche in die Stadt, aber das meiste kann ich von zu Hause aus erledigen.«

Dank des guten Essens und der Getränke stieg die Stimmung zusehends. Es wurde viel geredet und gelacht. Niemanden schien zu interessieren, worüber Embla und Peter sich unterhielten.

»Warum bist du hierher zurückgekehrt?«

Womöglich hielt er sie jetzt für neugierig, aber als Polizistin durfte sie das sein, rechtfertigte sie sich.

Es dauerte eine Weile, bis er antwortete, und sie hörte ihm an, dass er seine Worte sorgfältig wählte.

»Meine Mutter ist an Krebs gestorben … und meine Lebensgefährtin und ich haben uns getrennt. Dann starben auch noch meine Großeltern kurz hintereinander und schließlich auch noch mein Vater. Das war einfach zu viel … eine schwierige Zeit. Ich hatte das Gefühl, ich müsste mein Leben verändern«, sagte er leise.

Ausnahmsweise wusste Embla nicht recht, was sie erwidern sollte. Nisse hatte ihr erzählt, dass Peters Schwester in jungen Jahren von zu Hause ausgerissen war. Was aus ihr geworden war, wusste angeblich kein Mensch. Und ohne dass sie darüber nachgedacht hätte, platzte es aus Embla heraus: »Und deine Schwester?«

Peter zuckte sichtlich zusammen, und eine Sekunde lang blitzte etwas in seinem Blick auf. Obwohl er sich sofort wieder gefangen hatte, war es ihr nicht entgangen. Vielleicht war ihre Frage wirklich ein wenig indiskret gewesen.

»Wir haben seit Langem keinen Kontakt mehr.«

Es war ihm deutlich anzumerken, dass er das Thema nicht vertiefen wollte. Embla fiel dazu nichts Passendes mehr ein, also schwieg sie.

»Aber ganz einsam bin ich auf dem Hof ja trotzdem nicht. Ich hab vier Rinder, die bald geschlachtet werden, ein paar Hühner und zwei Katzen«, fuhr er fort.

»Du magst also Tiere.«

»Ja. Nächstes Jahr will ich mir einen anständigen Jagdhund zulegen. Und vier neue Rinder.«

Die Schnapsgläser wurden aufgefüllt, sie hoben zu einem Trinklied an, holten sich am Buffet eine weitere Portion und setzten ihr Gespräch miteinander und mit den anderen am Tisch fort. Peter stellte ihr ein paar Fragen, die ihr Privatleben betrafen, und nach einer Weile kam unweigerlich das Thema auf, das alle Leute früher oder später interessierte.

»Wie kommt es, dass du Embla heißt? Das ist nicht gerade ein sehr weit verbreiteter Name.«

»Was, wenn ich dir jetzt sagte, dass meine älteren Brüder Atle, Frej und Kolbjörn heißen?«

Das war die Standardantwort, die sie immer gab.

»Deine Eltern haben also an die alten germanischen Götter geglaubt?«

Ein ironisches Lächeln umspielte seinen Mund, aber Embla hörte, dass auch ein wenig Ernst in dieser Frage lag.

»Nein, sie waren eher Hippies, die ihren Kindern besondere und unter keinen Umständen biblische Namen geben wollten. Embla ist die altnordische Entsprechung von Eva.«

Über diese Antwort brauchte sie nicht einmal nachzudenken.

Sie hatte sie im Lauf der Jahre schon viel zu oft gegeben. Was sie indes nie erzählte, war, wie sehr sie ihren Namen in jüngeren Jahren gehasst und dass sie daher vorzugsweise ihren zweiten Namen – Åsa – verwendet hatte. Das hatte auch funktioniert – bis sie Polizistin geworden war. Ein aufgeweckter Kollege hatte im Handumdrehen herausgefunden, dass sie in Wirklichkeit Embla hieß, und nach einer Weile hatte sie niemand mehr Åsa genannt. Inzwischen fand sie ihren Vornamen halbwegs in Ordnung. Außerdem war er in den letzten Jahren regelrecht in Mode gekommen.

»Hippies? Und was waren sie von Beruf?«, wollte Peter wissen.

»Mein Vater war Journalist – Feuilleton – und meine Mutter Schauspielerin. So haben sie sich auch kennengelernt. Er hat sie interviewt. Mein Bruder Atle ist Arzt geworden, Frej ist ebenfalls Schauspieler und Kolbjörn Bildhauer. Er kreiert irre hässliche Sachen aus Beton und verkauft sie zu astronomischen Preisen.«

»Hast du Kolbjörn gesagt? Kolbjörn Nyström hat sich hierzulande ja wirklich einen Namen gemacht. Und dein Bruder Frej ebenfalls – ist der nicht am Theater in Stockholm?«

Aha, ein Kulturmensch, dachte Embla, verzog aber keine Miene und erwiderte: »Ja. Er wohnt zusammen mit seinem Mann Viktor in Stockholm.«

Peter nickte. Der Schauspieler und der TV4-Moderator waren des Öfteren im Fernsehen zu sehen. Peter fragte weiter, und sein Interesse nahm spürbar zu, als sie von ihrer Arbeit bei der Mobilen Einheit erzählte.

»Niemand sagt ›Mobile Einheit der Bezirkskriminalpolizei Västra Götaland‹. Meist ist nur von ›der Einheit‹ oder von der ›MEB‹ die Rede«, erklärte Embla.

»Du bist also mit zwei Kollegen im Bezirk Västra Götaland unterwegs, um, wenn nötig, der örtlichen Polizei beizustehen? Ihr seid so eine Art Supercops?«

Das klang zwar fast schon lächerlich, entsprach aber im Großen und Ganzen der Wahrheit. Embla nickte und nahm einen Schluck Wein. Normalerweise trank sie nur zurückhaltend, aber beim jährlichen Jagdessen gönnte sie sich sowohl Schnaps als auch ein paar Gläser Wein.

»Woher kommt dein Interesse für die Jagd?«, fragte sie, um das Thema zu wechseln.

»Na ja, mir gehört ja nun der Wald, und ich hab das Jagdrecht, also warum nicht? Allerdings hatte ich bis letztes Jahr noch keinen Jagdschein.«

»Du hast also noch nie etwas geschossen?«

»Doch. Rotwild und Hasen – aber nicht viele. Ich war hauptsächlich am Schießstand.«

»Aber du glaubst, dass dir die Jagd Spaß machen wird?«

»Bestimmt. Ich mag die Spannung. Erst genießt man die Ruhe, und im nächsten Augenblick kommt der Adrenalinstoß.«

Sie hoben ihre Gläser und stießen auf die Jagd an.

Sixten Svensson fixierte sie mit blutunterlaufenen Augen.

»Spannung! Bei der Jagd geht es nicht um Spaß oder Spannung. Sie bringt das Essen auf den Tisch und das schon seit der Steinzeit. Da kommen diese Städter daher und wollen nur rumballern, weil es ihnen *Spaß* macht! Und bringen andere in Gefahr, weil sie nicht wissen, wie man ein Gewehr benutzt. Schießen das Wild nur an und machen lauter Unfug«, fauchte er.

Außer dass sich eine schwache Röte von seinem Hals bis zum Gesicht ausbreitete, war Peter keinerlei Reaktion anzumerken. Er sah Sixten Svensson unverwandt an. Sixten starrte zurück und verzog den Mund zu einem bösartigen Lächeln.

»Übrigens bin ich mir sicher, dass du ein ebenso lausiger Schütze bist wie dein Vater. Vielleicht solltest du dich besser auf die Weiber konzentrieren.«

Den übrigen Anwesenden war schlagartig unwohl zumute. Sixten legte es ganz offenkundig auf einen Streit an.

Ohne ihn eines weiteren Blickes zu würdigen, erhob Peter sich von der Tafel, bedankte sich bei den Gastgebern für den netten Abend und verschwand durch die Tür.

»Du bist ein verdammter Idiot, Sixten! Musst du nach ein paar Schnäpsen gleich so ausfällig werden? Immerhin warst du mit Peters Vater befreundet«, sagte Nisse verärgert.

»Ach, halt doch die Schnauze.«

Nachdem Peter verschwunden war, machten sich auch die anderen allmählich auf den Weg. Die Stimmung war im Eimer. Tobias' Frau, die nichts getrunken hatte, würde ihren Mann, ihren Schwiegervater und den angetrunkenen Sixten nach Hause fahren.

Embla bat Nisse, schon mal vorauszuradeln, weil sie noch bleiben und Karin in der Küche helfen wollte.

Die beiden Cousinen tranken noch ein Glas Wein und unterhielten sich, während sie das schmutzige Geschirr abräumten.

»Was weißt du eigentlich über Peters Schwester?«, fragte Embla nach einer Weile.

»Puh, nicht viel. Peter ist ein paar Jahre älter als ich. Als Kinder haben wir nie miteinander gespielt – außerdem war er ja ein Junge. Dann ist er mit seiner Mutter nach Göteborg gezogen. Aber ich erinnere mich noch gut an seine Schwester. Sie war ausgesprochen hübsch und hatte irre langes Haar. Mensch, war ich damals neidisch – so lang und blond … Sie ging in Åmål aufs Gymnasium, als sie verschwand.«

Embla verspürte einen vertrauten Stich in der Magengrube. Als sie verschwand …

»Wann sind Peter und seine Mutter denn weggezogen?«, fragte Embla und schob den unbehaglichen Gedanken beiseite.

Karin runzelte die Stirn und versuchte, sich zu erinnern.

»Er ging noch zur Grundschule … aber in welche Klasse? Ich weiß es nicht mehr.«

»Aber da war seine Schwester bereits abgehauen?«

»Ja, im Jahr davor. Im Herbst oder Winter. Offenbar hatte sie davon gesprochen, nach Göteborg zu ziehen und sich dort einen Job zu suchen.«

»Nisse hat mal erwähnt, dass der Vater Alkoholiker war und ständig auf die anderen eingeprügelt hat.«

»Ja, das hab ich auch gehört. Dass die Schwester sich deshalb aus dem Staub gemacht hat und Peter und seine Mutter ebenfalls. Sie sind zu den Großeltern nach Göteborg gezogen. Die Schwester war damals vermutlich bereits dort. Obwohl ich meine, mich noch zu erinnern, dass sie im Wald nach ihr gesucht haben, weil sie nach einem Fest spurlos verschwunden ist.«

Sie ließen kurz Wasser über die schmutzigen Teller laufen und räumten das Geschirr dann in die Spülmaschine. Anschließend waren die großen Platten und Auflaufformen dran.

»Wie hieß seine Schwester eigentlich?«

Karin hielt inne. Der Seifenschaum reichte ihr bis zu den Ellbogen, und ein bisschen landete in ihrem Haar, als sie sich eine Strähne aus der Stirn strich.

»Wie sie hieß? Doch – Camilla! Camilla mit C. Daran erinnere ich mich noch.«

»Warum habe ich nie etwas von dieser Familie gehört? Ich war doch von klein auf jedes Jahr hier und …«

»Du warst noch gar nicht auf der Welt, als die Schwester verschwunden ist. Du bist erst ein paar Jahre später hergekommen, da war das alles längst vergessen, und es gab neue Skandale und Gerüchte. Diese Geschichte liegt mindestens dreißig Jahre zurück.«

Embla brach als Letzte auf. Es war fast ein Uhr, aber der Vollmond und ein funkelnder Sternenhimmel erhellten die Nacht. Die Temperatur lag bei knapp unter null. Zum Glück hatte sie Mütze und Handschuhe mitgenommen. Gemächlich trat sie in die Pedale und genoss die Stille der Natur in dem verwunschenen Licht des Mondes und der Sterne. Ein schwacher Wind fuhr raschelnd durch das spärliche Laub der Bäume, und ein schwerer Duft erfüllte die nächtliche Luft – Erde, Pilze, vermodernde Pflanzen. Gerüche des Herbstes. In der Ferne schrie ein Käuzchen. *Hu, hu, huu-huu-huu.* Ein unheimlicher Ruf. Nisse hatte ihr beigebracht, wie man ihn nachahmte, indem man die Hände aneinanderlegte und durch den schmalen Spalt zwischen den beiden Daumen blies.

Auf den Feldern schimmerten große, in weißes Plastik verpackte Heuballen. Dunkle Schatten trotteten über die Wiesen neben dem Weg. Einige lagen wie große Findlinge auf der Erde – Nisses Hochlandrinder in der Finsternis. Das zottige Fell verlieh ihnen etwas Drolliges, aber ihre Hörner waren respekteinflößend.

Auf der anderen Seite des Weges lag ein Birkenwäldchen mit dichtem Unterholz, dessen undurchdringliche Dunkelheit bis an den Weg heranreichte. Die Fahrradlampe warf lediglich ein schwaches Licht voraus, und Embla hielt sich im Schein des Mondes, um die Schlaglöcher und Unebenheiten im Weg erkennen zu können.

Plötzlich nahm sie im Augenwinkel eine Art Lichtblitz wahr.

Eine unerwartete Bewegung. Zwischen den Baumstämmen flatterte etwas Helles auf. Sie bremste scharf ab, warf einen Blick zurück und konnte gerade noch ein weißes Kleidungstück und wallendes blondes Haar erkennen, das im Mondlicht schimmerte. Das Wesen schien irgendwie über der Erde zu schweben – und dann verschwand es zwischen den Bäumen.

Embla zögerte kurz, dann ließ sie ihr Fahrrad fallen und sprang über den Graben. Zielstrebig bahnte sie sich einen Weg zu der Stelle, von wo aus die weiße Gestalt verschwunden war. Obwohl sie es gewohnt war, sich auf unwegsamem Terrain zu bewegen, kam sie nur mühsam voran. Das dichte Unterholz gab nur widerstrebend nach, und glitschige Steine und Wurzeln drohten sie zu Fall zu bringen. Zwischen den Bäumen wurde es zusehends dunkler, und sie konnte kaum noch irgendetwas erkennen. Sie fluchte in sich hinein, dass sie die Taschenlampe, die sonst immer in ihrer Jackentasche steckte, im Auto liegen gelassen hatte.

Die Stelle, an der ihr das geheimnisvolle Wesen erschienen war, entpuppte sich als kleine Anhöhe, was erklärte, warum Embla den Eindruck gehabt hatte, es würde über dem Boden schweben. Von dort aus war das Wesen zwischen ein paar schlanken Birken auf dem Hügelkamm verschwunden.

Embla hielt den Atem an, um besser hören zu können. Doch abgesehen vom trockenen Rascheln des Laubs herrschte Stille.

Hier und jetzt nach Spuren zu suchen erschien ihr zwecklos. Damit wartete sie lieber, bis es wieder hell wurde.

Als sie zum Weg zurückging, hörte sie plötzlich hinter sich ein leises Geräusch. Zwischen den Birken auf dem Hügel bewegte sich jemand vorsichtig vorwärts. Embla spürte den Blick in ihrem Rücken und beschleunigte ihre Schritte. Dann sprang sie auf ihr Fahrrad und fuhr davon.

Nisse hatte starken Kaffee gekocht und ein wunderbares Frühstück zubereitet: selbst gebackenes Brot, Aufschnitt, Käse und weich gekochte Eier. Er kannte die gesunden Essgewohnheiten seiner Nichte und hatte deswegen Joghurt, Vollkornknäcke, Schwarzbrot und fettarmen Käse gekauft. Ungezuckertes Müsli und Kräutertee hatte sie immer selbst dabei, dazu ein paar geheimnisvolle Döschen mit Nahrungsergänzungsmitteln. »Das sind bloß Kräuter, Proteine und Mineralien – alles, nur keine Anabolika«, versicherte Embla ihm stets, wenn Nisse wieder mal versuchte, das Kleingedruckte auf den Etiketten zu entziffern.

Während des Frühstücks erzählte Embla ihm von ihrem seltsamen Erlebnis in der vergangenen Nacht.

»Hast du zu viel getrunken?«, fragte Nisse mit einem verschmitzten Lächeln.

»Mehr als sonst. Ich war zwar nicht mehr nüchtern, aber betrunken war ich nun auch wieder nicht. Ich weiß, was ich gesehen habe. Außerdem hab ich gehört, wie sich jemand zwischen den Bäumen fortbewegt hat. Ich würde das gern näher untersuchen.«

»Wenn du meinst …«

Entschlossen erwiderte sie seinen nachdenklichen Blick, dann schwiegen sie eine Weile.

»In Ordnung«, seufzte Nisse schließlich. »Nach dem Frühstück fahren wir hin.«

Es war nicht einfach, die Stelle wiederzufinden, an der Embla auf der Suche nach der Frau in Weiß, wie Nisse die Gestalt beharrlich nannte, in den Wald hineingerannt war. Erst nach einer ganzen Weile entdeckte sie die Spuren ihres Fahrrads neben dem Straßengraben.

»Yes! Hier ist es.«

Ohne zu zögern, arbeitete sie sich von Neuem in das Dickicht vor. Ihre nächtlichen Spuren waren im Unterholz immer noch zu erkennen. Büsche mit abgeknickten Ästen, niedergetrampeltes, raureifüberzogenes Gras. Es sah aus, als wäre sie wie ein Bulldozer hier durchgepflügt.

Als sie sich der Anhöhe näherten, bat sie Nisse, stehen zu bleiben, während sie selbst ihren Weg auf das kleine Plateau mit dem Birkenhain fortsetzte. Dort war die weiß gekleidete Gestalt verschwunden. Embla begann, die Erde systematisch abzusuchen. Unter den Birken wuchsen kräftiges Gras und hohes Frauenhaarmoos. An einigen Stellen war das Moos ganz eindeutig zertreten.

»Nisse! Komm mal her!«, rief Embla.

Wortlos deutete sie auf die Spuren. Er ließ sich auf die Knie nieder, um sie sich näher anzusehen.

»Hier ist jemand unterwegs gewesen, ja, aber die Fußabdrücke sind nicht deutlich genug. Wenn es denn überhaupt ein Mensch war …«

»Aber zumindest steht jetzt fest, dass letzte Nacht tatsächlich jemand hier war und ich mir das nicht bloß im Suff eingebildet habe.«

Embla machte mit ihrem Handy ein paar Fotos von den Abdrücken im Moos und sah sich dann die Birkenzweige an. Nach einer Weile fand sie, wonach sie suchte.

»Yes!«, rief sie erneut und deutete triumphierend auf ihren Fund.

An der Spitze eines dünnen Asts hing ein langes, blondes Haar, das in der Sonne glänzte. Vorsichtig löste sie es mit einer Pinzette aus dem Geäst und legte es in eine Plastiktüte, die sie umsichtigerweise aus Nisses Küche mitgenommen hatte.

Als sie wieder ins Auto stiegen, klingelte Emblas Handy. Sie warf einen Blick auf das Display. Es war Elliot. Noch ehe sie nur einen einzigen Mucks sagen konnte, trompetete er schon aufgeregt ins Telefon: »Hast du einen Elch erwischt?«

»Nein. Wir sind noch gar nicht bei der Jagdhütte – die Jagd geht doch erst morgen los.«

»Aber dann schießt du einen?«

»Das will ich hoffen, aber vielleicht nicht gleich am ersten Tag. Wir sind ja mehrere Tage unterwegs.«

»Ich weiß. Nächstes Jahr will ich auch mitkommen.«

Das hatte er schon oft gesagt, und genauso häufig hatte sie ihm erklärt, dass er dafür mindestens fünfzehn Jahre alt sein musste. Bis dahin würde sich sein Enthusiasmus hoffentlich wieder legen. Die Familie des Jungen hatte keinerlei Jagdtradition. Allein die Vorstellung, sein Vater könnte stundenlang bei Schnee und Regen und mit einer Engelsgeduld auf einem Ansitz ausharren, war schlicht und einfach absurd. Weder in seiner Kindheit in Jamaika noch während der Teenagerjahre in Miami hatte er je auch nur von Schweden oder Elchen gehört. Er hatte kein Verhältnis zur Jagd, nichts, was er seinem Sohn hätte beibringen können.

Embla antwortete, wie sie es immer tat: »Erst, wenn du fünfzehn bist.«

»Wirklich?«

Die Enttäuschung in seiner Stimme war jedes Mal gleichermaßen tief. Für einen Achtjährigen lag der fünfzehnte Geburtstag in unerreichbarer Ferne.

Sie erkundigte sich, wie es mit seinen Cousinen ging. Mürrisch erklärte er ihr, dass ihm die Jagd viel mehr Spaß machen würde. Manipulativ wie sein Vater, dachte Embla. Jason und sie hatten sich schon vor Jahren getrennt, doch während der gemeinsamen Zeit unter einem Dach waren Elliot und Embla sich sehr nahegekommen. Jason, ein erfolgreicher Saxofonist, war oft auf Tournee. Wann immer es sich einrichten ließ, kümmerte Embla sich dann gerne um den Jungen. Im Augenblick hatte Jason diverse Auftritte beim Jazzfestival in Stockholm, aber weil Embla auf die Jagd hatte gehen wollen, hatte Elliot sich damit abfinden müssen, bei der Familie seiner Tante zu wohnen. An seine Mutter konnte er sich nicht erinnern. Sie war gestorben, als er noch ein Baby gewesen war. Vielleicht waren Embla und er sich auch deswegen so nahegekommen, aber der Hauptgrund war ganz einfach, dass sie gerne Zeit miteinander verbrachten. Nur wurde Elliot seinem Vater allmählich immer ähnlicher. Der Bengel betonte immer wieder aufs Neue, wie kaltschnäuzig sie ihn verraten hätte, als sie seinen Vater dazu überredet hatte, ihn bei der Tante abzuladen.

Völlig unvermittelt sagte Elliot leise: »Du fehlst mir. Es macht keinen Spaß ohne dich.«

Es dauerte eine Weile, bis sie antworten konnte.

»Du fehlst mir auch. Ich drück dich ganz fest.« Sie konnte selbst hören, wie belegt ihre Stimme war.

Als sie das Telefonat beendet hatte, schwiegen Nisse und sie eine Weile.

»Was hältst du davon, mit dem Jungen in den Herbstferien hierherzukommen? Für ein paar Tage oder so«, schlug Nisse schließlich vor.

»Das würde ihm sicher gefallen.«

Bei ihrem nächsten Gespräch wollte sie Elliot die gute Nachricht überbringen. Er würde garantiert die Tage zählen.

Nach dem Mittagessen hielten sie kurz am Briefkasten beim Supermarkt. Der Brief, den Embla an ihren Chef, Kommissar Göran Krantz von der MEB, adressiert hatte, enthielt das lange Haar und die Bitte um eine Analyse. Als Begründung hatte Embla nur geschrieben: »Ich erklär dir alles, sobald ich mehr weiß.«

Dann fuhren sie weiter zu Karin und Björn, wo die Teilnehmer der Jagdgesellschaft ihre Autos stehen ließen und wie immer gemeinsam in zwei größeren Geländewagen zu den Jagdhütten aufbrachen. Die letzten fünf Kilometer bis zu den Hütten bestanden nur mehr aus den tiefen, sich durch den Wald schlängelnden Spuren einer Forstmaschine, die nur per Allradantrieb zu bewältigen waren.

Doch dieses Jahr gab es noch einen dritten Wagen, der den Forstweg mühelos meisterte. Peter Hansson war in einem neuen, dunkelblaumetallic lackierten und chromfunkelnden Range Rover gekommen. Schick und teuer, dachten Embla und die anderen, ohne jedoch ein Wort darüber zu verlieren. Nisse und sie verluden ihre Habe inklusive Seppo in Björns großen Jeep, auch wenn in Einars und Tobias' nagelneuem Nissan Navara SE immer noch Stauraum gewesen wäre, selbst nachdem dort Sixten und Tilly, seine bereits ein wenig in die Jahre gekommene Dreverhündin mit dem außergewöhnlichen Spürsinn, Platz gefunden hatten.

Auch auf dem Gutshof Dalsnäs wurden Vorbereitungen für die Abfahrt getroffen. Der Verwalter Stig Ekström würde auf der Ladefläche seines roten King Cab neueren Modells neben dem Gepäck und den Waffen auch noch eine Hamiltonbracke ins Jagdrevier bringen. Der Rüde, der in seinem edlen Stammbaum unter dem Namen Freivals Diamonds the Pathfinder geführt war, wurde von allen nur Frippe gerufen. Er gehörte zwar Anders von Beehn, wenn der aber gerade nicht zur Jagd ging, kümmerten die Ekströms sich um das Tier. Sie hatten es auch erzogen und trainiert.

Überdies würde Stig Ekström die Aufgabe zufallen, die Jagdbeute zur Schlachthütte zu bringen. Die Elche fanden nur auf einem größeren Pick-up Platz. Normalerweise begleiteten ihn dabei ein paar Jäger. Die schweren, ausgeweideten Tiere mithilfe eines Flaschenzugs an den Hinterbeinen zur Decke hochzuziehen war Schwerstarbeit, und auch den Balg zog man ihnen besser gemeinsam ab.

Wenn alles erledigt wäre, würde Ekström seine Helfer wieder zum Jagdschloss bringen, den Pick-up abstellen und zu dem fünfzig Kilometer entfernten Verwaltungsgebäude auf Gut Dalsnäs zurückkehren.

Wenn er tags drauf wieder zum Jagdschloss aufbräche, würde er auch das Abendessen für die Jäger mitnehmen, das seine Frau Anna, eine exzellente Köchin, zubereitet hätte.

Die fünf Jäger fuhren im Hummer in das Jagdrevier. Anders

von Beehn saß am Steuer des schweren Wagens und unterhielt sich mit den anderen. Aus Rücksicht auf Volker Heinz wurde Englisch gesprochen, was von Beehn, der sowohl in England als auch in den USA gelebt hatte, keinerlei Mühe bereitete.

»Lassen Sie mich kurz die Hintergründe zu dieser Jagd erläutern. Bereits zu Zeiten meines Urgroßvaters hat Dalsnäs über Anteile dieses Jagdgebiets verfügt, das zwischen Dalsland, Värmland und Norwegen liegt. Hier haben noch fünf weitere Personen aus der Gegend ein weit in die Vergangenheit zurückreichendes Jagdrecht. Vor Jahren wurden den Vorfahren dieser Bauern und Grundbesitzer die Wälder als Entschädigung für eine große Sandgrube und ein Torfmoor überlassen. Damals galt Wald als verhältnismäßig wertlos. Erst sehr viel später gelang es meinem Urgroßvater, fast dreitausend Hektar Wald aufzukaufen, allerdings von unterschiedlichen Eigentümern. Das hat zur Folge, dass unser Jagdrevier nicht klar abgegrenzt und stellenweise unzusammenhängend ist. Der Grundbesitz der anderen Inhaber ist fast ebenso groß wie meiner. Schon damals, im späten neunzehnten Jahrhundert, hat mein Urgroßvater aus diesem Grund die Jagd immer gemeinsam mit den anderen betrieben. Wir jagen unter der Leitung eines Jagdvorstands und teilen uns die Beute, und so bringen wir es auch auf eine stattliche Wildzuteilung.«

»Treffen wir diese anderen Jäger abends?«, wollte Volker Heinz wissen.

»In der Regel nicht. Ihre Jagdhütten liegen mehrere hundert Meter von unserer entfernt. Aber diese Kerle sind richtig gute Jäger. Frauen sind übrigens auch dabei.«

»Frauen?«, fragte der Deutsche und zog die Augenbrauen hoch.

»Ja, zwei, um genau zu sein. Sie sind seit mehreren Jahren mit von der Partie.«

Die drei Jagdhütten mit Grasdächern standen hufeisenförmig angeordnet auf einer großen Lichtung. Die Jäger parkten auf der offenen Fläche zwischen den Häusern und fingen an, die Autos zu entladen. In der größten Hütte, die Nisse und sein Vater gebaut hatten, würden Embla und ihr Onkel sowie das Ehepaar Bergström einziehen. Dort gab es drei kleinere Schlafzimmer mit je einem Stockbett und einen bescheidenen Gemeinschaftsraum mit einer winzigen Propangasküche, einem Ausziehtisch und acht alten Küchenstühlen.

Nebenan würden Einar und Tobias Lindberg wohnen, deren Hütte nur aus zwei Schlafzimmern bestand. Mangels Aufenthaltsraum würden sie immer zu Nisse herüberkommen, genau wie Sixten Svensson aus der dritten Hütte, die der lindbergschen im Aufbau ähnelte, aber in wesentlich schlechterem Zustand war. Sixten würde sie zusammen mit Peter Hansson bewohnen, dem die Hütte gehörte, seit er der Waldeigentümer und Inhaber des Jagdrechts war. Sixtens Waldbesitz war bedeutend kleiner, und eine eigene Hütte hatte er nie besessen. Als er den Wald noch von Peters Vater gepachtet hatte, hatte er die Hütte allein bewohnt. Obwohl die beiden Männer von Kindesbeinen an befreundet gewesen waren und gerne auch mal ein Gläschen zusammen getrunken hatten, pflegte Sixten den anderen Jagdkameraden gegenüber Peter Hanssons Vater nur mehr den »Ausbeuter« zu nennen, auch wenn er früher eine geradezu lächerlich geringe Pacht gezahlt hatte. Nun musste er also versuchen, mit Hanssons Sohn unter einem Dach zurechtzukommen.

Nicht allzu weit von den Hütten entfernt war ein neues Trockenklosett über einer tiefen Grube errichtet worden. Der großzügige Gebrauch von Karbolkalk verhinderte unliebsame Gerüche und vertrieb Insekten und anderes Getier. Der Kalksack wurde in einer kleinen Plastiktonne mit Deckel aufbewahrt.

Beim gemeinschaftlichen Jahresputz Ende August war Embla die Aufgabe zugefallen, das Klo zu reinigen. Abschließend hatte sie einen Stapel alter *Jagdrevier*-Ausgaben auf den niedrigen Hocker mit den Klopapierrollen gelegt.

Um Punkt drei Uhr – damit nahm es Jagdvorstand Sixten sehr genau – begann die Jagdsitzung, die wie immer bei von Beehn stattfand. Seine Jagdhütte war zwar ebenfalls im Blockhausstil errichtet worden, »Hütte« konnte man sie allerdings kaum nennen, denn das Gebäude war sogar bedeutend größer als Nisses Bauernhaus. Deswegen war meist vom »Jagdschloss« die Rede. Es lag auf einer Anhöhe über einem kleinen See. Wer baden wollte, musste einen steilen Hang hinabklettern und um den halben See herum zum Strand marschieren. Auf der Rückseite des Jagdschlosses hatte von Beehn eine Glasveranda mit Aussicht auf das Gewässer bauen lassen. Ein paar Meter von der Terrasse entfernt fiel ein felsiger Steilhang zehn Meter senkrecht zum Wasser ab. Gelegentlich wurde die Stelle despektierlich als »Pinkelplatz« bezeichnet, weil die Herren es sich zur Gewohnheit gemacht hatten, sich dort nach ein paar Bieren zu erleichtern. Um zu verhindern, dass Ortsunkundige dem Abgrund nach Einbruch der Dunkelheit zu nahe kamen, stand dort eine Laterne.

Bereits zu Anfang der Sechzigerjahre hatte Anders von Beehns Vater eine Stromleitung zum Jagdschloss legen lassen, was nicht ganz billig gewesen war. Ein Brunnen lieferte fließendes Wasser. Ein WC gab es zwar nicht, weil dafür eine Sickergrube nötig gewesen wäre, dafür aber sowohl ein Bad mit Dusche als auch eine große Sauna.

Wann immer Embla den großen Saal des Jagdschlosses betrat, fühlte sie sich ins frühe zwanzigste Jahrhundert zurückversetzt. Der große offene Kamin aus Granit war so gigantisch, dass ein durchschnittlich großer Mann aufrecht darin hätte stehen können. Hier wurden ganze Baumstämme verheizt und nicht nur Scheite. Über dem Kamin hingen stattliche Elchgeweihe. Oberhalb der Täfelung hatte ein Künstler die Wände mit nordischen Gottheiten und anderen Motiven aus der altnordischen Mythologie bemalt, darunter auffallend viele barbusige Walküren und athletisch gebaute Wikinger, die Met aus großen Hörnern tranken. Obwohl die Farben mit den Jahren verblasst waren, wirkten die Gemälde immer noch imposant. Im Saal standen zwei lange Tafeln, an denen alle Platz fanden. Der Tradition gemäß gab es Kaffee und Zimtschnecken.

Dem ausländischen Gast zuliebe beschloss Anders von Beehn, die Anweisungen des Jagdleiters ins Englische zu übersetzen. Sixten Svensson begann mit der Schilderung des derzeitigen Wildwechsels. Als gewissenhafter Jagdvorstand hatte er sämtliche Ansitze auf einer Landkarte verzeichnet und durchnummeriert. Der Nachmittag würde damit zugebracht werden, die nähere Umgebung der Ansitze auszumähen, um freie Schussbahn zu gewährleisten. Einfach eine Rodungssäge zur Hand nehmen und weg mit dem ganzen Mist, wie Sixten es ausdrückte.

Mit düsterem Gesicht teilte er den Anwesenden mit, dass die Abschussquote dieses Jahr um einen ausgewachsenen Elch und ein Elchkalb reduziert worden sei.

»Aber das war ja zu erwarten. Die Stockholmer lieben ihre Wölfe. Deswegen dürfen wir dieses Jahr auch nur noch vierzehn ausgewachsene Elche und fünfzehn Kälber schießen«, meinte er säuerlich.

Sixten deutete auf die eingezeichneten Ansitze und wies die jeweilige Besetzung zu. In aller Regel bezog jeder Jäger Jahr für Jahr dieselbe Position, es sei denn, jemand wollte tauschen. Auch das war kein Problem, denn es gab mehr Hochstände als Jagdteilnehmer. In diesem Jahr hatte erstmals auch Peter Hansson Anspruch auf einen Ansitz.

Sixten erläuterte die verbotenen Schussrichtungen und dass er die entsprechenden Stellen bereits mit roten Plastikbändern markiert habe.

»Vergesst nicht, ein rotes Band an eurem Hut zu befestigen!«

Nach dieser Schlussbemerkung bedankte er sich für die Aufmerksamkeit und erkundigte sich, ob es noch Fragen gebe. Peter hob die Hand.

»Ich hätte gern einen anderen Ansitz«, sagte er.

Sixten musste mehrmals schlucken, was jeder an dem Zucken seines Adamsapfels in seinem mageren Hals erkennen konnte, doch Peter wich seinem Blick nicht aus.

»Auf der Rückseite des Berges gibt es einen auf meinem Grundstück«, fuhr er fort.

»Aha. Na gut … dann nimm halt den.«

Peter wirkte zwar unberührt, trotzdem fiel Embla auf, dass er die Augen ein wenig zusammenkniff. Die beiden verabscheuten einander, dachte sie. Aber wie hatte Peter wissen können, dass sein ursprünglicher Ansitz schlecht gewesen wäre? Sixten hatte ihm einen Posten zugeteilt, der am Rand des Sumpfes lag, und dort kam das Wild, wie sie alle wussten, nur selten vorbei. Offenbar hatte Peter, wie von einem frischgebackenen Wald- und Jagdrechtsbesitzer nicht anders zu erwarten, sein Revier und seine Hütte gründlich inspiziert.

Während des Vortrags hatte Sixten mit keinem Wort erwähnt, wo er selbst zu stehen gedachte, und er enthüllte auch jetzt nicht, dass Peter sich ausgerechnet seinen eigenen Lieblingsplatz ausgesucht hatte. Er deutete bloß auf die Landkarte.

»Ich nehme Nummer vierzehn.«

Die Vierzehn war einer der beiden Ansitze, die nicht vollständig vor potenziellen Querschlägern geschützt waren, doch jeder, der früher schon einmal dabei gewesen war, wusste genau, dass dort viel Wild wechselte.

»Wenn ich schon eine derart ungeschützte Position beziehe, werde ich genauestens darauf achten, dass die Schussrichtungen eingehalten werden«, fuhr Sixten fort und zwang sich zu einem Grinsen.

Die anderen lachten, und die angespannte Stimmung lockerte sich ein wenig. Dann erhoben sich die Jagdgenossen und dankten Anders von Beehn für seine Gastfreundschaft. Nun galt es, die Ansitze aufzuräumen und die Schussfelder zu bereinigen, solange es noch hell war.

Nach Einbruch der Dunkelheit begannen die Vorbereitungen für das erste gemeinsame Abendessen. Am Vorabend des eigentlichen Jagdbeginns gab es traditionell Elchgulasch. Wie üblich hatte Karin, die für das kulinarische Wohlbefinden der Jagdgesellschaft verantwortlich war, einen Eintopf mit vielen Pilzen, Zwiebeln, Thymian, Rotwein und Sahne zubereitet. Das Elchfleisch steuerten Nisse und Embla bei. Einar und Tobias konnten sich derweil entspannt zurücklehnen. Sie würden erst am nächsten Abend am Grill zum Einsatz kommen. Wie immer stiftete Sixten einen Kasten Bier. Für alle Weinliebhaber hatte Karin den restlichen Wein vom letzten gemeinsamen Abendessen mitgebracht. Mit mäßiger Begeisterung sah Embla, wie Peter eine ganze Flasche O.-P.-Anderson-Aquavit und Schnapsgläser aus Plastik auf den Tisch stellte.

Das gute Essen und der Alkohol sorgten indes schon bald für gute Stimmung an der Tafel. Insgeheim beobachtete Embla den neuen Jagdkameraden. Peter sprach nicht viel, lächelte jedoch freundlich und schenkte allen, die es wünschten, Schnaps nach.

Das rot karierte Flanellhemd stand ihm ebenso gut wie zuletzt sein weißes Leinenhemd. In seinem aufgeknöpften Kragen funkelte wieder das kleine goldene Kreuz. Soweit sie es mitbekam, trank er nur einen Schnaps. Attraktiv, aber durchaus auf Kontrolle bedacht, so ließe sich Peter Hansson wohl am treffendsten beschreiben, dachte sie. Nachdem Sixten beim letzten Mal so ausfallend geworden war, konnte sie es ihm nicht verdenken – ganz zu schweigen von der schlechten Stimmung, die bei der Vorbesprechung zur Jagd entstanden war. Und diese beiden Männer sollten nun gemeinsam eine Hütte bewohnen …

Das Handy weckte Embla um halb sechs. Schlaftrunken tastete sie über den Nachttisch und war schlagartig hellwach, als sie ins Leere fasste. Natürlich. Sie befand sich in der Jagdhütte, das Handy lag am Boden. Gähnend reckte sie sich und schob sich seitwärts aus dem schmalen Stockbett. Sie musste den Kopf einziehen, um ihn sich nicht an der oberen Koje anzustoßen.

Sie schlüpfte in ihre Klamotten, schnappte sich ihre Taschenlampe und machte sich auf den Weg zum Klo. Draußen war es noch dunkel. Der Vollmond versteckte sich hinter dichten Wolken. Eine schwache Brise fuhr durch die Baumwipfel, und die Kälte zwickte sie in die Wangen und in die Nasenspitze. Sie musste die Taschenlampe einschalten, um den Pfad ausmachen zu können.

Als sie wieder in die Hütte trat, duftete es bereits angenehm nach dem Kaffee, den Nisse für die Jagdgenossen in einer großen Aluminiumkanne aufgebrüht hatte.

Embla und Karin deckten den Tisch. Da es noch so früh war, wechselten sie nicht viele Worte. Normalerweise kam erst nach dem Frühstück ein Gespräch in Gang. Dann machten sich alle Butterbrote und füllten ihre Thermoskannen, um sich den Tag im Freien über warm halten zu können.

Einar und Tobias erschienen mit einer müden, steifgelenkigen Tilly, die es sich sofort neben dem Ofen bequem machte und wieder einschlief. Im Wald würde sie schon munter werden.

Kurz darauf trat auch Peter ein und wünschte allen freundlich einen guten Morgen. Als Letzter erschien Sixten und brummelte einen Gruß, der zugleich an alle und niemanden gerichtet zu sein schien.

In der Hütte war es kühl, aber da alle ihre Jagdausrüstung angelegt hatten, fror niemand. Embla trug ähnliche Kleidung wie die übrigen Jäger: einen hellgrauen Wollpulli mit einem kurzen Reißverschluss am hochgeschlossenen Rollkragen, darunter ein Flanellhemd und ein T-Shirt. Glamour war hier nicht angebracht. Ihre Jacke und Hose bestanden aus wasser- und winddichtem Material. Robuste Stiefel und eine orangerot leuchtende Jagdmütze vervollständigten die Ausrüstung.

Ehe sie die Hütte verließen, ging sie das Wichtigste holen – ihr Gewehr, eine Sako 6.5, samt einer Schachtel Munition.

Eine schwache Morgenröte war im Osten zu erkennen, als Embla auf dem Ansitz Platz nahm – einer der schönsten Momente der Jagd. Die sachte weichende Dunkelheit, die Stille und die immer noch nächtlich intensiven Waldgerüche. Sie bemühte sich um äußerste Aufmerksamkeit, denn das Wild war vor allem in der Morgen- und Abenddämmerung unterwegs. Aber an diesem klaren Morgen blieb es um ihren Ansitz herum ruhig. Einzig ein kleines Käuzchen, das nur wenige Meter von Embla entfernt auf einem Ast landete, störte den Frieden. Normalerweise bekam man diese Spezies nur selten zu Gesicht. Mit seinen großen gelben Augen, die im Halbdunkel funkelten und dem Käuzchen ein fast dämonisches Aussehen verliehen, sah es Embla furchtlos an. Wenige Minuten später hob es ruckartig wieder ab und stieg dann in schnellen Kreisen über der nahegelegenen Lichtung in die Höhe.

Als die Sonnenscheibe über den Tannenwipfeln sichtbar wurde, kam leichter Wind auf, der das spärliche Laub der umstehenden Espen erzittern ließ. Wie so oft zu Beginn der Jagd meinte Embla dem Wind eine gewisse Trauer zu entnehmen. Viele Bewohner des Waldes würden im Lauf der nächsten Wochen sterben. Dennoch war sie davon überzeugt, dass die Jagd notwendig war, um den Wildbestand zur Vermeidung von Flurschäden und Unfällen zu reduzieren.

Ein Knall durchbrach die Stille, und sofort schoss Embla Adrenalin ins Blut. Der erste Schuss weckte in ihr immer das gleiche Gefühl: Jetzt hat die Jagd richtig begonnen! Einige Minuten später hörte sie Sixtens Stimme aus dem Funkgerät: »Achtung! Angeschossene Elchkuh zwischen den Positionen drei, fünf, sechs und sieben! Ich melde mich wieder, wenn ich weiß, in welche Richtung sich das Tier bewegt. Over!«

Mist! Noch ehe die Jagd richtig in Gang gekommen war, hatte irgendjemand es versiebt. Obwohl es dem erfahrensten Jäger passieren konnte, dass ein Tier plötzlich zusammenzuckte und kehrtmachte, war Embla angesichts dieses misslungenen Jagdbeginns verärgert.

Nach einer halbstündigen Suche war es den Hunden endlich geglückt, die Elchkuh aufzuspüren. Sie schlugen an, und Nisse erlegte das Tier, das bloß am Vorderlauf getroffen worden war. Ein echter Patzer, dachte Embla und presste die Lippen aufeinander.

Um zwölf Uhr war Sixtens Stimme erneut im Funkgerät zu hören: »Alle Mann zum Treffpunkt.«

Die Temperatur war auf einige Grad über null gestiegen, und die Sonne funkelte inzwischen durch die Wipfel. Ein Eichhörnchen flitzte einen Baumstamm hinauf und wieder runter und betrachtete dann aus sicherer Entfernung Embla mit neugierigem Blick. Sie hielt inne und versuchte, es mit ein paar leisen Schmatzern anzulocken, aber es ließ sich nicht beeindrucken, sondern verschwand prompt wieder in der Baumkrone.

Der Treffpunkt war eine Lichtung, auf der die Jagdgesellschaft ein aufrecht stehendes Zementrohr in die Erde gelassen hatte. Eine halbe Stunde zuvor war dort ein Grillfeuer entzündet worden, das mittlerweile perfekt niedergebrannt war. Dicke Baumstämme lagen als Sitzgelegenheiten um den Grill herum. Die meisten Jäger blieben nach dem stundenlangen Stillsitzen auf dem Ansitz allerdings lieber stehen. Einar und Tobias legten einen Grillrost mit Würstchen auf das Rohr. Ein paar Tüten mit Brot und Riesenflaschen Ketchup und Senf standen ebenfalls bereit. Der Duft der Grillwürstchen ließ Embla das Wasser im Mund zusammenlaufen.

Sie hatte gerade ihr Gewehr, aus dem sie zuvor die Patronen entfernt hatte, neben den Waffen der anderen an einen Baum gelehnt, als sie von Beehns Jagdtrupp entdeckte, der sich der Lichtung näherte. Die Schweden hatten Carl Gustafs vom Kaliber .30-06 dabei, der deutsche Besucher schien ein Heym zu verwenden. Eine schöne Waffe. Als sie bemerkte, wie Volker Heinz sie anstarrte, wandte sie den Blick ab und fasste sich unwillkürlich an die Stirn. Das Pflaster hatte sie längst entfernt, aber die Platzwunde, die sie bei ihrem Boxkampf davongetragen hatte, war immer noch dunkel verfärbt und leicht geschwollen.

Hatte dieser Idiot Greger Liljon tatsächlich eine Tweedjacke an, Kniebundhosen, Kniestrümpfe, teure Stiefel und eine Schiebermütze? Embla wusste, dass er Anders von Beehns Neffe war. Sie hatte ihn schon mehrmals bei der Jagd getroffen, sich aber nie mit ihm unterhalten. Verwöhnter Schnösel, hatte sie gleich bei der ersten Begegnung über ihn gedacht, und jetzt flüsterte Karin ihr auch noch zu, dass Greger den misslungenen Schuss abgefeuert habe, und die Cousinen tauschten einen vielsagenden Blick.

Als endlich alle versammelt waren, ergriff Sixten das Wort und erklärte sich mit dem Verlauf des Vormittags zufrieden. Sie hätten insgesamt zwei einjährige Kälber und zwei ausgewachsene Elchkühe – einschließlich der zunächst nur angeschossenen – erlegt.

Anders von Beehn berichtete von einem prächtigen Sechzehnender, den er gegen zehn Uhr gesichtet habe, doch aufgrund des ungünstigen Schusswinkels hätte er ihn nicht erlegen können.

»Der Abstand war einfach zu groß.«

Bei diesen Worten sah er seinen Neffen missbilligend an. Dieser errötete, tat aber, als hätte er den Wink nicht verstanden, obwohl sein nervöser Blick verriet, wie unbehaglich ihm zumute war. Unablässig wischte er sich mit den Händen über die Hose und trat mit seinen exklusiven Stiefeln von einem Bein aufs andere.

Die Hunde saßen zwischen den Jägern und bettelten um Wurstzipfel. Ließ ein Jäger einmal versehentlich eine ganze Wurst fallen, waren sie selig. Dann galt es allerdings, den anderen zuvorzukommen und die Beute umgehend zu verschlingen.

Auch wenn Sixten unmissverständlich auf einem Alkoholverbot während der Jagd beharrt hatte, fragte Embla sich doch im Stillen, ob Jan-Eric Cahneborg sich wirklich daran gehalten hatte. Sein Gesicht war gerötet, und er lachte übertrieben laut. Er wirkte alles andere als nüchtern. Als er seine Wurst am Grill entgegennahm, sah Embla deutlich, wie seine Hände zitterten.

Peter Hansson, der als Letzter zu ihnen gestoßen war, wirkte dagegen fit und munter und verkündete, dass er einen Mordshunger habe. Auf Emblas Frage, wie ihm sein erster Vormittag als Elchjäger gefallen habe, antwortete er, es sei zwar ereignislos, aber einfach wunderbar gewesen. Elche habe er zwar keine zu Gesicht bekommen, dafür einige Rehe und einen Dachs.

Am Tag zuvor hatte Sixten sie darüber informiert, dass ein Wolfspärchen mit zwei Welpen ganz in der Nähe lebte. Im Spätsommer waren außerdem Bären gesichtet worden, ein Weibchen mit einem Einjährigen, von denen es sogar Fotos gab. Die Bilder waren zwar ein bisschen verwackelt, weil die verschreckte Beerenpflückerin sie mit dem Handy geschossen hatte, aber wenigstens war sie von den Bären weitgehend unbehelligt geblieben.

Peter äußerte die Hoffnung, mindestens ein Raubtier zu Gesicht zu bekommen. Na dann viel Glück, dachte Embla. Die älteren Mitglieder ihrer Gesellschaft jagten nun schon seit mehr als vierzig Jahren in dieser Gegend und hatten nur selten einen Wolf gesichtet. Sie selbst hatte noch nie einen gesehen. Sixten hingegen behauptete, mindestens zwanzig Wölfen begegnet zu sein, was Embla jedoch bezweifelte. Den einzigen unmittelbaren Kontakt mit einem Raubtier hatte Einar gehabt, als er vor sechs Jahren bei der Elchjagd fast mit einem Bären zusammengestoßen wäre. Glücklicherweise hatte ihn der Bär nur angestarrt und war dann davongetrottet. Dass er Tilly nicht dabeigehabt hatte, war vermutlich seine Rettung gewesen.

Drei ausgewachsene Tiere und fünf Kälber – laut Sixten war dies eine ausgezeichnete Bilanz für den ersten Jagdtag.

Das Ausweiden und Aufhängen der Elche nahm wie erwartet eine lange Zeit in Anspruch, und so versammelte man sich erst wieder gegen acht um die Tafel in der großen Jagdhütte. Auf dem Vorplatz grillten Tobias und Einar Auerhähne, die – wie Sixten fand – einen widerwärtigen Krematoriumsgeruch verströmten. Doch diese Behauptung war alles andere als gerechtfertigt. Die Lindbergs waren wahre Grillmeister und hatten eigens eine Flasche hausgemachter Marinade aus geheimer Rezeptur mit in den Wald gebracht. Die Auerhähne waren von Sixten, Einar und Tobias bereits Ende August erlegt und dann sorgfältig gerupft, abgekocht und für die Elchjagd eingefroren worden.

Dazu gab es Béarnaisesoße aus der Packung. Nisse rührte sie gerade auf dem Herd an, während Karin eine große Schüssel Kartoffelsalat hervorzauberte, und mit den letzten Tomaten aus Björns Gewächshaus wurde es ein regelrechtes Festmahl.

Zum Trinken gab es Wasser, Bier und Wein, und Peter stellte erneut eine Flasche O. P. Anderson und Plastikschnapsgläser auf den Tisch. Warum muss er denn jeden Abend Schnaps ausgeben?, dachte Embla verärgert. Alle gaben sich mit einem oder zwei Gläsern zufrieden, nur Sixten trank, bis die Flasche leer war.

Als Nisse nach dem Essen Kaffee aufsetzte, murmelte Sixten unvermittelt: »Ich frag mich, was mit Frippe los ist.«

»Was war denn mit ihm?«, wollte Nisse wissen, dem an von Beehns Hund nichts Merkwürdiges aufgefallen war.

»Ich weiß nicht ... Stig meinte, dass der Hund irgendwie elend wirkte. Er lag im Auto und sah krank aus. Hatte offenbar gekotzt und schaffte es nicht mal, den Kopf zu heben. Stig ist mit ihm zum Tierarzt gefahren.«

Einar runzelte die Stirn und warf Tilly, die vor dem Ofen auf dem Flickenteppich schlief, einen beunruhigten Blick zu. Sie sah gesund aus, aber die anderen verstanden seine Besorgnis nur zu gut. Schließlich konnte es was Ansteckendes sein.

Nisse sah zu Seppo hinüber, der neben seiner Hundefreundin auf den Holzdielen lag. Als der Hund den Blick seines Herrchens auf sich spürte, hob er sofort den Kopf und richtete sich auf. Rausgehen? Ja, bitte!, schien er mit seinem ganzen Körper zu signalisieren. Nein, auch er war wie immer wach und aufmerksam.

»Ich geh ein bisschen mit Seppo spazieren. Tilly darf mit, wenn sie will«, sagte Embla.

»Ich komme mit der Taschenlampe mit«, kam es von Peter, und Tobias' Miene verfinsterte sich. Er hätte allerdings schlecht etwas dagegen einwenden können. Er war verheiratet und hatte zwei Kinder, also verkniff er sich besser jede Bemerkung. Als Embla vierzehn gewesen war, hatte er einen Sommer lang mit ihr geflirtet, und er schien über diese Verliebtheit nie ganz hinweggekommen zu sein.

»Embla, pass auf, wenn er dich bittet, die Taschenlampe in die Hand zu nehmen. Vielleicht ist es auf einmal was ganz anderes!«, rief er ihnen nach.

»Solange es Licht macht, ist mir das egal«, gab Embla zurück.

Es war angenehm, ins Freie zu treten. Nach einer Weile war es in der Jagdhütte doch ziemlich stickig geworden. Schwere Wolken verdeckten den Mond, und die Dunkelheit war fast zum

Greifen dicht. Embla war dankbar für Peters Gesellschaft, denn gleichzeitig zwei Leinen und eine Taschenlampe zu halten wäre schwierig geworden. Sie wagte es nicht, die Hunde frei herumlaufen zu lassen, immerhin trieben sich hier Raubtiere herum, die von den Innereien der Elche, die sie nach der Jagd einfach im Wald liegen gelassen hatten, angelockt worden waren. Peter knipste die Taschenlampe an und überquerte den Vorplatz.

Nachdem sie eine Weile geschwiegen hatten, fragte er: »Hat von Beehn noch mehr Hunde?«

»Nein. Sein Vater hatte mehrere, aber Anders hat nur den einen.«

»Dann haben die Jungs vom Jagdschloss morgen also keinen Hund.«

»Nein. Schade eigentlich. Frippe ist echt gut. Aber diese beiden hier sind es ebenfalls.«

Embla musste kurz stehen bleiben, um die Leinen zu entwirren, die Seppo durch sein eifriges Schnuppern verheddert hatte.

»Ich kann dir einen abnehmen«, schlug Peter vor.

»Danke.«

Schweigend gingen sie weiter. Das Licht der Taschenlampe huschte über die Erde und fiel auf Wurzeln und Verästelungen, die jeden Wanderer zu Fall gebracht hätten.

Jetzt oder nie, dachte Embla.

»Ich muss dich mal was fragen.«

»Und zwar?«

»Wieso bringst du immer Schnaps mit?«

»Ich dachte, das gehört dazu.«

Er klang aufrichtig erstaunt.

»Vielleicht war das früher mal so. Aber mit Rücksicht auf Sixten versuchen wir, während der Jagd auf harte Sachen zu verzichten. Du weißt, dass es ihm schwerfällt, Maß zu halten.«

»Ja, jetzt erinnere ich mich wieder. Dabei hab ich die Flaschen in der Tat nur mitgenommen, um ihn ein bisschen milder zu stimmen.«

»Wegen der Pacht?«

Peter seufzte.

»Ja. Er wollte unseren Wald kaufen. Natürlich zu einem günstigen Preis. Als ich sein Angebot abgelehnt habe, wollte er gleich den ganzen Wald pachten. Aber ich will selber jagen. Das hat ihn wirklich sehr geärgert.«

»Er ist etwas … speziell.«

»Ja, das ist mir mittlerweile klar. Ich hab ihm zwar gesagt, dass er sein Zimmer in der Jagdhütte behalten darf, aber das hat es auch nicht besser gemacht.«

Besitzstreitigkeiten unter Nachbarn konnten ungebührliche Proportionen annehmen, das wusste Embla nur zu gut. Grund und Boden war nun einmal begrenzt. Und deshalb müssen wir uns darum prügeln, pflegte Nisse oft zu sagen.

Schweigend setzten sie ihren Weg fort. Kleine Tiere raschelten im Gebüsch. Ganz in der Nähe schrie plötzlich schrill ein Vogel auf. Embla und Peter zuckten zusammen, und die Hunde begannen zu kläffen.

»Das klang fast wie eine arme Seele«, versuchte sie, die Angst mit einem Scherz zu vertreiben.

Peter antwortete nicht, beschleunigte aber seine Schritte und blieb erst wieder stehen, als ihm schlagartig klar wurde, dass Embla so den Pfad nicht länger sehen konnte. Sie hörte, dass er schneller atmete. Wahrscheinlich war er mit den Geräuschen des Waldes noch nicht so vertraut und hatte einen noch größeren Schrecken bekommen als sie selbst. Schulter an Schulter gingen sie weiter und näherten sich dem neuen Trockenklosett. Als sie ihr Ziel beinahe erreicht hatten, brach Peter das Schweigen.

»Wie lange bleibt ihr noch hier oben, Nisse und du?«

»Bis Donnerstagabend. Am letzten Tag sind wir in der Regel mit Sixten alleine hier. Die anderen müssen wieder arbeiten und fahren schon am Mittwoch heim. Am Wochenende sind sie dann aber alle wieder da. Wir auch. Dann wird noch mal gejagt – Samstag und Sonntagvormittag. Am Sonntagnachmittag wird dann die Strecke zerlegt und unter uns verteilt.«

Nach einer Weile hakte Peter nach: »Und von Beehn und seine Leute? Bleiben die auch hier oben?«

»Nur Anders und Jan-Eric. Sie fahren immer erst sonntags wieder heim. Wie früher auch Ola Forsnaess, aber der ist ja nach der letzten Elchjagd mit dem Auto verunglückt, wie du weißt. Also bleiben vermutlich nur Anders und Jan-Eric hier. Die anderen fahren wohl am Mittwoch wieder nach Hause.«

Als das Klo in Sicht kam, räusperte sich Peter.

»Wenn du da noch reinmusst, kann ich so lange den Hund halten …«

»Nicht nötig. Karin und ich kommen vor dem Schlafengehen noch mal zusammen her. Allein im Dunkeln kann es einem ein bisschen mulmig werden. Vor allem, wenn man weiß, welche Tiere hier nachts unterwegs sind.«

Sie konnte es zwar nicht sehen, aber sie ahnte, dass er lächelte.

»Wenn du Zeit hast, kannst du ja mal vorbeikommen und dir ansehen, wie ich mich auf dem Hof eingerichtet habe«, meinte Peter.

Diese Einladung kam so überraschend, dass Embla erst einmal die Worte fehlten. Hatte er vor, ihr Avancen zu machen? Nein, vermutlich wollte er einfach nur nett sein und war vielleicht ein bisschen einsam. Sie spürte, wie ihr Interesse an diesem Mann zusehends wuchs. Allerdings wusste sie auch, dass sie sich immer in die falschen Männer verliebte, in die unzuverlässigen und gefährlichen, denen sie egal war. Und die ihr selbst egal sein konnten. Allerdings passte Peter nicht in dieses Muster. Er strahlte Zuverlässigkeit aus und erweckte mit seinen Computern, dem Hof und seinen Haustieren einen verhältnismäßig harmlosen Eindruck. Außerdem sah er gut aus. Ein richtiger Schönling, hätte ihre Freundin Mia sicher gesagt.

»Vielleicht hab ich ja am Freitag Zeit«, antwortete sie mit bemüht neutraler Stimme.

»Oh, Freitag muss ich nach Göteborg, um einen neuen Großkunden zu treffen. Mit dem will ich dann noch zu Abend essen. Aber ich werde versuchen, am Samstag pünktlich wieder hier zu sein. Vielleicht dann nächste Woche oder am darauffolgenden Wochenende?«

»Vielleicht. Da hab ich ja immer noch Urlaub.«

Mit einigem Erstaunen stellte sie fest, dass sie tatsächlich ein bisschen enttäuscht war. Der Freitag hätte ihr hervorragend gepasst, aber natürlich musste er sich um seine Firma kümmern.

Schweigend kehrten sie zur Jagdhütte zurück, in der sich die anderen gerade vom Tisch erhoben. Tobias warf ihr einen prüfenden Blick zu, sagte aber nichts.

»Wollen wir?«, flüsterte Karin Embla ins Ohr.

»Ja.«

Sie schnappten sich eine Taschenlampe und begaben sich hinaus in die Dunkelheit. Etwa zehn Meter von der Jagdhütte entfernt blieben sie stehen und hockten sich hinter ein paar Wacholderbüsche, wie so manches Mal, wenn ihnen der Weg zum Klo zu weit war.

Als Embla später auf der harten Pritsche lag, stellte sie ihren Handywecker wieder auf 5.30 Uhr und legte dann das Telefon behutsam auf den Fußboden.

Embla erwachte von einem fürchterlichen Krach. Es dauerte ein paar Sekunden, ehe sie begriff, dass sich ihr Handy mittlerweile auf die maximale Lautstärke hochgeschraubt hatte. Schlaftrunken tastete sie nach dem Telefon, das unter das Bett gerutscht war, und brachte es zum Schweigen. Erschöpft ließ sie sich wieder auf das Kissen zurücksinken. Das winzige Schlafzimmer war ausgekühlt, ihre Nasenspitze fühlte sich eisig an, aber in ihrem dicken Schlafsack war es immer noch herrlich warm und gemütlich. Noch eine Stunde liegen zu bleiben wäre jetzt wirklich nicht übel. Zu allem Überfluss trommelte starker Regen gegen das Fenster. Oder war das Schnee? Das wäre für die Jahreszeit zwar ein wenig früh, aber nicht ausgeschlossen. Das Jagdrevier lag verhältnismäßig hoch, und hier oben war es immer deutlich kühler als im Flachland. Vor einigen Jahren hatten sie durch zehn Zentimeter hohen Schnee zu ihren Hochsitzen stapfen müssen. Anstrengend, aber mit der richtigen Kleidung kein Problem.

Jetzt musst du aber aufstehen!, ermahnte sie sich. Denn wenn sie liegen bliebe, würde sie nur wieder einschlafen. Träge reckte sie sich in ihrem behaglichen Kokon und hielt dann plötzlich inne. Was war das? Sie spitzte die Ohren. Da, definitiv ein Schrei. Und noch einer. Es hatte wie die Stimme einer Frau geklungen. Karin!

Embla strampelte sich aus ihrem Schlafsack und sprang aus dem Bett. In der Eile schlug sie mit dem Kopf gegen die obere Pritsche, merkte es aber kaum. Es war stockdunkel in ihrem Zimmer, aber sie wusste genau, wo ihre Kleider hingen. In Windeseile hatte sie sich angezogen. Sie hatte in Unterwäsche und Socken geschlafen und sich so lediglich Pullover und Hose überstreifen müssen.

An der Haustür zog Nisse gerade seine Stiefel an. Ohne ein Wort zu verlieren, folgte Embla seinem Beispiel und stürzte, noch während sie sich die Jacke überwarf, hinaus in den Regen und tastete in ihrer Jackentasche nach der Taschenlampe. Für den Bruchteil einer Sekunde hielt sie inne, knipste dann die Taschenlampe an und versuchte herauszufinden, wo die Schreie hergekommen waren. Vom Klo? Sie richtete den Lichtkegel auf den fast unsichtbaren Pfad und rannte los. Vor ihr tauchte Björn auf. Er hatte auf seine Jacke verzichtet und trug lediglich ein Hemd, das nass am Rücken klebte.

Im Schein der Taschenlampen sahen sie Karin laut schluchzend an der Tür des Trockenklosetts kauern.

»Karin! Was ist passiert?«

Björn stürzte auf sie zu und nahm sie in die Arme, doch Karin brachte kein Wort heraus. Erst als Björn behutsam versuchte, sie von der Tür wegzuziehen, fuhr sie zusammen und wehrte sich.

»Nein, nicht aufmachen!«, schrie sie.

»Warum nicht?«

»Da ist eine Schlange … Sie hat mich gebissen!«

»Eine Schlange?«, wiederholten Embla und Björn wie aus einem Mund.

Hinter sich hörten sie eilige Schritte, die sich näherten, und Björn, der sich nur langsam von seinem ersten Schreck erholt zu haben schien, fragte: »Wo hat sie dich gebissen?«

»Hier … in die Hand. Ich wollte Papier abreißen … Sie lag neben der Rolle.«

Karin hielt ihre Rechte in die Höhe. Im Schein der Taschenlampen wurden zwei deutliche rote Punkte neben dem kleinen

Finger sichtbar. Der Biss war tief und erforderte schleunigst eine ärztliche Behandlung.

»Der Handyempfang ist hier ganz schlecht. Ich bringe sie ins Dorf und rufe unterwegs die Poliklinik an«, sagte Björn.

»Ich kann euch in meinem Wagen fahren«, schlug Peter vor.

»Nein danke. Es ist besser, wir nehmen den Jeep. Dann habt ihr immer noch zwei Fahrzeuge für den Heimweg. Am besten, ihr setzt die Jagd ganz einfach fort. Ich melde mich.«

Er legte Karin einen Arm um die Schulter. Schweigend sahen die Jagdgenossen zu, wie das Licht ihrer Taschenlampen immer schwächer wurde.

»Und? Was machen wir mit der Schlange?«, war plötzlich Tobias' Stimme aus der Dunkelheit zu vernehmen.

»Ich hab einen Spaten im Auto«, meinte sein Vater grimmig.

»Kreuzottern stehen unter Naturschutz«, wandte Peter vorsichtig ein.

»Hier nicht«, gab Einar unwirsch zurück.

Sie öffneten die Tür einen Spaltbreit und leuchteten mit den Taschenlampen den kleinen Raum aus.

Die schwarze Schlange lag zusammengerollt auf dem Zeitschriftenstapel. Sie hob den Kopf ein paar Zentimeter und zischte. In der Kälte bewegte sie sich nur träge, wirkte aber kein bisschen freundlich gesinnt. Erneut stieß sie ein Zischen aus.

»Ein Weibchen. Sie sind größer als die Männchen, und ihr Hinterteil ist runder«, meinte Sixten.

»Ist das wirklich keine Ringelnatter?«, wollte Peter wissen.

»Nein, sie hat keine Flecken am Hinterkopf, obwohl die natürlich auch bei Ringelnattern manchmal fehlen.«

Mit langen Schritten kam Einar mit dem Spaten zurück. Ohne Umschweife riss er die Tür sperrangelweit auf, hob den Spaten und ließ die scharfe Kante auf die Schlange hinabsausen. Er schlug mit solcher Kraft zu, dass der Kopf der Schlange einen Satz durch die Luft machte und neben der Tür liegen blieb. Selbst der Zeitschriftenstapel war entzweigeschlagen worden.

Anschließend verluden sie gemeinsam Karins und Björns Gepäck, weil niemand mit Sicherheit sagen konnte, ob die zwei am Wochenende wieder heraufkommen würden. Karins Hand war zusehends angeschwollen. Sie hatte Schmerzen, schien sich aber allmählich vom ersten Schock zu erholen.

Dass sie von einer Schlange gebissen worden war, war tatsächlich in vielerlei Hinsicht seltsam. Mitte Oktober einer Kreuzotter zu begegnen war mehr als ungewöhnlich, und keiner der Jagdgenossen hatte bislang von einem ähnlichen Fall gehört, da Schlangen in Winterstarre fielen, sobald sich die Außentemperatur dem Gefrierpunkt näherte. Doch dieses Exemplar hatte verhältnismäßig munter gewirkt, wenn auch ein wenig langsam. Und wie in aller Welt war sie in das Klohäuschen gelangt?

Vor fast zwanzig Jahren hatte Nisse überall, wo Mäuse in die Hütte und in die Außengebäude eindringen konnten, dickes Blech angebracht. Dem Blech waren die Nagetiere nicht gewachsen, und so hatten die Probleme nach und nach aufgehört. Also konnte die Schlange im Grunde nur durch die Fallgrube in das Häuschen gelangt sein – was allerdings bedeutete, dass die mittlerweile kopflose Schlange Kalkspuren am Körper hätte aufweisen müssen. Zudem lag auf dem Loch ein schwerer Holzdeckel, den die Schlange wohl kaum angehoben und noch viel weniger dorthin zurückgelegt haben konnte.

Gegen zehn traf eine SMS von Björn ein. Der Arzt hatte Karin eine Kortisonspritze verabreicht. Gegen Wundstarrkrampf war Karin, die im Pflegesektor arbeitete, bereits geimpft. Sie hatte die strenge Anweisung erhalten, einige Tage auszuruhen. Björn selbst hatte nach diesem Vorfall keine allzu große Lust mehr auf die

Jagd, würde aber am Samstag vielleicht trotzdem noch mal vorbeischauen.

Den ganzen Vormittag zogen dunkle Wolken über den Himmel, und als es an der Zeit war, den Grill zu bestücken, begann es zu regnen.

Die meisten standen trotzdem um das Feuer herum. Als Peter vorbeimarschierte, hob Sixten seine Stimme.

»Ein kranker Hund und eine Jägerin, die von einer Schlange gebissen wird. Das ist noch nie passiert. Erinnert euch, was ich bei Tisch über die Dreizehn gesagt habe!«

Peter tat so, als hätte er nichts gehört, und ging auf Embla zu, die gerade ihr Gewehr an einen Baum lehnte. Er deutete auf die Waffe.

»Ordentlicher Rückstoß, was?«, erkundigte er sich.

Sie hätte ihn darüber aufklären können, dass kaum ein Mitglied der Jagdgesellschaft den Rückstoß so gut zu parieren wusste wie sie, da sie über eine kräftige Nacken- und Schultermuskulatur verfügte. Aber sie ließ es bleiben.

»Man lernt, damit umzugehen. Am Anfang hatte ich ein leichteres Gewehr, das sich besser für Jagdwanderungen und Ähnliches geeignet hat. Und auch der Rückstoß war da wesentlich geringer«, erwiderte sie stattdessen.

»Mir als Anfänger macht er wirklich zu schaffen. Aber auch daran werd ich mich hoffentlich gewöhnen.«

»Bestimmt«, erwiderte sie und lächelte ihm aufmunternd zu.

»Kannst du mir nicht zeigen, wie ich den Kolben anlegen muss, damit es ein bisschen leichter geht?«

»Na klar.«

Sie schnappte sich sein neues Blaser R, Kaliber 9,3 x 62, und wog es kurz in der Hand. Eine ausgezeichnete Allroundwaffe, aber sie konnte gut verstehen, dass ihm der heftige Rückstoß Mühe machte. Sie entfernten sich ein Stück von ihren Jagdkameraden und wandten ihnen den Rücken zu. Vor ihnen waren nur mehr Tannen und Gestrüpp zu sehen. Peter zog das Zielfernrohr aus seiner Jackentasche und befestigte es am Lauf – ein kleines Zeiss, das auch sie selbst manchmal verwendete.

»Zeig mir mal, wie du beim Zielen das Gewehr hältst«, forderte sie Peter auf, der daraufhin in Stellung ging.

Für einen Augenblick war sie nicht bei der Sache, sondern betrachtete sein Profil. Gerade Nase, dichte, blonde Wimpern über blauen Augen. Er sah tatsächlich gut aus, sehr gut sogar.

Dann korrigierte sie den Sitz des Kolbens.

»So. Fühl jetzt mal, wie das Gewehr anliegt. So hältst du es am besten, um den Rückstoß abzufedern«, sagte sie.

»So?«

»Ja.«

Sie sah ihm dabei zu, wie er sich mit der Stellung vertraut machte, als plötzlich eine Stimme hinter ihnen erklang.

»Hier steht ihr also und schmust.«

Peter fuhr mit angelegtem Gewehr herum. Der Lauf zielte auf einen Punkt knapp über Tobias' Nasenwurzel. Tobias riss die Augen auf, und sein Grinsen war schlagartig wie weggefegt. Embla packte den Lauf mit beiden Händen und drückte ihn mit aller Kraft nach unten.

»Bist du verrückt!«, brüllte sie.

Mit hochroten Wangen riss sie das Gewehr an sich, und einen Moment lang sah es aus, als wollte sie es in die Büsche werfen, doch dann besann sie sich und hielt die Waffe ihrem Besitzer wortlos hin. Die Männer sahen ihr schweigend nach, als sie außer sich vor Wut davonmarschierte. Keiner der beiden hätte sagen können, auf wen sie gerade wütender war.

Sie wusste es nicht einmal selbst, obwohl sie buchstäblich zitterte vor Zorn. Wie idiotisch von Tobias, sich an eine Person mit angelegtem Gewehr heranzuschleichen! Und Peters Reaktion war lebensgefährlich gewesen. Dabei besagte die eiserne Grundregel der Jagd, dass nie auf einen anderen Menschen gezielt werden durfte.

Die Wut verwirrte Embla allerdings weniger als ihre Angst. Sie hatte Peters Blick hinter dem Sucher wahrgenommen. Der sonst so freundliche Ausdruck in seinen blauen Augen war in Sekundenschnelle der Schärfe geschliffener Saphire gewichen. Ein Blick, den sie von Jägern kannte, die ihre Beute aufs Korn nahmen.

Wäre das Gewehr geladen gewesen, hätte Tobias jetzt tot sein können.

Der Appetit war ihr eigentlich vergangen, aber sie wusste, dass sie sich für die Jagd am Nachmittag ein wenig stärken musste. Energisch kehrte sie zum Grillplatz zurück, um sich eine Wurst zu holen.

Die anderen schienen nichts bemerkt zu haben. Um wieder auf andere Gedanken zu kommen, wandte Embla sich an den Gutsverwalter Stig Ekström: »Ist Frippe wirklich krank?«

»Ja. Er musste beim Tierarzt bleiben und bekommt jetzt Infusionen.«

»Oh, was fehlt ihm denn?«

»Vermutlich hat er Rattengift gefressen. Die Menge, die eine Ratte tötet, reicht allerdings nicht aus, um einen Hund zu vergiften.«

»Wir verwenden hier kein Rattengift. Wir haben die Hütten abgedichtet«, versicherte sie ihm.

»Es gibt noch andere Häuser, die nicht abgedichtet sind«, knurrte Ekström und sah dabei finster zu Sixten hinüber.

»Du glaubst, Sixten hat Rattengift verstreut?«, fragte sie leise.

»Vor drei Jahren hat er sich jedenfalls welches von mir geliehen. Vermutlich hat er inzwischen neues ausgelegt. Und abgedichtet ist da nichts – schließlich gehört die Hütte nicht mal ihm.«

»Vielleicht hat Frippe das Rattengift ja in der Nähe des Jagdschlosses gefunden?«

»Nein. Seit ich das Jagdschloss abgedichtet habe, legen wir dort nichts mehr aus. Darum habe ich das Gift auch Sixten überlassen.«

Embla schwieg einen Augenblick und fragte dann: »Aber wie soll Frippe an Sixtens Rattengift gelangt sein? Er war doch gestern gar nicht hier.«

»Er könnte ein größeres Tier, das eine ordentliche Dosis abbekommen hat und irgendwo krepiert ist, aufgestöbert haben. Hunde fressen nun mal Aas.«

»Das ist wahr. Ganz schön eklig.«

Widerwillig erinnerte sie sich an einen Todesfall aus ihrer Zeit als Göteborger Streifenpolizistin. Mit ihrem Kollegen Andreas war sie für den dritten Bezirk zuständig gewesen. Nachbarn hatten sich dort über den Gestank aus einer Wohnung beklagt. Es war Hochsommer, und der Gestank war bereits bis ins Treppenhaus gedrungen. Als sie vor der Wohnungstür standen, war auf der anderen Seite das tiefe Knurren eines großen Hundes zu hören. Der Schlüsseldienst öffnete das Schloss, und Andreas und sie entsicherten und legten ihre Waffen an. Dann baten sie den Schlosser, ein paar Schritte zurückzugehen, um ihm den schrecklichen Anblick zu ersparen, der sie mit Sicherheit hinter der Tür erwarten würde. Andreas zählte bis drei und stieß die Tür auf. Der Gestank nahm schlagartig zu, aber ein Hund war nicht zu sehen.

Vorsichtig traten sie ein und schoben die Tür wieder hinter sich zu. Vor ihnen lag eine klassische Fixerbude: Matratzen, Spritzen, leere Plastiktüten und Müll auf dem Fußboden. Die Tür zum Bad stand sperrangelweit auf. Dort brannte Licht – und der Tote lag auf dem Fliesenboden. Und hier fanden sie schließlich auch den Hund, einen Rottweilermischling, der nur deshalb überlebt hatte, weil er das Wasser aus der Toilette gesoffen und sein totes Herrchen angeknabbert hatte. Das Gesicht des Mannes fehlte.

Der Hund setzte sich neben den Toten, legte den Kopf zwischen die Pfoten und sah sie an. Als sie sich dem Bad näherten, hob er den Kopf, knurrte aber nicht. Embla sah dem Tier in die Augen. Ohne zu zögern, hob sie die Dienstwaffe und drückte ab.

»Scheiße, warum hast du den Hund erschossen?«, brüllte Andreas.

»Weil er mich darum gebeten hat«, antwortete sie nur.

Am darauffolgenden Tag beantragte Andreas, mit einem neuen Partner auf Streife gehen zu dürfen.

Der Anblick im Badezimmer suchte Embla bis heute in ihrem zweitschlimmsten Albtraum heim.

»... eine Weile nicht mehr auf Jagd gehen.«

Erst jetzt bemerkte sie, dass Ekström eine Art Ansprache gehalten hatte. Sie murmelte zustimmend in sich hinein und widmete sich ihrer Grillwurst. Peter und Tobias sahen zu ihr herüber und versuchten beide, ihren Blick aufzufangen. Aber mit den zwei Herren wollte sie sich momentan nicht unterhalten. Mit langen Schritten marschierte sie zu ihrem Gewehr hinüber und verschwand im Wald.

Unnachgiebig nieselte es weiter. Fröstelnd saß Embla auf dem Hochsitz und spähte in die regengraue Waldlandschaft. Sie ging schon so viele Jahre auf die Jagd, dass ihr das Wetter nicht mehr allzu viel ausmachte. Auch ihre Wut verflog allmählich. Dieser verdammte Tobias! Und Peter konnte auch der Teufel holen! Peter. Vielleicht ließ sich sein Verhalten ja damit erklären, dass er kein routinierter Jäger war. Trotzdem mussten ihm die Sicherheitsregeln doch immer noch lebhaft im Gedächtnis gewesen sein. Immerhin hatte er den Jagdschein kürzlich erst erworben. Die Waffe niemals auf einen Menschen zu richten war die wichtigste Regel von allen.

Ein kaum hörbares Knacken holte sie in die nasskalte Wirklichkeit zurück. Embla hielt den Atem an und lauschte. Da war das Geräusch wieder. Es kam aus einem dichten, hohen Wachholdergebüsch. Vorsichtig, um zu verhindern, dass ihre Kleidung raschelte, wandte sie sich zu dem Geräusch um. Dann legte sie den Lauf ihrer Waffe auf die Brüstung und zoomte das Gebüsch heran. Nach ein paar ereignislosen Sekunden nahm sie eine Bewegung hinter dem Wacholder wahr, und ein stattlicher Elchbulle trat in ihr Blickfeld. Sein Bart war ungewöhnlich kräftig, und sein Körper wirkte riesenhaft. Durch das Zielfernrohr konnte sie sogar die Regentropfen auf seinem dichten Fell erkennen. Noch nie hatte sie ein derart schönes Tier gesehen. Ihr Mund fühlte sich mit einem Mal ganz trocken an, und eine vertraute Kälte breitete sich in ihrem Körper aus. Immer mit der Ruhe, das ist schließlich nicht das erste Mal, ermahnte sie sich. Mit dem rechten Daumen entsicherte sie das Gewehr. Warte noch mit dem Schuss, bis sich der perfekte Winkel auftut, dachte sie.

Der Abstand betrug knapp dreißig Meter. Der Elch machte ein paar Schritte vorwärts, dann blieb er stehen, drehte ihr die Flanke zu und nahm misstrauisch Witterung auf. In dieser Position würde sie nicht auf ihn schießen können. Vielleicht ahnte er ja, dass sie sich in der Nähe befand. Dann drehte sich der Elch langsam wieder zu ihr um. Als sie ihn genau im Profil hatte, drückte sie ab. Sie traf ihn in Herz und Lunge. Der schwere Körper sank augenblicklich in sich zusammen.

Ihr Puls raste, und ihre Knie wurden ganz weich. Es dauerte ein paar Sekunden, bis sie vom Hochstand hinunterklettern und mit zitternden Beinen auf ihre Beute zugehen konnte. Dann tanzte sie wie ein Indianer um den toten Elch herum: Sie hatte von Beehn um seinen Sechzehnender gebracht!

Die Jagdgesellschaft hatte sieben ausgewachsene Elche und acht Kälber erlegt. Emblas Bulle war mit Abstand das schönste Tier und wog fast exakt sechshundertfünfzig Kilo. Er war kerngesund und voller Kraft gewesen. Nachdem Einar und Nisse Zähne und Geweih begutachtet hatten, schätzten sie sein Alter auf zwölf Jahre. Das Geweih würde einen Ehrenplatz über dem Sofa bekommen. Embla hängte sich sonst nie Jagdtrophäen an die Wand, aber dieses Geweih war wirklich etwas Besonderes.

Von der ausgerufenen Quote blieben ihnen jetzt also noch sieben ausgewachsene Tiere und sieben Kälber – eine angemessene Zahl für den folgenden Tag, stellte Jagdleiter Sixten fest. Wahrscheinlich würden sie es nicht ganz auf diese Zahl bringen, aber im Herbst boten sich ja noch weitere Gelegenheiten. Ihre A-Lizenz gestattete es ihnen, von der Eröffnung der Jagdsaison siebzig Tage lang zu jagen. Sie hatten also noch hinreichend Zeit.

Am Abend war die Stimmung beim Essen trotz des Sechzehnenders gedämpft. Tobias hatte Embla zugeflüstert, Peter habe sich bei ihm entschuldigt, aber ihr fiel auf, dass die beiden an entgegengesetzten Enden des Tisches Platz genommen hatten.

Vor allem Karins Schlangenbiss machte der Jagdgesellschaft zu schaffen. Sie fragten sich, wie es der Schlange hatte gelingen können, in das Klohäuschen einzudringen, und erörterten das Rätsel in aller Ausführlichkeit, ohne eine sinnvolle Erklärung dafür zu finden. Schließlich einigte man sich darauf, dass sie wahrscheinlich schnell hineingeschlängelt war, als jemand gerade das Häuschen betreten oder verlassen hatte. Embla wandte jedoch ein, dass Schlangen bei Temperaturen um null Grad für gewöhnlich nicht gerade munter und agil waren.

Irgendwann wurde die Tischgesellschaft aufgehoben. Man wollte früh zu Bett gehen. Embla ging noch mal nach draußen, um sich zu erleichtern. Sie hockte sich hinter einen Wacholderbusch, denn obwohl alle Spuren der toten Kreuzotter beseitigt worden waren, fühlte Embla sich auf dem Trockenklosett nicht mehr annähernd so sicher wie zuvor.

Der folgende Morgen war kalt und klar, und Embla erwachte mit deutlich besserer Laune. Auch am Frühstückstisch herrschte eine spürbar unbeschwertere Atmosphäre als am Vorabend.

Es war immer noch dunkel, als sie aufbrach. Mit der Taschenlampe in der Hand und ihrem umgehängten Gewehr machte sie sich auf den Weg zu ihrem Hochstand. Der Lichtkegel fiel auf den kaum erkennbaren Trampelpfad, dem sie trotz allem mühelos folgte. Immerhin bezog sie seit vier Jahren immer ein und denselben Ansitz.

Als sie sich ihrem Ziel näherte, vernahm sie plötzlich ein leises Winseln, das in ein gedehntes Heulen und schließlich in ein Kläffen überging. Embla hielt inne und lauschte konzentriert. Das Winseln, Heulen und Kläffen wiederholte sich. Womöglich ein Fuchs. Vorsichtig ging Embla weiter. Das Winseln hörte abrupt auf, als das Tier ihre Nähe spürte. Sie hörte es verzweifelt gegen etwas ankämpfen – und dann schob sich ein Fellbündel in den Lichtkegel der Taschenlampe. Der Fuchs warf sich hin und her und schien nicht loskommen zu können. Dann warf er sich herum und starrte mit weit aufgerissenen Augen geradewegs ins Licht. Blutiger Schaum stand vor seinem Maul. Ein Hinterlauf steckte in einem großen Fangeisen, das den Knochen fast völlig durchtrennt hatte. Um die Falle herum war die Erde blutverschmiert. Offenbar hatte der Fuchs in seiner Not versucht, sich das Bein abzubeißen.

Noch nie hatte Embla eine Tellerfalle mit eigenen Augen gesehen, und zwar aus dem einfachen Grund, weil derartige Fallen schon seit vielen Jahren verboten waren.

Mit zitternden Fingern betätigte sie das Funkgerät.

»Embla hier. Unter meinem Hochstand sitzt ein Fuchs in einem riesigen Fangeisen fest. Er ist schwer verletzt, ich muss ihn jetzt erschießen. Over.«

Ein paar Sekunden lang blieb es still.

»Ein Fangeisen? Bist du dir sicher?«, kam Sixtens Stimme skeptisch aus dem Lautsprecher.

»Ganz sicher.«

»Na gut. Erschieß ihn. Nisse und ich sind gleich bei dir. Ihr anderen wartet ab, bis ich mich wieder melde. Over.«

Eine Viertelstunde später stießen die beiden Männer zu ihr. Schweigend betrachteten sie den toten Fuchs. Sie hatten Seppo an einem Baum festgebunden, doch ihm war deutlich anzumerken, dass auch er sich den Fuchs gern angesehen hätte.

»Pfui Teufel! Nicht mal mein Vater hat Fangeisen verwendet. Das ist wirklich eine Sauerei!«, erboste sich Sixten.

»Ganz deiner Meinung. Das hier ist eine alte Falle, ziemlich groß und garantiert für Füchse oder Biber gedacht. Aber wie ist sie hier gelandet?«, fragte Nisse.

Im schwachen Licht der Morgendämmerung sahen sie einander fragend an. Es würde ein schöner Morgen werden, aber keiner von ihnen konnte sich im Augenblick recht daran erfreuen.

»Die Falle war gestern noch nicht da. Ich hätte sie gesehen, immerhin liegt sie fast mitten auf dem Weg«, meinte Embla.

Nisses Knie knacksten, als er in die Hocke ging, um die Falle und die Spuren in der unmittelbaren Umgebung in Augenschein zu nehmen. Als er wieder aufstand, stand ihm der Ernst der Lage ins Gesicht geschrieben.

»Die Falle war mit Moos und Laub getarnt.«

»Wer tut so was? Das ist doch lebensgefährlich!«

Streitlustig sah Sixten sich um, als hoffte er, den Schuldigen irgendwo zwischen den Tannen entdecken zu können.

»Irgendein Mensch, der anderen den Spaß verderben oder jemanden verletzen will. Ich frage mich … Embla, du bist doch die Einzige, die diesen Weg benutzt?«, meinte Nisse.

Sie schluckte ein paarmal. Erst dann konnte sie antworten. »Ich mache ein paar Fotos mit dem Handy. Das hier ist ein Verstoß gegen das Jagdgesetz«, meinte sie und bemühte sich dabei um einen neutralen Tonfall.

»Ja, natürlich. Aber stell dir vor, du wärst in diese Falle getreten – sie hätte dir zwar nicht den Knochen durchtrennt, aber übel verletzt hätte sie dich allemal.«

»Soll ich Anzeige erstatten?«, fragte Embla.

»Unbedingt«, erwiderte Nisse grimmig.

Sixten rief die Jäger am Grillplatz zusammen. Er schilderte den Vorfall und führte allen die Falle vor. Sie bestand aus rostigem Eisen, und eine lange Kette mit einem dicken Eisenbolzen war daran befestigt, der sich in die Erde schlagen ließ, um die Beute an der Flucht zu hindern. Der gut geölte Mechanismus funktionierte einwandfrei. Er schlug mit einem lauten Knall zu, als Sixten mit einem dicken Ast den Auslöser betätigte. Der Ast stob splitternd entzwei.

Kaum einer der Jäger hatte je eine ähnliche Falle gesehen, geschweige denn besessen, und niemandem war am Vorabend oder am Morgen etwas Verdächtiges aufgefallen.

»Im Augenblick können wir nichts weiter unternehmen. Wir kehren auf unsere Posten zurück. Aber achtet darauf, wo ihr hintretet. Diese Geschichte können wir nicht einfach so auf sich beruhen lassen«, gab Sixten ihnen zur Warnung mit auf den Weg.

Es wurde ein schöner Jagdtag, obwohl sie nur ein Kalb erlegten. Am Abend versammelte man sich wieder vor dem Jagdschloss, und Sixten dankte allen Anwesenden für die überaus erfolgreiche Jagd.

Tobias und Einar zwängten sich in Peters Range Rover, damit die Jäger, die noch einen Tag bleiben wollten, mit dem Pick-up die erlegte Strecke zur Schlachthütte transportieren und dann nach Hause fahren konnten. Peters Wagen hatte keine Anhängerkupplung, aber er versprach, sich bis zum nächsten Jahr darum zu kümmern.

Die Mitglieder der von beehnschen Jagdgesellschaft hatten bereits gepackt. Stig Ekström würde sie mit dem Hummer nach Dalsnäs fahren, wo sie ihre Autos abgestellt hatten. Am Donnerstag hatte Ekström sich freigenommen. Er würde erst am Freitagmorgen wieder mit dem Hummer in den Wald zurückkommen. Sein King Cab würde so lange vor dem Jagdschloss stehen bleiben für den Fall, dass Anders und Jan-Eric einen Wagen benötigten.

Am Mittwoch aßen Embla, Nisse und Sixten im Gemeinschaftsraum zu Abend. Sixten hatte ein paar Bierdosen auf den Tisch gestellt, die er eigens für diese Gelegenheit aufgespart hatte. Da er nicht unbedingt zu den spendierfreudigsten Menschen gehörte, gerade wenn es um Alkohol ging, staunten die beiden anderen nicht schlecht. Embla lehnte dankend ab, aber Nisse nahm sich ein Bier. Er hatte einen Würstcheneintopf aus den übrig gebliebenen Würsten zubereitet. Mit einer Dose Tomaten, Zwiebeln, einem Schuss Sahne und mit Reis schmeckte der Eintopf köstlich, und Sixten langte ordentlich zu – genau wie beim Bier. Er war bereits bei der dritten Dose angelangt, als er den Blick hob, Embla durchdringend ansah, sich ein paarmal mit seiner riesigen Pranke über die Bartstoppeln strich und schließlich sagte: »Nimm dich vor diesem Peter in Acht. Mit dem stimmt irgendwas nicht.«

»Inwiefern?«

Sie versuchte, unbeteiligt zu wirken, spürte aber, wie sich ihre Wangen röteten.

»Alle fragen sich, weshalb er zurückgekommen ist, aber ich weiß es. Er hat irgendeine Schweinerei im Sinn.«

Wie um seine eigene Behauptung zu unterstreichen, nickte er mehrmals. Dann leerte er laut schlürfend seine Bierdose.

»Was denn für eine Schweinerei? Das musst du uns schon erklären«, sagte Nisse.

Embla war dankbar, dass er die Frage gestellt hatte. So würde die Unterhaltung weniger wie eine Vernehmung wirken, obwohl sie nichts lieber getan hätte, als Sixten einem handfesten Verhör zu unterziehen. Peter und er hatten sich in den vergangenen Tagen wie Haifische umkreist, und jetzt war es an der Zeit, der Ursache auf den Grund zu gehen.

Doch statt zu antworten, erhob sich Sixten und holte bloß zwei weitere Dosen Bier. Erst zögerte Nisse, warf dann Embla einen raschen Blick zu und nickte. Es war wichtig, dass Sixten endlich die Karten auf den Tisch legte und ihnen erzählte, was hinter der Feindschaft zwischen den beiden steckte. Ausnahmsweise schien er tatsächlich reden zu wollen. Vielleicht war es ihm ja wirklich ein Bedürfnis.

Nach ein paar großen Schlucken wischte Sixten sich den Schaum mit dem Handrücken aus den Bartstoppeln.

»Was für eine Schweinerei? Das kann ich euch sagen. Dieser Idiot hat überall Kameras aufgestellt. Niemand kann sich dem Hansgården mehr nähern, ohne gefilmt zu werden. Er behauptet, das wäre wegen dieser vielen Computer in seinem Haus. Offenbar hat er Angst vor Einbrechern. Aber ich glaube, dass er irgendwelche krummen Dinger dreht. Kinderpornos oder so.«

»Der Hansgården liegt ziemlich abgelegen. Niemand würde bemerken, wenn dort eingebrochen würde«, wandte Nisse ein, aber Sixten fiel ihm ins Wort.

»Eine Alarmanlage hat er auch, nicht nur im Wohnhaus, sondern auch im Schuppen und im Stall.«

Fast triumphierend grinste er sie an und nahm einen weiteren Schluck Bier. In dieser Gegend besaß sonst niemand eine Alarmanlage. Es hätte auch wenig Sinn gehabt – bis bei den hiesigen Entfernungen irgendein Ordnungshüter einträfe, hätte ein Einbrecher längst alles ausgeräumt. Man musste eben die Nachbarn bitten, ein wachsames Auge auf das eigene Grundstück zu haben, aber nicht einmal das war immer einfach, weil die einzelnen Anwesen mitunter ein ganzes Stückweit auseinanderlagen.

»Und woher weißt du das alles?«, hakte Nisse jetzt nach.

Sixten schlug sich mit der Faust auf die Brust, rülpste laut und antwortete dann: »Alarm-Gösta aus Bengtsfors hat die Anlage installiert und mir davon erzählt.«

Embla konnte sich ein schiefes Grinsen nicht verkneifen. Auf dem Land gab es einfach keine Geheimnisse. Sie mischte sich wieder in die Unterhaltung ein.

»Peter arbeitet oft von zu Hause aus. Seine Computer und die ganze Technik dürften einiges wert sein.«

Sixten blickte sie finster an. Es war ihm deutlich anzusehen, dass er von diesem Argument nicht viel hielt.

»Dann erklärt mir mal das mit dem Zimmer!«

Ein verschlagenes Grinsen schlich sich auf seine schmalen Lippen, dann kniff er ein Auge zusammen.

»Was denn für ein Zimmer?«, fragten Embla und Nisse wie aus einem Mund.

Sixten nickte zufrieden und fuhr dann mit leiser Stimme fort: »Die Handwerker, die sein Haus renoviert haben, durften eins der Zimmer nicht betreten. Da ist doch etwas faul.«

Embla warf ihrem Onkel einen alarmierten Blick zu, sagte aber nichts. Nach einer Weile fragte Nisse: »Und woher weißt du das?«

»Den Umbau hat Mattssons Bygg durchgeführt. Patrik Mattsson fand das anscheinend ziemlich seltsam. Im Haus wurde an nichts gespart – nur das Beste und Teuerste kam infrage. Aber ein Zimmer war immer abgeschlossen und durfte von niemandem betreten werden.«

Ein Schauder lief Embla über den Rücken. Trotzdem fragte sie mit betont desinteressierter Stimme: »Wo befindet sich denn dieses Zimmer? Im Keller vielleicht?«

Sixtens buschige Brauen zogen sich zusammen, und er legte die Stirn in tiefe, nachdenkliche Falten.

»Ich weiß nicht, danach hab ich natürlich nicht gefragt«, erwiderte er schließlich.

Der Donnerstag wartete mit einem ebenso klaren Morgen auf wie schon der Tag zuvor. Nach einer kurzen Beratung beschlossen die fünf verbliebenen Jäger, auf Rotwildjagd zu gehen.

Gegen drei musste die Jagd allerdings abgebrochen werden, weil schwere Wolken aufgezogen waren und es in Strömen zu regnen begann. Mit dem King Cab würden sie die Strecke des Tages zur Schlachthütte bringen und die erlegten Rehe und Hirsche präparieren und anschließend den Pick-up wieder zu den Jagdhütten zurückbringen. Anders von Beehn und Jan-Eric Cahneborg wollten sich dann ins Jagdschloss zurückziehen, während die anderen ihre Sachen packen würden, um nach Hause zurückzukehren.

Die Rückfahrt in Richtung Schlachthütte ging nur sehr langsam vonstatten, weil der Forstweg nach dem häufigen Hin und Her in den vergangenen Tagen und dem herbstlichen Starkregen fast unpassierbar geworden war. Aus diesem Grund war die neue Schlachthütte auch ein Stück weit den Kiesweg hinunter errichtet worden, obwohl dies bedeutete, dass die Beute über eine längere Strecke transportiert werden musste. Die alte Schlachthütte hatte ganz in der Nähe der Jagdhütten gelegen.

Embla saß gerne am Steuer des großen Pick-ups. Verglichen mit ihrem alten Volvo war er ausgesprochen bequem. Außerdem schaffte er es durch jedwedes Gelände. Weil Sixten auf der Rückbank saß und schlief, verbrachten Nisse und Embla die Fahrt schweigend.

Anfang des Jahres war Sixten siebzig geworden. Eine Feier

hatte es nicht gegeben, da er nur mehr eine Schwester in einem Altersheim im Stockholm hatte und beide kinderlos geblieben waren. Niemand würde Sixtens Hof erben.

Als Embla den Pick-up schließlich vor Karins und Björns Haus parkte, erschienen die beiden sofort auf der Freitreppe. Dass die Cousine so müde aussah, machte ihnen Sorgen.

»Mir geht's schon besser«, sagte Karin beschwichtigend. »Die Schwellung ist zurückgegangen. Aber die Hand ist immer noch ein bisschen steif und tut weh.«

Sie hielt ihre verletzte Hand in die Höhe. Die beiden Punkte waren immer noch schwach zu erkennen. Als sie dann auch noch von dem Fangeisen hörte, wurde sie noch blasser, ging aber nicht weiter darauf ein.

»Wisst ihr inzwischen, wie die Schlange ins Klohäuschen kommen konnte?«, fragte sie nach einer Weile.

»Nein. Eigentlich ist dort alles abgedichtet.«

Kurz blitzte es in ihren Augen. Dann beugte sich Karin vor und flüsterte Embla ins Ohr: »Irgendjemand hat sie dort hingelegt. Genau wie das Fangeisen. Da oben treibt irgendein Irrer sein Unwesen!«

Skeptisch runzelte Embla die Stirn.

»Warum sollte jemand …«

»Keine Ahnung.«

Ein schlechter Scherz vielleicht? Nein, das war unwahrscheinlich. Sämtliche Jagdgenossen waren Verwandte oder Freunde, und dass jemand aus von Beehns Gruppe sich einen derartigen Streich erlaubte, war ebenfalls abwegig. So etwas Dummes und Gefährliches würde niemand tun.

Nachdem sie ihr Gepäck ausgeladen hatten, stieg Embla die Treppen in den ersten Stock hinauf, um zu duschen. Sie ließ ihre Kleidung einfach zu Boden fallen und stieg dann in die Duschkabine. Als sie das Shampoo in ihr Haar massierte, stiegen ihr die Gerüche der Jagd in die Nase: Schweiß, Erde, Rauch. Sie sehnte sich in den Wald zurück. In anderthalb Tagen würde sie wieder dort sein. Sie freute sich jetzt schon darauf.

Auf dem Bett hatte sie ein paar saubere Kleidungsstücke bereitgelegt. Es war herrlich, endlich wieder frische Sachen anzuziehen. Die schmutzige Wäsche warf sie in die Waschmaschine, die vermutlich den ganzen Abend in Betrieb sein würde.

Als sie wieder hinunterkam, stand Nisse schon am Herd. Ohne sich umzudrehen, sagte er: »Es ist Donnerstag, da gibt es Erbsensuppe und nachher Pfannkuchen mit hausgemachter Himbeermarmelade.«

»Lecker! Ich kann mich um die Suppe kümmern.«

Diesen Vorschlag unterbreitete sie Nisse nur deshalb so bedenkenlos, weil sie auf dem Küchentisch zwei Tüten mit fertiger Erbsensuppe entdeckt hatte. Die Verpackung aufzuschneiden, den Inhalt in einen Topf zu geben, Wasser unterzurühren und das Ganze aufzuwärmen – das würde selbst ihr gelingen. Ein bisschen Thymian, der bei ihrem Onkel auf der Fensterbank wuchs, würde der Suppe zusätzlichen Pfiff verleihen.

Die Kücheneinrichtung war zuletzt in den Siebzigerjahren renoviert worden und komplett aus Kiefernholz gefertigt. Die Türen und Schubladen waren mit alten Bauernmustern bemalt. Den Herd, die Spülmaschine und den Kühlschrank hatte Nisse allerdings vor ein paar Jahren ausgetauscht. Sie hatte versucht, ihn zu einer ganz neuen Küche zu überreden, aber er hatte sich dagegen gesträubt. Die alten Kiefernholzblenden gefielen ihm nach wie vor. Immerhin hatte er eingewilligt, die Dielen abschleifen und frisch lackieren zu lassen.

Während die Suppe auf dem Herd stand, plauderten sie über

dies und das und kamen schließlich wieder auf das Thema zu sprechen, das beide am meisten zu interessieren schien.

»Was macht dieser Peter Hansson eigentlich beruflich?«, fragte Nisse.

»Irgendwas mit Computern. Vielleicht will ja die Versicherung, dass er eine Alarmanlage ...«

»Jetzt tu nicht so. Du weißt genau, dass ich von dieser Geheimkammer rede«, fiel Nisse ihr mit einem Schnauben ins Wort.

Er kannte sie einfach zu gut. Diese verdammte Geheimkammer hatte ihr, seit Sixten davon erzählt hatte, in einem fort im Kopf herumgespukt. Wozu diente ein verschlossenes Zimmer, das niemand betreten durfte? Natürlich, um darin geheime Dinge zu tun. Aber vielleicht verwaltete er auch einfach nur sensible Daten, die unter Verschluss bleiben mussten. Aber musste nicht auch ein solches Zimmer renoviert werden? Warum also hatten die Handwerker es nicht betreten dürfen? Vielleicht hatte er dort auf dem Fußboden bloß eine riesige Märklin-Eisenbahn aufgebaut, von der niemand wissen durfte, weil er das Gespött der Leute fürchtete. Andererseits ... So wirkte er nun wirklich nicht. Aber was war er eigentlich für ein Mensch?

»Meinst du, ich sollte Peter und dieses Zimmer mal ein bisschen unter die Lupe nehmen?«

Nisse antwortete nicht, sondern konzentrierte sich darauf, einen goldbraunen Pfannkuchen zu wenden, indem er ihn mit einer gekonnten Bewegung aus dem Handgelenk in die Luft warf und in der Bratpfanne wieder auffing. Als der Pfannkuchen weiterbrutzelte, drehte er sich zu ihr um und sah sie nachdenklich an.

»Du hast dich aber nicht in ihn verknallt?«

Ihr Herz schien einen Schlag auszusetzen ... Stimmte das vielleicht? Peter sah gut aus und war attraktiv, gleichzeitig aber auch zurückhaltend, und er schien voller Widersprüche zu stecken.

»Ich muss zugeben, dass er mich interessiert. Er sieht gut aus und so … Aber da ist noch etwas anderes. Er ist spannend …«

»Ach, wirklich? Vielleicht auch in beruflicher Hinsicht?«

Er drehte sich wieder um und legte den fertigen Pfannkuchen zu den anderen. Mit einem Teigschaber holte er auch noch den letzten Teigrest für einen weiteren Pfannkuchen aus der Schüssel.

In beruflicher Hinsicht? Ja, auch das. Menschen mit Geheimnissen hatten sie immer schon fasziniert.

Embla konnte den Gedanken an Peters Geheimkammer nicht mehr beiseiteschieben. Falls es diesen Raum überhaupt gab. Vielleicht handelte es sich ja auch nur um ein Hirngespinst. Sie war so sehr in Gedanken versunken, dass sie ganz vergaß, die Suppe umzurühren. In letzter Sekunde riss Nisse den Topf von der Platte.

»Oje! Kann man die jetzt noch essen?«

»Natürlich. Wir müssen ja nicht unbedingt den Boden auskratzen.«

Nach dem Essen ließen Embla und Nisse sich satt und zufrieden vor den Fernseher plumpsen. Es war halb acht, Zeit für die Nachrichten. Doch Embla konnte sich nicht darauf konzentrieren. Immer wieder wanderten ihre Gedanken zu einem verschlossenen, geheimen Zimmer.

Schließlich wandte sie sich an Nisse: »Machst du mit, wenn ich die Sache mit der Geheimkammer genauer unter die Lupe nehme?«

»Daran wirst du mich kaum hindern können«, erwiderte er mit einem verschmitzten Grinsen.

Der Hansgården lag fast fünf Kilometer von Nisses Hof entfernt. Diesen Umstand wollte Embla sich zunutze machen. Nisse, Seppo und ihr alter Volvo waren ebenfalls Teil des Plans. Als Vorbereitung genügte, einfach den Reservekanister, der immer im Laderaum des Veteranen stand, aus dem Auto zu holen.

Kurz vor acht Uhr legten sie los. Draußen war es stockdunkel, und Regen hing in der Luft. Um nicht frieren zu müssen, zog Embla eine Strickjacke über ihr tief ausgeschnittenes schwarzes T-Shirt. Dann betupfte sie sich ein wenig mit Parfüm und trug ein bisschen Wimperntusche auf. Ihre dicke Jacke, Handschuhe und Mütze legte sie auf die Rückbank. Den Feldstecher versteckte sie unter dem Beifahrersitz, wo sie ihn schnell zu fassen kriegen würde. Dann steckte sie ihr Handy in die Jackentasche. Sorgfältig besprach sie ihren Plan mit Nisse, der aufmerksam zuhörte und mit allem einverstanden war.

Wäre nicht dieser seltsame Ausdruck in Peters Augen gewesen, als er sein Gewehr auf Tobias gerichtet hatte, hätte sie den Plan wahrscheinlich nie in Angriff genommen. Doch der Anblick hatte sie tatsächlich stutzig gemacht, und falls sich mit Peter wirklich irgendetwas ergeben sollte, war es besser, zuvor herauszufinden, was er in seiner Geheimkammer versteckte. Eine Festplatte voll widerlicher Pornobilder, eine Orchideenzucht, Marihuanapflanzen, eine Spielzeugeisenbahn ... Ganz gleich, was er dort versteckt hielt – sie würde der Sache auf den Grund gehen.

Einen halben Kilometer vom Hansgården entfernt hielt Embla am Straßenrand an und nahm das Fernglas in die Hand. Hinter einem Rollo im Obergeschoss brannte Licht. Alle anderen Fenster waren dunkel. Allerdings waren alle drei Gebäude von außen gut beleuchtet, und es gab nirgends eine Möglichkeit, sich im Schutz der Dunkelheit anzuschleichen.

Nachdem Embla ein paarmal tief durchgeatmet hatte, stieg sie aus, hob zwei Warndreiecke aus dem Kofferraum und platzierte eins vor, das andere hinter ihrem Wagen.

Anschließend marschierte sie energisch auf den Hansgården zu. Hinter dem Rollo im Obergeschoss regte sich – nichts. Ehe sie den erleuchteten Vorplatz überquerte, zückte sie ihr Handy und rief Nisse an. Wie vereinbart, hob er nicht ab. Mit einem lauten Fluch steckte sie das Handy wieder ein. Es war wichtig, glaubwürdig zu wirken, falls Peter irgendwo an einem dunkeln Fenster stand und sie beobachtete. Als sie sich schließlich dem Haus näherte, beschleunigte sich ihr Puls. Sie war nervös. Und plötzlich spürte sie eine Berührung an der Wade. Mit einem unterdrückten Schrei schrak sie zusammen, nur um erleichtert festzustellen, dass es nur eine rotgetigerte Katze gewesen war, die sich an ihr Bein hatte schmiegen wollen und jetzt hinter dem Haus verschwand.

Die neue, blau gestrichene Haustür war mit einem Klopfer aus Gusseisen versehen. Embla klopfte dreimal mit Nachdruck an, doch im Haus blieb es still. Neben der Tür hing ein Codeschloss mit einem kleinen Display. Sie wartete einen Augenblick und klopfte nochmals an. *Ta-ta-ta-ta-ta-ta*, hallte es aus dem Inneren des Hauses wider. Nach einer weiteren Minute zog sie ihr Handy erneut aus der Jackentasche. Aus dem Augenwinkel bemerkte sie eine Kamera unter dem Vordach über der Tür, tat aber so, als hätte sie sie nicht gesehen. Stattdessen rief sie erneut auf

Nisses Handy an. Nachdem es ein paarmal geklingelt hatte, hob er schließlich ab.

»Ja?«

»Hallo, ich bin's. Mir ist das Benzin ausgegangen, und natürlich hab ich den Reservekanister in der Garage vergessen. Jetzt stehe ich vor dem Hansgården, aber Peter scheint nicht zu Hause zu sein. Den Hund hab ich auch nirgends gesehen…«

»Frühestens in einer halben… in einer Stunde«, hörte sie Nisse sagen. »Okay? Und es ist wirklich Seppo? Das ist ja super. Vielleicht schaffst du es ja, ihn einzufangen…«

Irgendwann fiel sie ihm ins Wort.

»In Ordnung. Ich warte beim Auto. Aber höchstens eine halbe Stunde, hörst du? Wenn's länger dauert, gehe ich zu Karin und Björn. Dann müsstest du mit dem Kanister dort hinkommen und mich abholen… Ja, ist gut.«

Sie schaltete ihr Handy aus und hob die Hand ein drittes und letztes Mal, um nach dem Klopfer zu greifen. Im selben Augenblick ging die Tür lautlos auf, und Peter lächelte sie an. Er hatte nasses Haar, war barfuß und trug Jeans und ein rotes T-Shirt.

»Hallo, was machst du denn hier?«

In seiner Stimme schwang aufrichtige Freude mit.

»Tja… Ich bin eigentlich auf der Suche nach Seppo. Er ist ausgebüxt, deshalb bin ich auch kreuz und quer durch die Gegend gefahren… und jetzt ist der Tank auf einmal leer.«

»Ach. Wo steht denn dein Auto?«

»Vielleicht einen halben Kilometer von hier. Die Tankuhr ist kaputt, und ich hab den Reservekanister vergessen. Sonst nehme ich ihn immer mit, aber diesmal hatte ich es eilig…«

Sie lächelte Peter entschuldigend an.

»Verstehe. Komm rein. Willst du einen Tee? Ich wollte gerade selber einen trinken.«

»Danke.«

Sie trat ein, und Peter machte die Tür hinter ihr zu.

»Leider hab ich nur Alkylatbenzin im Schuppen – für den Rasenmäher. Aber umweltfreundlich«, erklärte er.

»Ich glaube nicht, dass der Veteran so was verträgt. Daran verschluckt er sich nur.«

»Was denn für ein Veteran?«

»Mein Auto. Es ist vierundzwanzig Jahre alt.«

»Nicht schlecht!«

»Ja, aber es hat eben auch seine Macken – zum Beispiel, dass die Tankanzeige nicht mehr funktioniert.«

Die Diele war sehr geräumig, vor allem weil es hier außer einer Garderobe, die sich hinter zwei verspiegelten Türen verbarg, nirgends Möbel gab. Der Fußboden bestand aus hellgrauen, rosa melierten Granitplatten. Als Embla ihre Schuhe auszog, genoss sie für einen Augenblick die behagliche Wärme der Fußbodenheizung. In der Diele leuchteten ein paar Deckenspots. Der Rest des Hauses lag im Dunkeln. Peter nahm Embla die Jacke ab.

»Entschuldige, dass ich nicht sofort aufgemacht habe, aber ich stand gerade unter der Dusche.«

Eine etwas überflüssige Information, wenn man bedachte, dass er barfuß war und nasse Haare hatte, fand Embla.

»Ich dachte schon, du wärst nicht da. Abgesehen von einem Fenster war ja alles dunkel.«

»Das Arbeitszimmer, ja. Wenn ich arbeite, vergesse ich, im Rest des Hauses Licht zu machen. Aber das wollen wir jetzt ändern!«

Peter zog ein iPhone aus der Hosentasche, tippte ein paarmal aufs Display, und überall im Haus gingen Deckenspots an. Sofort wirkte es bedeutend einladender.

»Oh, du hast ein Smart-Home«, stellte sie fest.

»Na ja, ich war an der Entwicklung dieser Technologie beteiligt. Ein modernes Haus steckt heutzutage voller Elektronik und Mikrocomputer, und da es ja meine Arbeit ist …«

Er breitete die Hände aus und schien wie ein Zauberer Applaus für eine gute Nummer zu erwarten.

»Du könntest also quasi den Wasserkocher mit dem Handy bedienen?«

»Ja, so ungefähr. Das Wasser kocht, sobald ich in die Küche komme. Dann brauche ich den Tee nur noch aufzugießen. Man muss allerdings daran denken, den Wasserkocher vorher zu befüllen. Für die Kaffeemaschine gilt das natürlich auch.«

Er tippte erneut auf seinem iPhone herum.

»Mit dem Handy kannst du also den Herd, den Kühlschrank, die Heizung …«

»Yes. Egal, was. Wo immer auf der Welt ich mich befinde, hab ich mein Haus komplett im Griff. Ich kann sogar Leute reinlassen, Handwerker beispielsweise, während ich selbst gar nicht zu Hause bin.«

Aber das würde dir im Traum nicht einfallen, dachte Embla, sprach es jedoch nicht aus. Stattdessen fragte sie: »Die ganze Elektronik muss aber doch mit irgendeinem Computer verbunden sein, oder nicht?«

»Ein modernes Handy reicht – das ist ja eine Art Computer. Dann benötigt man nur noch ein paar sogenannte Smart Plugs in den Steckdosen, mit deren Hilfe man die Geräte ein- und ausschalten kann.«

Er lächelte und forderte Embla mit einer einladenden Geste dazu auf, die Küche zu betreten, und richtig, das Wasser sprudelte bereits in einem Wasserkocher auf der Naturstein-Arbeitsplatte. Peter nahm eine Teekanne aus dem Schrank und stellte sie neben den Wasserkocher. Dann füllte er Tee aus einer hübschen alten Blechdose in einen Metallfilter.

»Ich hab nur Earl Grey da«, sagte er.

»Wunderbar.«

»Du trinkst also nicht nur Kräutertee?«

»Nein. Und grünen Tee mag ich gar nicht.«

Diskret sah Embla sich in seiner Küche um. Die unteren Schränke hatten weiße Türen, die oberen Glastüren, durch die angestrahltes Porzellan zu sehen war. Die Küchengeräte waren samt und sonders aus Edelstahl. Alles war neu und hochmodern. Der Fußboden bestand aus den gleichen Granitplatten wie der Boden in der Diele. Offenbar hatte Peter im gesamten Erdgeschoss denselben Stein verlegen lassen. Hübsch. Er hat wirklich Geschmack, dachte Embla. Sie selbst hätte nie eine so durchdachte Einrichtung zuwege gebracht. Dafür fehlten ihr Interesse, Zeit und Geld.

»Leider hab ich nur ein paar tiefgekühlte Zimtschnecken aus dem Supermarkt. Aber vielleicht kann ich dir ja auch ein Käsebrot anbieten?«

»Nein danke. Wir haben spät zu Abend gegessen.«

»Abendessen … Apropos. Ich sollte mir wohl selbst ein Butterbrot machen.« Er deutete auf einen breiten Durchgang und sagte: »Nimm schon mal Platz.«

Der Weg in das große Wohnzimmer führte Embla an der vermutlich neu angebauten Glasveranda vorbei. Sie war riesig und mit einem ausladenden Eichentisch und sechs passenden Stühlen mit Lederpolster möbliert. Über dem Tisch funkelte ein kleiner Kronleuchter, in dem Kerzen steckten.

Das L-förmige Wohnzimmer war imposant, und Embla hatte das Gefühl, dass es sich auch hierbei um einen Anbau handelte. Die innere Ecke des L dominierte ein großer Specksteinkamin. Davor standen zwei dunkelgraue Leder-Drehsessel sowie ein kleiner Couchtisch mit einer Platte aus Rauchglas. An der Wand über der Couch hing ein riesiges Ölgemälde in Blaugrün und Weiß, das ein aufgewühltes Meer mit schaumspritzenden Wellenkämmen darstellte. Das Meer wirkte bedrohlich und übermächtig, ein Motiv, das keinen Betrachter unberührt ließ. Es war das einzige Bild, das Embla sehen konnte.

Sie nahm auf einem der Sessel vor dem Kamin Platz. Hinter der Kaminscheibe war ein ordentlicher Stapel Holzscheite aufgeschichtet. Auf dem Kamin lagen lange Streichhölzer zum Anzünden.

»Soll ich Feuer machen?«, rief sie, damit er sie bis in die Küche hörte.

»Unbedingt.«

Erschrocken zuckte sie zusammen. Er stand direkt hinter ihr. Sie hatte ihn nicht kommen hören.

Vorsichtig stellte Peter zwei Becher aus rot glasiertem Ton auf den Glastisch.

»Milch? Zucker?«

»Nichts. Danke.«

Als Peter wieder in die Küche ging, nahm sie die Streichhölzer vom Kaminsims, öffnete den Kamin und riss ein Hölzchen an. Unter den Holzscheiten lag zusammengeknülltes rosafarbenes Papier, das sie in Brand setzte. Vermutlich der Wirtschaftsteil irgendeiner Zeitung.

Diesmal war sie auf der Hut und hörte seine Schritte hinter sich, ehe sie ein Lächeln auflegte und sich zu ihm umdrehte.

»Schicker Kamin!«

»Ja. Und sehr effizient. Aus Finnland. Speckstein speichert die Wärme besonders gut. Er wird so heiß, dass man sogar auf ihm kochen könnte. Ganz praktisch, wenn der Strom mal ausfällt.«

»Du hast wirklich an alles gedacht.«

Amüsiert lächelte er sie an, schwieg aber und stellte bloß

ein Milchkännchen und einen Teller mit einem großen Käsebrot auf den Tisch. Auf dem Käse lagen zwei rote Paprikaringe, zwei Tomatenschnitze und ein paar Gurkenscheiben. Selbst an die Petersilie hatte er gedacht. Ein Perfektionist und ein Pedant, schoss es Embla durch den Kopf.

»Ich versuche, mir beim Abendbrot ein bisschen Mühe zu geben, um nicht völlig zu verwahrlosen«, meinte Peter entschuldigend.

Und Gedanken kannst du auch lesen?, fragte Embla sich im Stillen.

»Wie schön du es dir hier eingerichtet hast«, sagte sie, einerseits um das Thema zu wechseln, aber auch weil sie es wirklich ehrlich meinte.

»Ja, es ist ganz gut geworden.«

Beherzt biss er in sein Käsebrot.

»Ich kann verstehen, dass es dir hier gefällt und dass du gerne von zu Hause arbeitest.«

»Das war ja auch meine Absicht. Ich wollte mir eine Welt ganz nach meinem Geschmack einrichten.«

»Das ist dir gut gelungen.«

»Danke.«

Eine Weile starrten sie schweigend in das aufflammende Kaminfeuer. Als Peter sein Brot aufgegessen hatte, lehnte er sich zurück und sah Embla nachdenklich an.

»Kommt es häufiger vor, dass Seppo abhaut?«

Embla hatte diese Frage schon erwartet.

»Nein, nur vereinzelt. Allerdings immer aus demselben Grund – Frauenzimmer! Er ist ja jetzt fast drei und begreift allmählich, was er tun muss, sobald die Hündinnen hier in der Gegend läufig werden.«

»Bei mir hat's ein paar Jahre mehr gedauert …«

Ihre Blicke begegneten sich, und Embla spürte, wie sie leicht errötete. Das passierte ihr nur selten. Sie war verwirrt. Zum Glück klingelte in diesem Augenblick ihr Handy und rettete sie.

»Hallo, Nisse … Wunderbar! Na, dann kannst du ihn ja abholen … Okay!«

Zufrieden legte sie wieder auf. Wie schnell die Zeit doch vergangen war. Und immer noch hatte sie weder das Obergeschoss noch eine eventuelle Geheimkammer zu Gesicht bekommen.

»Nisse weiß jetzt, wo der Hund sich herumtreibt. Karin hat ihn angerufen. Er sitzt wohl gerade im Garten ihres Nachbarn und weigert sich zu verduften. Offenbar haben sie dort eine läufige Dackeloma.«

Die Gefahr, dass Peter sie der Lüge überführen würde, war überaus gering. In Karins und Björns Nachbarhaus wohnte tatsächlich eine alte Dackelhündin, die sich oft unbeaufsichtigt im Garten aufhielt. Was sie dort unternahm, wusste allerdings niemand so genau. Ein Stelldichein mit einem jüngeren Bewunderer war theoretisch durchaus denkbar.

»Liebe macht blind«, sagte Peter.

»Wie wahr. Nisse meinte, er ist in zwanzig Minuten mit dem Reservekanister hier.«

»Dann hast du ja noch Zeit für eine zweite Tasse.«

»Nein danke, aber ich würde gern deine Toilette benutzen, wenn ich darf.«

»Kein Problem. Komm, ich zeig dir den Weg.«

Er ging voraus in die Diele. Bereits beim Betreten des Hauses hatte Embla die Toilettentür gesehen. Dabei war ihr aber auch noch eine weitere Tür aufgefallen. Da diese allerdings zur anderen Richtung ging, war sie auf dem Weg zur Küche nicht direkt daran vorbeigekommen. Um aufzuholen, machte sie ein paar längere Schritte und fragte dann unvermittelt: »Bist du am Samstag rechtzeitig zurück, um mit uns jagen zu gehen?«

»Ja. Ich komme schon morgen Nacht wieder nach Hause, aber das sollte kein Problem … Halt, falsche Tür!«

Die letzte Bemerkung hatte er mit einer gewissen Schärfe ausgesprochen. Mit ein paar großen Schritten hatte Embla die Diele durchquert und war auf die Tür zugegangen, die sie zuvor gesehen hatte, hatte die Klinke hinuntergedrückt und festgestellt, dass sie abgeschlossen war. Neben der Tür hing ein Codeschloss. Sie lachte auf. »Oh! Ist das Klo abgeschlossen?«

»Nein, das ist die falsche Tür.«

Mit ausdrucksloser Miene deutete er auf die Tür, die von der Diele abging. Embla murmelte beschämt eine Entschuldigung, verschwand hinter der Toilettentür, setzte sich sogar auf die Kloschüssel und betätigte anschließend die Spülung, um nur ja keinen Verdacht aufkommen zu lassen.

Als sie wieder in die Diele hinaustrat, stand Peter bereits gestiefelt und gespornt vor ihr.

»Ich geh schnell mit«, sagte er.

Seine Stimme klang wie immer.

Sie zog ihre Jacke an, und dann traten sie vor die Haustür. Peter tippte auf sein Telefon, und Embla hörte hinter sich das Türschloss zuschnappen. Schweigend gingen sie Richtung Auto.

Mit ihrem Versuch, die verschlossene Tür zu öffnen, hatte sie offensichtlich auf einen Schlag das Vertrauen zwischen ihnen zerstört. Sie war ungeschickt vorgegangen, aber sie hatte einfach herausfinden müssen, ob dieses ominöse Zimmer wirklich existierte. Was sie stattdessen aber entdeckt hatte, war noch viel schlimmer. Die verschlossene Tür war die zum Obergeschoss gewesen.

»Warum hast du denn die Tür zum ersten Stock abgesperrt?«, erkundigte sich Embla.

Ohne zu zögern, antwortete Peter: »Eine Auflage von der Versicherung. Wie ich dir ja schon erzählt habe, bin ich im Sicherheitsbereich für verschiedene Firmen tätig. Da besteht hin und wieder die Gefahr von Industriespionage. Dabei geht es um Millionen-, manchmal sogar Milliardenbeträge. Außerdem sind meine Computer und die meisten anderen Geräte ziemlich teuer.«

»Ach«, sagte sie nur und versuchte, ihre Neugierde zu verbergen.

Als sie den Wagen erreichten, war ihr Onkel bereits drauf und dran, aus einem großen Blechkanister den Tank zu füllen. Er grüßte über die Schulter und blinzelte in das grelle Licht der Taschenlampe, woraufhin Peter die Lampe senkte und seinerseits Nisse Hallo sagte.

Embla machte ein paar Schritte auf Nisses Mazda zu und warf einen Blick auf die Rückbank. Fröhlich bellend sprang Seppo auf und drückte seine Schnauze an die Scheibe. Zu seinem Erstaunen begann Embla, ihn auszuschimpfen.

»Was fällt dir ein? Einfach so im Dunkeln loszumarschieren, um einer Dackelin den Hof zu machen! Sie ist doch viel zu alt für dich!«

Seppo klemmte verblüfft den Schwanz ein, als er Emblas Stimme entnahm, dass sie unzufrieden mit ihm war.

»Jetzt fährt er wieder. Vergiss bloß nicht zu tanken«, sagte Nisse.

»Danke, du bist ein Engel!«

Nisse kehrte zu seinem Mazda und seinem verwirrten Hund zurück. Mit quietschenden Reifen fuhr er ein paar Meter weiter bis zur nächsten Ausweichbucht und wendete dort.

Als die Rücklichter des Mazda verschwunden waren, drehte Embla sich zu Peter um, der seine Taschenlampe ausgeschaltet hatte und nur mehr als Umriss zu erkennen war.

»Danke für den Tee.«

»War mir ein Vergnügen. Bis Samstag!«

Und ehe sie sichs versah, hatte er kehrtgemacht und ging wieder auf sein Haus zu. Seufzend packte Embla die beiden Warndreiecke ein. Ein letzter Blick auf Peters Haus ließ sie noch einmal innehalten. Die Spots erhellten das gesamte Erdgeschoss mit warmem Licht. Peter hatte sich wirklich gemütlich eingerichtet.

»Und, was treibt er wohl Verdächtiges?«

Nisse sah Embla über den Rand seiner Teetasse hinweg auffordernd an.

»Keine Ahnung. Er behauptet, seine Computer und die Daten seiner Kunden schützen zu müssen. Das klingt zwar glaubwürdig, aber …«

Embla verstummte und nippte an dem heißen Tee.

»Ich weiß nicht … Vielleicht liegt es ja an seiner Person. Erst ist er nett und unbeschwert, dann plötzlich unnahbar und … kalt.«

Ihr Onkel musterte sie mit einem durchdringenden Blick.

Er kannte sie einfach zu gut. Sie waren sich nicht nur äußerlich ähnlich.

»Dir würde es wohl gefallen, wenn er durch und durch nett und – wie hast du es gleich wieder ausgedrückt? – unbeschwert wäre. Aber das trifft nur auf sehr wenige Menschen zu. Ich meine, als Dauerzustand.«

»Ich weiß, aber da ist trotzdem noch etwas.«

Nisse betrachtete sie nachdenklich.

»Er geht einer anspruchsvollen, anstrengenden Arbeit nach. Er trägt Verantwortung für eine Menge Angestellte. Vermutlich hat er auch eine dunkle Seite. Das liegt wohl in der Familie«, meinte er.

Seppo hatte seinen Kopf auf Emblas Füße gelegt und sich nicht mehr bewegt, seit sie nach Hause gekommen war. Allmählich schliefen ihr davon die Füße ein. Nisse vermutete, dass der Hund sie milde stimmen wollte, nachdem sie ihn im Auto so ausgeschimpft hatte. Einem Hund konnte man schließlich nicht erklären, dass alles nur Theater gewesen war. Hunde logen und verstellten sich nicht, sie zeigten immer ihre wahren Gefühle.

Sie schämte sich der Schau, die Nisse und sie abgezogen hatten. Es war Peters gutes Recht, Geheimnisse zu haben. Sie selbst gehörte schließlich auch nicht zu den Leuten, die ihre eigenen einfach so ausposaunten.

Das war nicht zuletzt Lollo teuer zu stehen gekommen.

Endlich herrschte wieder Ruhe im Haus. Jan-Eric war nach dem Abendessen eingeschlafen, würde aber sicher bald aufwachen und nach einem späten Snack bei Schnaps und Bier verlangen, und natürlich würden sie wieder die Fragen der vergangenen Tage diskutieren: Wer war M.? Doch nicht etwa … Nein. Undenkbar. Aber wer dann? Was bezweckte der Absender?

Wahrscheinlich wollte er sie erpressen, darin waren sie sich einig. Aber warum ausgerechnet jetzt? Und warum hatten sie den Schlüsselring beziehungsweise das Halstuch bekommen? Oder vielmehr das Stirnband, wie es Jan-Eric beharrlich nannte. Natürlich hatten sie in ihrer Jugend eine gewisse Verbindung zu den Gegenständen aus den Umschlägen gehabt, aber das war lange her. Also: Warum? Warum? Warum?

Diese Fragen schwirrten Anders von Beehn immer noch im Kopf herum, als er sich aufs Bett fallen ließ. Er konnte einfach nicht abschalten. Sein Blick fiel auf das Buch auf seinem Nachttisch. Ein Versuch konnte ja nicht schaden. Er nahm die Lesebrille aus dem Etui, setzte sie auf, schüttelte die Kissen auf und lehnte sich zurück. Ein bisschen Wirtschaftsrecht würde seinen überreizten Nerven vielleicht guttun.

Doch es fiel ihm schwer, sich auf den Text zu konzentrieren. Ständig hatte er den Schlüsselring mit dem BMW-Logo sowie den Zettel mit der merkwürdigen Botschaft vor Augen. »Ich vergesse nicht. M.«

Jetzt regte sich auch noch Jan-Eric in seinem Zimmer. Anders konnte ihn fluchen hören. Offenbar suchte er etwas in seinem Durcheinander. Von Beehn unterbrach seine Lektüre und weckte sein Handy aus dem Standby-Modus, und das Display leuchtete auf. Es war 23.21 Uhr. Schwere Schritte näherten sich seiner Tür und hielten davor an.

»Ich geh kurz pinkeln«, verkündete Jan-Eric.

»Tu das. Ich lese nur noch diesen einen Abschnitt zu Ende. Dann gehe ich runter und mache uns ein paar Brote.«

»Wunderbar.«

Anders hörte, wie sich die Schritte seines Freundes in Richtung Treppe entfernten, und vertiefte sich wieder in sein Buch.

Nach etwa einer Minute hörte er ein Geräusch, das von draußen kam und wie ein gedämpfter Schrei klang. Der Schrei eines Menschen. Er warf das Buch auf den Nachttisch und nahm die Brille ab. Mit dem Handy in der Hand trat er ans Fenster.

Erst sah er gar nichts. Es herrschte vollkommene Finsternis. Er suchte mit dem Blick die einzige Lichtquelle dort draußen, die Laterne am Pinkelplatz.

Und ganz am Rand des erleuchteten Kreises und mit dem Rücken zu ihm stand – M.

Unmöglich!

Er schleuderte das Handy auf die Kommode am Fenster, stürzte, ohne auch nur eine Sekunde darüber nachzudenken, auf die kleine Kleiderkammer zu, in der er sein Carl Gustaf aufbewahrte, nahm das Gewehr heraus und lud es mit ein paar routinierten Handgriffen durch.

Erst als er die Treppe hinunterging, fragte er sich, warum er die Waffe überhaupt dabeihatte. Falls das, was er dort draußen gesehen hatte, tatsächlich da wäre, würde sie ihm nicht sonderlich viel nützen. Denn was er dann bräuchte, wäre ein gutes Medium.

Nach einer unruhigen Nacht stand Embla um kurz vor sieben auf und zog ihre Joggingsachen, Mütze und Handschuhe an. Es war ein kalter, klarer Morgen, die Temperatur lag bei knapp unter null Grad. Der Regen des Vorabends war über Nacht zu Eis gefroren, und bei den spiegelglatten Pfützen musste sie sich in Acht nehmen.

Sie steckte sich die Stöpsel ihres iPod in die Ohren und joggte langsam los, um warm zu werden. Der beste Song zum Laufen war *Fit But You Know It* von The Streets. Kolbjörn hatte ihr die Band vor fast zehn Jahren einmal ans Herz gelegt, und seither hörte sie ihre Musik gerne beim Joggen. In den letzten Jahren waren zunehmend härterer Rap und Hip-Hop dazugekommen. Beides verlieh ihr neue Kräfte.

Als sie bemerkte, dass sie sich unwillkürlich für den Weg zum Hansgården entschieden hatte, fühlte sie sich erst ein wenig befangen. Offenbar zog das Anwesen sie wie magnetisch an. Oder vielmehr sein Besitzer. Trotzdem setzte sie ihren Weg fort.

Sie beschloss umzudrehen, sobald sie den Hansgården in der Ferne erblickte. Sie wollte wirklich nicht von Peter ertappt werden. Fünf Kilometer hin und fünf zurück waren eine mehr als ausreichende Strecke. Bevor sie umkehrte, hielt sie kurz inne, um wieder zu Atem zu kommen. Dann warf sie einen flüchtigen Blick auf den Hof – und erblickte einen gelben Sportwagen, der in hohem Tempo auf sie zukam. Das Fahrzeug war fast stromlinienförmig und schmiegte sich geradezu an die Straße. Das musste

Peters Zweitwagen sein. Natürlich fuhr er nicht mit dem Range Rover zu seinem Kunden nach Göteborg. Ein Ferrari machte da einen ganz anderen Eindruck.

Als sich der Wagen näherte, ging er vom Gas und kam schließlich neben ihr zum Stehen. Das Seitenfenster glitt nach unten.

»Hallo. Schon wieder Ebbe im Tank?«

»Nein … ich jogge …«

Embla war sich überaus bewusst, wie verschwitzt und abgekämpft sie in ihren Joggingklamotten aussehen musste. Peter hingegen schien beinahe der Reklame eines exklusiven Herrenausstatters entsprungen zu sein. Ein teures Parfüm wehte sie durch das offene Fenster an.

»Wir müssen noch was klären«, sagte Peter. »Steig ein.«

Er beugte sich über den Beifahrersitz und öffnete die Tür.

»Aber ich …«

»Jetzt steig schon ein!«

Embla ging um den Wagen herum und duckte sich, um einsteigen zu können. Sie lachte, um ihre Verlegenheit zu überspielen.

»Zum Glück bin ich gelenkig!«

Peter brummte nur, dann setzte er zu der Ausweichbucht zurück, wendete genau wie Nisse am Vorabend, nur in die andere Richtung, und raste zum Hansgården zurück. Mit quietschenden Reifen hielt er vor der Treppe, stieg wortlos aus und marschierte auf das Haus zu. Die rote Katze folgte ihm und strich ihm um die Beine. Ungeduldig scheuchte er sie fort, gab den Code am Eingang ein und öffnete die Tür. Erst dann drehte er sich um und sah Embla an, der es nur mit Mühe gelungen war, sich aus dem Sportwagen zu winden. Sie sah ihn fragend an.

»Komm rein«, sagte er und nickte ins Innere des Hauses.

Zögernd stieg Embla die Stufen hinauf. Als sie in die Diele trat, hatte er bereits die am Vorabend verschlossene Tür geöffnet. Mit einer übertriebenen Geste deutete er auf die Treppe dahinter.

»Herzlich willkommen.«

Die Ironie in seiner Stimme war nicht zu überhören.

»Welch Ehre«, erwiderte sie im gleichen Tonfall.

Dass er sie in seine verschlossenen Räume ließ, versetzte ihr einen Stich in der Magengrube, aber vielleicht lag es ja auch nur daran, dass sie noch nicht gefrühstückt hatte. Höflich ließ er ihr den Vortritt. Embla war sich der Schweißwolke, die sie umgab, schmerzlich bewusst.

Als sie sich in der hellen, oberen Diele befanden, drehte sie sich zu ihm um und fragte: »Warum?«

»Weil du gestern schon hier heraufwolltest. Man kann die Toilettentür gar nicht mit dieser Tür verwechseln. Und dazu noch deine Fragen – du wolltest herausfinden, was sich hier oben befindet. Nur zu, jetzt hast du die Gelegenheit.«

Er ging auf eine Tür zu, die mit einem weiteren Codeschloss gesichert war. Es surrte, dann ließ sie sich aufschieben.

»Mein Arbeitszimmer.«

Sie spähte in das Zimmer, und er gab ihr einen leichten Schubs in den Rücken.

»Geh schon rein.«

»Ist ja gut. Was soll das überhaupt?«

Embla drehte sich um und starrte Peter wütend an. Sein Blick war voller Verachtung, die auch in seiner Stimme mitschwang: »Ich möchte, dass du dich hier oben umschaust, damit all das Gerede endlich ein Ende hat.«

Seine Antwort fühlte sich wie eine Ohrfeige an. Und er hatte ja recht. Tratsch und Gerüchte hatten die Motivation für ihr gestriges Schauspiel geliefert.

Statt ihm zu antworten, sah Embla sich in dem riesigen Zimmer um. Alles – einschließlich der Dielenbretter – war in Weiß gehalten. Die Dachbalken waren freigelegt worden, damit der Raum noch höher wirkte. In der Mitte standen zwei Schreibtische mit diversen Computern, Monitoren, Druckern und sogar Lautsprechern einander gegenüber. An einer Wand hing ein riesiger Plasmabildschirm mit übergroßen Lautsprechern darunter. Abgesehen von den Schreibtischlampen und zwei schwarzen Leder-Bürostühlen war das Zimmer unmöbliert. Nicht einmal eine Haftnotiz hatte sich an einen der Computer oder die Wände verirrt.

»Keine Bücherregale?«, meinte sie.

»Nein, was soll ich mit Regalen? Was ich lesen will, lade ich mir auf mein iPad oder aufs Handy. Es gibt im ganzen Haus kein einziges gedrucktes Buch.«

»Und hier arbeitest du also den ganzen Tag?«

»Genau. Wenn ich mich nicht gerade in Göteborg aufhalte oder irgendwo auf der Welt Kunden treffe.«

Es wirkte alles unverdächtig. Allerdings erweckte dieses Zimmer einen geradezu sterilen Eindruck. Und wer wusste schon, was sich in all den Rechnern verbarg?

»Natürlich kann ich dir keinen Einblick in die Computer gewähren. Das ist alles vertraulich.«

Erneut hatte sie das Gefühl, von ihm durchschaut worden zu sein.

»Dieses Zimmer ist so groß, weil ich die Wand zwischen zwei Schlafzimmern herausgerissen habe. Im Übrigen sind hier oben nur noch mein Schlafzimmer, ein kleines Gästezimmer und eine Dusche mit Toilette.«

»Du hast wirklich viel Platz.«

Er nickte und zog fragend die Brauen hoch.

»Und, zufrieden mit allem, was du hier gesehen hast?«, erkundigte er sich.

»Ja, danke.«

Ihr war denkbar unbehaglich zumute, und die ganze Situation war mehr als seltsam, aber sie beschloss, sich nichts anmerken zu lassen.

Energisch ging Peter über die blanken Bohlen auf eine weitere mit einem Codeschloss versehene Tür zu.

»Das Schlafzimmer«, sagte er und vollführte wieder eine übertrieben einladende Geste.

Warum in aller Welt hatte er ein Schloss an seine Schlafzimmertür montiert? Zögernd trat Embla ein. Die Morgensonne fiel durch Balkontüren auf ein breites Bett. Auf dem ordentlichen grauen Bettüberwurf lagen ein paar Seidenkissen in Dunkelviolett, und der gleichfarbige dicke, flauschige Bettvorleger war der einzige Teppich, den Embla im gesamten Haus gesehen hatte. Über dem hohen Kopfpaneel des Bettes hingen zwei Leselampen. Hinter Schiebetüren aus schwarzem Glas verbargen sich die Kleiderschränke.

»Schönes Zimmer.«

»Ja.«

Sie ging zu den Balkontüren hinüber und schaute auf die herbstlich stille Landschaft hinaus, die dort im Licht der Morgensonne schlummerte. Es würde ein richtig schöner Tag werden.

Der Duft von Peters Parfüm wurde intensiver, und plötzlich hörte sie seine Stimme unmittelbar hinter sich.

»Wie du sicher weißt, sind auch die Scheune und der Schuppen mit Alarmanlagen gesichert. Willst du sie vielleicht auch noch inspizieren?«

In seiner Stimme schwang immer noch eine gehörige Portion Ironie mit. Erst wunderte sie sich, wie rasch seine Laune umzuschlagen schien, doch dann spürte sie, wie die Wut in ihr hochkochte. Sie fuhr herum und bedachte ihn mit einem finsteren Blick.

»Warum bildest du dir eigentlich ein, dass hier alle über dich reden? Es stimmt – ich hab die Gelegenheit gestern Abend nutzen wollen, um mich ein bisschen umzusehen, aber das lag einzig und allein daran, dass ich so neugierig bin. Ich hab hier nicht im Auftrag anderer herumgeschnüffelt. Es tut mir leid, wenn dich meine Anwesenheit stört, aber ich verspreche dir, dass es nicht wieder vorkommen wird.«

Dann stampfte sie erzürnt aus dem Zimmer.

»Das Gästezimmer willst du dir dann wohl nicht mehr ansehen?«, hörte sie seine unverändert ironische Stimme hinter sich, während sie wütend die steile Treppe hinabrannte. Sie war hochrot im Gesicht und wollte nur noch an die frische Luft. Sie riss die Haustür auf, hielt einen Augenblick lang inne und atmete tief durch. Ihr Puls beruhigte sich allmählich wieder, und endlich konnte sie wieder klarer denken. In gemächlichem Laufschritt trat sie den Rückweg an.

Nach und nach wich ihre Wut der Einsicht, dass sie mit der Situation nicht sonderlich professionell umgegangen war. Wie so oft war das Temperament mit ihr durchgegangen, sowie sie das Gefühl gehabt hatte, sich lächerlich gemacht zu haben. Sie hätte einen kühlen Kopf bewahren müssen. Die Sache mit dem leeren Benzintank würde vermutlich nicht als Höhepunkt ihrer schauspielerischen Karriere in die Annalen eingehen. Doch immerhin hatte sie jetzt ein paar weniger sympathische Charakterzüge dieses Mannes kennengelernt. Nisse hatte offenbar zu Recht bemerkt, dass jeder eine dunkle Seite hatte. Peters dunkle Seite war offenbar, dass er niemanden an sich heranließ. Er misstraute anderen Menschen, das war nur allzu deutlich, und wirkte dabei fast schon paranoid. Und sie hatte sich eingebildet, dass sie aneinander interessiert wären und dass sie beide … Was hatte sie sich nur dabei gedacht? Dieser Typ musste doch vollkommen verrückt sein. Er hatte sich auf einen Hof mitten im Nirgendwo zurückgezogen, diesen für ein Vermögen renovieren lassen, er fuhr Autos, für die ein Bauer mehrere Jahre schuften musste, besaß Geheimkammern und … ja, was eigentlich? Sehr viel mehr wussten die Leute nicht über ihn. Doch. Dass er gut aussah. Verdammt!

Letzteres dachte sie, als sich das leise Dröhnen des Ferrari hinter ihr näherte. Sie joggte im selben Tempo weiter. Der Sportwagen fuhr an ihr vorbei, ohne auch nur im Mindesten seine Geschwindigkeit zu drosseln. Prompt wurde sie von einer Staubwolke umhüllt und musste stehen bleiben. Es dauerte eine Weile, bis ihr Husten aufhörte und ihre Augen nicht mehr tränten.

Embla tobte sich eine Stunde lang an Nisses Boxsack und an dem Punchingball in der Scheune aus. Als sie anschließend unter der Dusche stand, konnte sie endlich wieder klare Gedanken fassen. Sie musste sich eingestehen, dass sie sich nicht mehr nur für den geheimnisvollen Schönling interessierte, sondern dass sie drauf und dran war, sich in ihn zu verlieben. Sie hatte den Eindruck, dass die Luft zwischen ihnen von sowohl positiven als auch negativen Gefühlen förmlich vibrierte, was lächerlich war – sie kannten einander ja kaum. Anfänglich hatte er ihr unmissverständlich zu verstehen gegeben, dass er ebenfalls an ihr interessiert wäre, doch dann war er plötzlich sehr unfreundlich geworden. Offenbar wünschte er keine näheren Kontakte zu anderen Menschen, aber warum hatte er ihr dann erst Avancen gemacht und sie dann auch noch auf seinen Hof eingeladen? Oder hatte sie seine Signale komplett falsch gedeutet?

Gedankenversunken blieb sie unter der Dusche stehen, bis kein warmes Wasser mehr im Boiler war. Dann frottierte sie sich so energisch trocken, dass ihre Haut glühte. Morgen wollte sie wieder zur Jagdhütte hinauffahren, wo sie sich wiedersehen würden.

»Dein Handy hat zweimal geklingelt«, rief Nisse aus der Waschküche, als sie die Treppe herunterkam.

»Okay. Danke.«

Sie nahm ihr Telefon vom Tischchen in der Diele. Zwei Anrufe, einer von Elliot. Sie würde ihn zurückrufen, gleich nachdem sie mit ihrem Chef Göran Krantz gesprochen hatte.

Er hob nach dem ersten Klingelton ab.

»Hallo, Embla! Na, schon Waldfeen erlegt im Urwald?«

»Wald ... was?«

»War nur ein Witz. Das Haar, das du mir geschickt hast, war so ungewöhnlich lang, dass ich zu Hampus gesagt habe, jetzt jagt sie auch schon Waldfeen ... Es handelt sich allerdings um Menschenhaar – ursprünglich schwarz, dann gebleicht und gefärbt. Kräftiges, vermutlich indoeuropäisches Haar. Stammt mit hoher Wahrscheinlichkeit von einer Perücke.«

»Das hätte ich mir denken können.«

»Worum geht es dabei eigentlich?«

Eine Sekunde lang zögerte sie.

»Tja ... Ehrlich gesagt weiß ich das nicht so genau. Hier ist etwas sehr Seltsames passiert ... aber das erzähle ich dir, wenn wir uns sehen.«

»Okay. Also etwa in zehn Tagen. Soll ich was Gutes backen?«

Er wusste sehr wohl, dass sie seine Plätzchen kaum je anrührte, aber seine Fürsorge rührte sie trotzdem. Mama Göran, dachte sie. Schade, dass er seit seiner Scheidung immer noch allein lebte. Er sollte endlich eine neue Frau kennenlernen. Nachdem sein jüngster Sohn im Vorjahr zum Studium nach Luleå gezogen war, schien er Hampus und sie am liebsten adoptieren zu wollen. Gleichzeitig war er ein sehr kompetenter Polizist und der beste Chef, den man sich wünschen konnte. Sie hatte wirklich unglaubliches Glück gehabt, dass sie die Stelle bei der MEB bekommen hatte.

Elliot hatte mehr zu erzählen als beim letzten Mal, aber am meisten interessierte ihn der von ihr erlegte Elch. Wieder wünschte er sich – nein, er forderte –, im nächsten Jahr mit auf die Elchjagd gehen zu dürfen. Sie brachte es nicht über sich, ihm zu widersprechen, murmelte nur feige, dass sie das später besprechen würden, und wechselte dann vorsichtig das Thema.

»Was sollen wir machen, wenn wir uns das nächste Mal treffen?«

»Wir gehen ins Konzert! Iron Maiden!«

»Oh. Hardrock? Und was sagt Jason dazu?«

»Ich darf doch wohl noch selbst entscheiden, was mir gefällt!«

»Natürlich. Aber hast du Iron Maiden wirklich schon mal gehört?«

Eine Weile lang herrschte Schweigen, dann erwiderte er zögerlich: »Nee. Vielleicht. Aber so ein Typ aus der Vierten hat ein super T-Shirt an, da sind die drauf. Sein Vater hat es ihm geschenkt. So eins will ich auch. Aber die werden nur bei den Konzerten verkauft.«

»Okay. Ich verstehe. Aber es wird noch eine Weile dauern, bis Iron Maiden wieder in Göteborg auftritt. Ich kann ja trotzdem versuchen, so ein T-Shirt für dich aufzutreiben.«

»Super! Ich hätt gern eins mit einem Totenschädel.«

»Ich kann dir nichts versprechen, aber ich kann ja mal ein bisschen im Internet stöbern. Also, was willst du unternehmen?«

»Ich will nach Lerum ins Erlebnisbad fahren.«

»Abgemacht.«

Sie merkte, dass sie noch lange, nachdem sie aufgelegt hatte, ein Lächeln auf den Lippen hatte. Sie musste es einfach akzeptieren: Elliot war wohl der Mann ihres Lebens.

Den Rest des Tages verbrachten sie damit, Vorräte für das Wochenende einzupacken, Wäsche zu waschen und die Gewehre gründlich zu ölen. Beim Mittagessen – Kartoffelpuffer mit Preiselbeeren und knusprig gebratenem Speck – eröffnete Nisse ihr: »Ingela hat uns heute Abend zum Essen eingeladen. Was meinst du?«

»Wie nett!«

»Okay, dann rufe ich sie an und sag ihr, dass wir kommen.«

Ehe sie sich auf den Weg zu Ingela Gustavsson machten, pflückte Embla noch einen großen Strauß roter und blauer Herbstastern in Nisses Garten. Sie standen immer noch in Blüte, obwohl es die ganze letzte Woche über so kalt gewesen war. Noch ein paar eisige Nächte, und die Blumen wären verwelkt.

Ingela wohnte in einem roten Holzhaus. Sie folgten dem ordentlich geharkten Kiesweg und klopften an, und sofort waren von drinnen Schritte zu hören, und die Tür wurde geöffnet.

»Schön, dass ihr da seid!«

Ingela war klein und mollig, hatte blondes, lockiges Haar und muntere blaue Augen. Sie trug eine rote Brille, die zu ihrem roten Lipgloss passte. Im Übrigen war sie ungeschminkt und trug eine Seidenbluse mit blauen Streifen im gleichen Blau wie das ihrer Hose. Selbst auf den hohen Absätzen ihrer roten Schuhe bewegte sie sich leichtfüßig.

Embla und Nisse betraten die Diele und hängten ihre Jacken auf. Fröhlich plaudernd führte Ingela sie in die Küche. Embla sah sofort, dass sie in Einrichtungsfragen nicht annähernd den gleichen Geschmack wie Nisse hatte: Ihre Küche war neu und in heller Eiche gehalten. Auf dem Boden lagen handgewebte Flickenteppiche. Die Küchengeräte waren topmodern, mitsamt Cerankochfeld und Umluftofen. Auf den Fensterbänken standen Blumentöpfe, und vor den Fenstern hingen weiße, handbestickte Gardinen mit einem Blumenmuster. Aus dem Ofen stieg der verführerische Duft von Zimt auf. Vermutlich das Dessert.

Auf die Anrichte hatte ihre Gastgeberin ein kleines Tablett mit drei Sektgläsern gestellt. Sie eilte auf ihren hohen Absätzen zum Kühlschrank und nahm eine Flasche mit Goldfolie heraus.

»Ihr mögt doch ein Glas Sekt vor dem Essen?«

Dann bat Ingela ihre Gäste, im Wohnzimmer auf dem Sofa Platz zu nehmen, und versprach, sogleich den Sekt und ein paar Häppchen zu bringen.

Das Eichenparkett und die eierschalenweißen Wände verliehen dem Zimmer etwas Lichtes und Gemütliches. Vor dem offenen Kamin standen zwei hellblaue Sessel mit einem kleinen ovalen Eichentisch dazwischen. Embla und Nisse setzten sich, und nach einer Weile erschien ihre Gastgeberin mit den gefüllten Sektgläsern und ein paar Schalen Knabberzeug auf einem Tablett. Feierlich stießen sie miteinander an, dann wurde die Stimmung im Handumdrehen ungezwungener, und sie plauderten fröhlich über dies und jenes. Ingela erkundigte sich interessiert nach Emblas Arbeit bei der Polizei.

Nach einer Weile kamen sie natürlich auch auf die Elchjagd zu sprechen. Von Neuem durfte Embla von ihrer Sternstunde erzählen, dem Abschuss ihres Prachtbullen. Doch auch die darüber hinaus erlegten Tiere sowie die Mitglieder von Anders von Beehns Jagdtrupp kamen zur Sprache. Mit einem herzlichen Lachen quittierte Ingela die Schilderung von Greger Liljons klischeehaft englischer Jagdkleidung. Während sie sich noch die Tränen aus den Augen wischte, erkundigte sie sich, wie es Peter ergangen sei.

Embla, die diese Frage nicht erwartet hatte, wusste erst nicht, was sie erwidern sollte. Glücklicherweise antwortete Nisse, ohne dabei die geringste Irritation erkennen zu lassen: »Gut. Er hat einen Einjährigen geschossen. Gekonnter Schuss.« Und mit einem leisen Lächeln wandte er sich an seine Nichte: »Ingela ist mit Peter verwandt.«

»Um mehrere Ecken«, fügte Ingela hinzu.

Falls sie Emblas Reaktion registriert hatte, dann ließ sie sich zumindest nichts anmerken.

»Was seid ihr gleich wieder? Cousin und Cousine zweiten Grades?«, fuhr Nisse fort.

»Nein. Meine Großmutter mütterlicherseits und Peters Großvater väterlicherseits waren Cousine und Cousin, das wäre dann wohl dritten Grades.«

Verdammt! Nisse hätte sie wirklich vorwarnen müssen! Doch im nächsten Augenblick erkannte Embla, dass sich ihr gerade die Gelegenheit bot, mehr über Peter und seine Familie zu erfahren. Nur galt es, dabei nicht allzu neugierig zu erscheinen.

»Du hast also Peters Vater gekannt?«, fragte sie vorgeblich unbeschwert.

»Nein, eigentlich nicht. Er war vierzehn oder fünfzehn Jahre älter als ich.«

»Ich hab da etwas über einen tragischen Vorfall gehört ...«

Ingela warf Embla einen prüfenden Blick zu, ehe sie zögerlich zu einer Antwort ansetzte. »Ja ... da haben sich gleich mehrere traurige Dinge ereignet. Erst ist der Junge gestorben – ich glaube, damit fing alles an ...«

Kurz fragte sich Embla, ob sie von derselben Person redeten.

»Welcher Junge?«, fragte Nisse, als hätte er ihre Gedanken gelesen.

»Der kleine ... Nein, ich fange besser ganz von vorne an. Sven hat Henrietta in Göteborg kennengelernt, und sie haben geheiratet, als sie mit Camilla schwanger wurde. Drei Jahre später bekamen sie ein zweites Kind, einen Jungen, der mit einem schweren Herzfehler zur Welt kam und nur ein paar Tage nach der Geburt starb. Danach ... Tja, danach fing es an.«

Die Küchenuhr klingelte, und Ingela eilte zurück in die Küche.

»Warum hast du denn nichts gesagt?«, raunte Embla Nisse zu.

»Ich wollte das Gespräch ganz beiläufig auf Peter lenken. Sie hat sich ganz von selbst nach ihm erkundigt, und da hab ich einfach nachgehakt…«

Er verstummte, als Ingela wieder ins Zimmer trat.

»Bitte schön, es ist angerichtet!«

Der Tisch war mit einer weißen Leinentischdecke und gefalteten blauen Servietten gedeckt. Die Herbstastern hatte Ingela in eine große Vase aus geschliffenem Bleikristall gestellt.

Es gab gebratenes Zanderfilet mit Kartoffelbrei, der leicht nach Knoblauch duftete, und Lachsrogensoße, dazu gedünstete Erbsen aus dem eigenen Garten und zum Nachtisch karamellisierten Apfelkuchen mit eiskalter Vanillesahne. Als hätten sie eine stillschweigende Übereinkunft getroffen, wurde beim Essen kein Wort über die Familie Hansson verloren.

Den Kaffee wollten sie vor dem offenen Kamin einnehmen. Nisse schürte das Feuer neu an, und nach einer Weile knisterte es behaglich.

Nachdem Ingela allen eingegossen und Pralinen herumgereicht hatte, schwieg sie eine Weile und setzte dann ihren Bericht fort.

»Peter ist seinem Vater sehr ähnlich. Sven war in jungen Jahren auch ein schöner Mann. Dass er dann so… mit dem Trinken… beginnen würde, hat alle überrascht.« Sie seufzte, nippte an ihrem heißen Kaffee und fuhr dann fort: »Nach dem Tod des Jungen wurde Henrietta depressiv. Sven trank immer mehr, ließ sich dann aber nach einem Jahr von einem Arzt irgendein Medikament verschreiben und hörte irgendwann tatsächlich wieder mit dem Trinken auf. Und auch Henrietta schien es allmählich besser zu gehen. Bis zu Peters Geburt verstrichen zwar noch einige Jahre, aber nach außen hin wirkte alles wieder in Ordnung. Erst…«

Ingela verstummte und presste die Lippen zusammen.

»Du meinst, der Schein hat getrogen?«, fragte Nisse.

Er wäre ein hervorragender Vernehmungsleiter geworden, dachte Embla. Wie so vieles andere habe ich diese Fähigkeit wohl von ihm geerbt.

»Ja… Es gab Gerüchte. Henrietta war… schweigsam. Und auch Peter war ein stiller, zurückhaltender Junge.«

Wieder seufzte Ingela und nahm einen Schluck Kaffee, der inzwischen nur noch lauwarm war.

»Ich geh und hol uns mehr Kaffee«, sagte Nisse.

Nachdem Nisse allen dreien nachgeschenkt hatte, fragte Embla: »Wie war denn seine Schwester Camilla?«

»Sie war ja viel jünger als ich, ich kannte sie also nicht besonders gut. Aber die Leute haben geredet… anschließend… nachdem sie verschwunden war. Als Kind war sie sehr unauffällig, aber ab der Mittelstufe fingen die Probleme an. Sie blieb abends lang weg und trieb sich mit irgendwelchen Halbstarken herum – eine jugendliche Trotzphase. Sie entwickelte sich zu einer echten Schönheit, und die Jungs liefen ihr scharenweise nach. Dann kam sie in Åmål aufs Gymnasium und war dort mit einem älteren Jungen zusammen. Damals haben Sven und sie oft miteinander gestritten. Niemand war sonderlich erstaunt, als sie verschwand. Alle glaubten, sie hätte die Nase voll gehabt und wäre einfach abgehauen. Aber mit den Jahren hab ich mich doch immer wieder gefragt, was wohl wirklich passiert ist. Das liegt jetzt dreißig Jahre zurück, und sie hat nie wieder auch nur das geringste Lebenszeichen von sich gegeben.«

»Camilla ist also verschwunden. Erzähl uns von den Umständen«, ermunterte sie Embla vorsichtig.

Nachdenklich starrte Ingela in die tanzenden Flammen hinter den rußigen Scheiben des Kamins, ehe sie ihre Erzählung wieder aufnahm.

»Camilla und ihr Freund waren damals bei einer Party – bei einem Freund, der damals vielleicht zwanzig Kilometer von hier entfernt wohnte. Sie hätte spätestens um eins wieder zu Hause sein müssen, aber als es Zeit war aufzubrechen, waren die Jungen so betrunken, dass keiner von ihnen mehr fahren konnte. Daraufhin gab es wohl einen Streit. Temperamentvoll, wie die Hanssons nun mal sind, hat Camilla sich ihre Jacke geschnappt und ist einfach aus dem Haus gestürmt. Seither hat sie niemand mehr gesehen.«

Eine Weile herrschte Stille. Das Feuer knisterte gemütlich vor sich hin und verbreitete eine angenehme Wärme. Embla fröstelte es trotzdem. Peter schleppte wirklich so einiges an Ballast mit sich herum.

»Ich nehme an, dass nach ihr gefahndet wurde?«, meinte sie.

»Natürlich. Es gingen tatsächlich unzählige Hinweise ein, aber dabei kam nie etwas heraus. Es war eine fürchterliche Zeit – nicht zuletzt für die Familie. Sie … zerbrach daran.«

Ingelas Bericht hatte so einiges erklärt. Trotzdem musste Embla endlich die Frage loswerden, die sich ihr die ganze Zeit schon aufdrängte.

»Warum ist Peter wohl hierher zurückgekehrt?«

»Ehrlich gesagt habe ich mich das auch schon gefragt. Aber ich habe keine Ahnung. Offen gestanden ist es mir ein Rätsel. Ich meine … schließlich kennt er hier niemanden. Aber er sucht ja auch keinen Kontakt.«

Das Feuer brannte nach und nach herunter, und die Schatten wurden länger. Ingela stand auf und legte ein paar Holzscheite nach. Dann drehte sie sich um und blieb mit dem Rücken zum Kamin stehen.

»Nachdem Camilla nie gefunden wurde, weder tot noch lebendig, glaubten die meisten, sie wäre damals nach Göteborg getrampt. So hieß es jedenfalls. Im Laufe der Jahre geriet diese Geschichte zunehmend in Vergessenheit. Bis Sven starb und Peter hierher zurückkehrte.«

Mit betrübter Miene nahm Ingela wieder auf dem Sofa Platz.

Sie schoben die tragische Familiengeschichte der Hanssons beiseite und plauderten noch eine gute Stunde über Gott und die Welt, bis Embla sich schließlich für den angenehmen Abend bedankte und zum Aufbruch mahnte. Das Auto sei zwar schon gepackt, sie müssten trotzdem spätestens um halb fünf aufstehen, um rechtzeitig bei der Jagdhütte einzutreffen. Um Punkt sieben wollten sie ihre Jagdpositionen beziehen.

Sixten und Nisse saßen auf der Rückbank des Jeeps und dösten. Seppo lag zwischen den beiden und schnarchte am lautesten. Embla und Björn saßen vorne und sprachen nur wenig, um die Herren im Fond nicht zu stören.

Als sie auf den Platz vor den Hütten einbogen, waren Tobias und Einar bereits da. Sie standen neben ihrem großen Wagen und unterhielten sich mit einem Mann, der genau wie sie bereits seine Jagdausrüstung angelegt hatte. Erst als sie näher kamen und den Wagen abstellten, erkannten sie, dass es sich bei dem Mann um den Verwalter Stig Ekström handelte.

»Hallo! Ihr seid ja schon auf!«, rief Björn munter und stieg aus dem Jeep, doch er erhielt keine Antwort. Die Männer blickten lediglich ernst in die Runde.

»Ist irgendwas passiert?«, erkundigte sich Nisse.

Seine Müdigkeit war schlagartig wie weggeblasen, und in seiner Stimme schwang eine gewisse Schärfe mit.

»Ich weiß nicht… Stig ist gerade erst gekommen. Erzähl«, meinte Einar und warf dem Verwalter einen ratlosen Blick zu.

Stig Ekström war grundsätzlich ein recht stiller Zeitgenosse, der nicht viel Aufhebens um sich selbst machte. Jetzt trat er verlegen von einem Bein aufs andere.

»Ich kann sie nirgends finden«, sagte er leise.

»Wen?«, fragte Nisse.

»Von Beehn und Cahneborg. Sie sind… verschwunden.«

»Sind sie nicht im Haus?«

»Nein. Und auch nicht draußen.«

Für einen Moment herrschte Stille, und sie alle fragten sich, ob sie Grund zur Besorgnis haben sollten oder nicht.

»Wann hast du sie denn zuletzt gesehen?«, fragte Embla nach einer Weile.

»Am Mittwochabend. Den Donnerstag hatte ich frei.«

»Aber gestern warst du doch auch hier?«

»Nein. Bevor ich nach Hause gefahren bin, hat Anders mir gesagt, sie würden sich ebenfalls einen Tag freinehmen, sich entspannen, und ich sollte doch erst heute wiederkommen.«

Auf diese Information folgte erneutes Schweigen.

»Sehr seltsam. Sie jagen doch sonst immer, wenn sie hier oben sind«, meinte Tobias.

Stig Ekström zuckte nur mit den Schultern.

»Ich kann mich nicht erinnern, dass sie je eine Pause eingelegt hätten. Sie kosten immer jeden Moment aus, wenn sie hier sind«, sagte Einar.

Die anderen murmelten zustimmend.

Embla kam ein Gedanke. »Ist das Auto noch hier?«

»Ja.«

»Aber wo sind sie dann?«, fragte Sixten, der inzwischen ebenfalls hellwach war.

»Das werden wir jetzt wohl oder übel herausfinden müssen«, meinte Embla.

Ein Motorengeräusch ließ sie erneut verstummen. Nur wenige Augenblicke später flackerte Scheinwerferlicht zwischen den Baumstämmen auf, und dann bog Peters Range Rover auf den Vorplatz zwischen den Hütten ein, er ging vom Gas und sprang aus seinem Wagen, noch ehe das Auto vollends zum Stillstand gekommen war.

Mit großen Schritten kam er auf sie zu.

»Entschuldigt meine Verspätung. Ich hab verschlafen«, sagte er.

Er blinzelte ins Licht der auf ihn gerichteten Taschenlampen und hielt inne. Sein dicker blauer Wollpulli passte hervorragend zu seiner verschlissenen Jeans. Er sah blendend aus. Schick und sexy, dachte Embla. Sie spürte ein leichtes Kribbeln in der Magengrube. Mist, es schien sie wirklich ordentlich erwischt zu haben.

»Erzähl du«, sagte sie und stieß Nisse mit dem Ellbogen an. Im Augenblick hatte sie nicht die geringste Lust, sich mit Peter zu unterhalten.

Es war immer noch stockdunkel, als sie sich gemeinsam auf den Weg zum Jagdschloss machten. Nisse ließ Seppo an der langen Leine laufen. Der Hund wirkte immer noch ein wenig schläfrig, schnüffelte hier und da zerstreut am Wegesrand und hob ab und zu pflichtschuldig das Bein, um dem Wild mitzuteilen, dass er wieder zurück war. Dass Tilly ebenfalls dabei war, schien ihm zu gefallen. Die alte Hündin trottete neben Einar her und gestattete es Seppo gnädig, ihr Gesellschaft zu leisten.

Der Wind hatte in den Morgenstunden aufgefrischt und blies ihnen zusehends rau ins Gesicht. Jeden Augenblick konnte Eis- oder Schneeregen einsetzen. Normalerweise hätten sie jetzt gerade im Warmen gesessen und ausgiebig gefrühstückt, aber herauszufinden, was mit Anders von Beehn und Jan-Eric Cahneborg passiert war, hatte jetzt höhere Priorität.

Auf der Anhöhe oberhalb des Sees umhüllte Dunkelheit das Jagdschloss. Nur eine einzige Lampe brannte an der Fassade, und weiter unten schimmerte in einiger Entfernung die Laterne am Pinkelplatz. Ansonsten war es finster, auch wenn es mittlerweile fast halb sieben war, aber die Morgendämmerung hatte sich noch nicht durch die dichte Wolkendecke gekämpft.

Embla wandte sich an Stig Ekström. »War die Tür verschlossen, als du hier angekommen bist?«

Der Verwalter sah irgendwie nervös aus.

»Sie war auf, aber zu«, erwiderte er kryptisch.

»Also nicht abgeschlossen. Brannte Feuer im Ofen?«, fuhr Embla fort.

»Nein.«

»Und du hast das ganze Haus durchsucht? Auch den Keller?«

»Alles. Es gibt allerdings nur einen kleinen Vorratskeller. Aber da war nichts.«

»Haben sie ihre Gewehre mitgenommen?«

Jetzt musste Ekström nachdenken. »Ich hab nicht nachgeschaut …«

»Dann machen wir das jetzt. Stig und ich gehen ins Haus, und danach überprüfen wir den Schuppen. Nisse und Seppo gehen runter zum See und laufen in die eine, Sixten, Peter und Björn in die entgegengesetzte Richtung. Tobbe …«

»Wer hat dir eigentlich das Recht erteilt, uns herumzukommandieren?«, fiel Sixten ihr ins Wort.

Der Gedanke, zusammen mit Peter im Dunkeln herumzustolpern, behagte ihm offenbar gar nicht – obwohl auch Björn dabei sein sollte. Immerhin war er der Jagdleiter und derjenige, der sonst immer entschied, wer wem zugeordnet wurde. Man konnte ihm regelrecht am Gesicht ablesen, dass er sich von einem Fratz wie Embla nichts vorschreiben lassen wollte.

»Das ist mein Job«, konterte sie prompt, was ihn zunächst zum Schweigen brachte.

»Du kannst mit mir gehen, wenn du willst«, bot Nisse an.

Sixten brummte irgendwas in sich hinein. Vermutlich ein Ja.

»Tobias und Einar nehmen Tilly mit und sehen sich die alte Schlachthütte näher an«, fuhr Embla fort.

»Ist von der denn überhaupt noch etwas übrig?«, wollte Einar wissen.

»Und was hätten sie bei dem verfallenen Schuppen verloren?«, wandte sein Sohn ein.

»Keine Ahnung, aber er steht nun mal dort. Wir müssen alle denkbaren Orte absuchen.«

Embla fragte sich, ob sie noch etwas vergessen hatte. Vermutlich – aber später, wenn es heller wäre, würden sie das Gelände ohnehin noch einmal systematisch absuchen.

Als sie das Jagdschloss betraten, machte Stig Ekström in der Diele Licht. Die Luft war kalt und feucht. Ganz offensichtlich war in den vergangenen vierundzwanzig Stunden nicht geheizt worden.

»Wir fangen mit den Schlafzimmern an«, entschied Embla.

Sie stiegen die knarzende Treppe ins Obergeschoss hinauf, wo Embla noch nie zuvor gewesen war. Auch hier war die Luft kalt, genau wie die kleinen Öfen an den Wänden. Erst als Embla die Tür zu Anders von Beehns Schlafzimmer aufschob, schlug ihr ein wenig Wärme entgegen. Sie überprüfte den Thermostat des Elektroheizkörpers. Er stand auf achtzehn Grad.

Über einem breiten Doppelbett lag ein zerknitterter Überwurf, der aussah, als hätte jemand darauf gelegen und ihn anschließend nicht wieder glatt gezogen. Am Kopfende lagen ein paar Kissen übereinander und auf dem Nachttisch ein aufgeschlagenes Buch und eine Lesebrille, daneben das geöffnete Brillenetui. Das übrige Mobiliar bestand aus einem Kleiderschrank, einem Korb mit Deckel und einem abgetretenen Perserteppich. Die Kommode mit geschwungenen Beinen unter dem Fenster wirkte ebenfalls recht alt. Darauf lagen eine goldene Armbanduhr, eine Brieftasche aus Krokodilleder und ein iPhone.

Die Gegenstände auf der Kommode beunruhigten Embla. Sie

ließen darauf schließen, dass von Beehn nicht vorgehabt hatte, sich weit vom Jagdschloss zu entfernen. Sie untersuchte die Brieftasche, die zweifellos Anders von Beehn gehörte. Sie enthielt seinen Führerschein, in einem Fach steckten vier Fünfhunderter, in anderen mehrere Kreditkarten.

Nichts im Zimmer deutete auf einen Kampf hin.

»Fehlt irgendetwas? Oder fällt dir etwas Ungewöhnliches auf?«

Stig Ekström sah sich gründlich um und schüttelte dann den Kopf. »Nein. Aber während der Jagd bin ich nur selten hier im Obergeschoss. Anna und ich richten die Zimmer vor der Ankunft der Gäste her und putzen sie erst wieder nach der Abreise.«

»Wo bewahrt Anders seine Waffen auf?«

»Hier.«

Stig Ekström trat auf eine Tapetentür zu, die Embla erst bemerkte, als er sich an einem kleinen Knopf zu schaffen machte und die Tür aufzog. Die Kammer war winzig, und Stig Ekström musste den Kopf einziehen und die Taschenlampe einschalten.

»Sein Carl Gustaf fehlt«, murmelte er dumpf.

»Das Gewehr, das er für die Elchjagd verwendet.«

»Ja. Aber seine Jagdweste hängt noch da.«

»Ach? Und was könnte er dann anhaben?«

»Möglicherweise den grauen Wollpulli mit dem kleinen Krokodil auf der Brust, den er immer trägt, wenn er es sich im Haus gemütlich macht. Ich sehe schnell nach …«

Er trat an den Kleiderschrank und zog die Tür auf. Ordentlich aufeinandergestapelte, saubere Wäsche. Socken in den Seitenfächern. Auf Bügeln hingen zwei Hosen und zwei Jacketts – ein dünneres und eins aus Tweed – sowie drei gebügelte Hemden. Nirgends ein grauer Lacoste-Pullover.

Ekström hob den Deckel vom Korb. »Die Wäsche …«

»Nimmst du die normalerweise nach Dalsnäs mit?«

»Ja. Zuletzt am vergangenen Mittwoch.«

Embla warf einen Blick in den Wäschekorb. Ein paar schwarze Herrensocken und eine Unterhose. Die Wäsche nach der Rotwildjagd am Donnerstag. Kein gutes Zeichen – was Embla jedoch verschwieg. Stattdessen fragte sie: »Wo bewahrt er seine Jagdkleidung auf?«

»Unten in der Diele neben der Küchentür. Dort hängen alle Jagdteilnehmer ihre Kleider auf. Es gibt auch einen Trockenschrank. Und Schuhtrockner.«

Ein wenig komfortabler als bei uns, dachte sie und verzog unwillkürlich das Gesicht.

Als Nächstes widmeten sie sich Jan-Eric Cahneborgs Zimmer, das am Ende des Korridors lag. Die Zimmer dazwischen waren mittlerweile leer, Stig hatte sie bereits am Mittwochnachmittag geputzt. Eines davon hatte der Anwalt Lennart Folkesson bewohnt, das andere Volker Heinz. Im kleinsten Zimmer ganz hinten hatte Greger Liljon gehaust.

In Cahneborgs kleinerem, aber ebenfalls geheiztem Zimmer herrschte ein gewaltiges Durcheinander. Überall lagen Kleidungsstücke und Gegenstände herum. Die Schranktür stand sperrangelweit auf. Über der Kleiderstange hingen eine Jeans und ein schmutziges Hemd sowie eine Anzughose, die zu einem Jackett gehörte, das wiederum über einer Stuhllehne hing. Auf dem Fußboden neben dem Bett lag eine fast leere Flasche Whisky unter diversen Unterhosen, Pullovern und Strümpfen. Eine weitere, halb volle Flasche stand auf dem Nachttisch. In einer Ecke des Schranks lehnten zwei Gewehrtaschen.

»Sieht es in Jan-Erics Zimmer immer so aus?«, fragte sie.

»Ja … meistens.«

Unglaublich, dass ein erwachsener Mensch so unordentlich

sein konnte. Aber vermutlich war er es gewohnt, dass andere Leute hinter ihm herräumten.

»Trinkt von Beehn bei der Jagd auch so viel?«

»Nein. Ich hab ihn noch nie betrunken erlebt.«

»Aber Cahneborg scheint ja einiges zu vertragen«, meinte Embla und nickte zu den Flaschen hinüber.

Das war mitnichten eine Frage, sondern eine Feststellung. Der Verwalter brummelte etwas in sich hinein, was sich nur als Zustimmung deuten ließ. Embla trat an den Schrank und zog die zwei Gewehrtaschen heraus. Sie waren verhältnismäßig schwer; in beiden steckten die entsprechenden Gewehre.

»Weißt du, ob Cahneborg mehr als nur diese beiden dabeihatte?«

Stig Ekström zuckte nur mit den Schultern.

Embla öffnete die Taschen und begutachtete die Waffen eingehender. Ein Carl Gustaf, Kaliber .30-06, das Cahneborg für die Elchjagd verwendete. Das andere, ein doppelläufiges Gewehr, hatte garantiert ein Vermögen gekostet. Der Kolben war aufwendig mit Gold und Elfenbein verziert. Ganz sicher nicht zugelassen, aber eine wirklich schöne Waffe, dachte Embla und schob sie in das Etui zurück.

Der Ordnung halber durchsuchten sie auch noch die anderen drei Zimmer und kehrten dann wieder ins Erdgeschoss zurück.

Die geräumige Küche war bestens ausgestattet, auch wenn hier lediglich das Frühstück zubereitet wurde. Der Kühlschrank war zum Bersten gefüllt mit Lebensmitteln, Weißwein und Bier. In der Speisekammer standen mehrere Flaschen Rotwein sowie diverse Spirituosen. Mit ein wenig Mühe zog Ekström eine Luke im Fußboden auf und deutete nach unten. »Der Vorratskeller.«

Sie leuchteten mit ihren Taschenlampen in die Grube. Leere

Flaschen und augenscheinlich überaus aktive Spinnen. Spinnennetze hingen wie Vorhänge von der Decke.

»Er wird nicht mehr verwendet«, erklärte Ekström überflüssigerweise.

»Das kann ich gut verstehen«, sagte Embla und schauderte leicht. Kaum etwas verabscheute sie mehr als große und vor allem behaarte Spinnen.

Anschließend sahen sie sich die Jagdkleidung in der Diele hinter der Küche an. Stig stellte fest, dass zwar Anders' Stiefel und Jan-Erics Wanderschuhe fehlten, die Jacken aber noch an ihren Haken hingen.

»Sie sind ohne Jacke rausgegangen. Sie wollten also nicht lange wegbleiben«, stellte Embla fest.

»Schon gar nicht im Dunkeln.«

»Woher willst du wissen, dass es dunkel war?«

»Zwei Taschenlampen fehlen.« Er deutete auf ein Bord neben der Tür, auf dem ordentlich aufgereiht sechs Taschenlampen standen. »Da stehen sonst immer acht.«

Für Embla deutete mehr und mehr darauf hin, dass die beiden Herren bereits am Donnerstagabend verschwunden waren – nicht allein die wenigen Kleidungsstücke im Wäschekorb und die Kälte. Auch die Vorräte in der Küche waren kaum angerührt worden.

Ein plötzliches Knacken im Funkgerät riss sie aus ihren Überlegungen. Dann ertönte Nisses Stimme.

»Hier ist Nisse. Seppo … hat eine Witterung aufgenommen. Er ist zu dem steilen Felsen hinübergeschwommen und weigert sich zurückzukommen. Da scheint mir was … im Wasser zu liegen. Die Stelle ist allerdings nur mit einem Boot zu erreichen. Over!«

Seine Stimme klang merkwürdig brüchig.

»Embla hier. Bleib, wo du bist, wir kommen. Over.«

Sie drehte sich zu dem Verwalter um.

»Das Schlauchboot im Schuppen«, sagte er, noch ehe sie fragen konnte.

Sie knipsten ihre Taschenlampen an und liefen in den Regen hinaus. Vor dem Schuppen zog Ekström einen beeindruckenden Schlüsselbund hervor. Nach mehreren Versuchen gelang es ihm, das rostige Vorhängeschloss zu öffnen. Der Lichtkegel seiner Taschenlampe wanderte durch den Raum. Altes Werkzeug und Gartengerät, Angelruten und ein paar kaputte Krebsreusen hingen dort an den Wänden. In der Mitte standen schadhafte Gartenmöbel, und in einer Ecke lag ein unförmiges Paket.

»Ich hab hier aufgeräumt, als ich das Haus gegen die Mäuse abgedichtet habe. Bei der Gelegenheit hab ich das Schlauchboot gefunden«, erklärte Ekström.

Energisch marschierte er auf das große Paket zu und schleifte es in Richtung Tür. Mit vereinten Kräften drückten sie den Nylonsack so fest zusammen, dass er durch die Türöffnung passte.

»Anders und seine Freunde haben das Schlauchboot zum Krebsfangen verwendet. Irgendwo muss noch eine elektrische Luftpumpe herumliegen, aber die konnte ich nicht finden.«

Gemeinsam durchsuchten sie den Schuppen, aber ohne Erfolg. Dann zogen sie das Schlauchboot aus der Hülle und entdeckten zu ihrer großen Erleichterung die Pumpe neben den zwei Paddeln.

Das regennasse Gras war glatt, und sie rutschten einige Male aus, als sie das Boot zum Kofferraum des Wagens trugen. Embla packte noch ein Seil aus dem Schuppen ein.

Der stete Regen wurde schwächer, und allmählich ließ sich die gelblich graue Dämmerung erahnen, doch niemandem war deswegen leichter ums Herz.

»Das Schlimmste kommt erst noch«, seufzte Ekström.

»Was?«

»Es gibt keinen Weg zum See hinunter.«

»Aber das hier ist ein verdammter Geländewagen!«, sagte sie schärfer als beabsichtigt. Es ärgerte sie grundsätzlich, wenn Leute immer nur auf Schwierigkeiten hinwiesen. Dann musste man sich ihnen eben stellen, statt sie immer nur jammernd vorwegzunehmen.

Ohne ein weiteres Wort rutschte Stig hinter das Steuer seines King Cab. Am Pinkelplatz fuhr er nach links auf einen Pfad, der zum See hinunterführte. Vermutlich war hier noch nie zuvor ein Auto unterwegs gewesen – wofür es gute Gründe gab. Das schwere Fahrzeug neigte sich gefährlich zur Seite und schaukelte so heftig, dass Embla fast schon fürchtete, sie würden sich gleich überschlagen.

Als sie schließlich vollkommen durchgerüttelt am Seeufer Halt machten, sahen sie Nisse und Sixten in einiger Entfernung im Regen kauern. Mal ums Mal rief Nisse nach seinem Hund, aber der hob bloß die Schnauze und heulte. Am Fuß des steilen Felsens auf einem kleinen Uferstreifen mit grobem Gestein saß er auf einem Findling und starrte vor sich in das seichte Wasser.

Mithilfe der elektrischen Pumpe ließ sich das Schlauchboot binnen weniger Minuten aufblasen. Kurz darauf paddelten Embla und Nisse auf Seppo zu. Der beharrliche Regen fühlte sich ebenso kalt an wie das Seewasser. Schon nach ein paar Sekunden waren ihre Finger steif und taub. Langsam näherten sie sich dem Felsen. Dort, im seichten Wasser, lag jemand – nur der Schultergürtel ragte über die Wasseroberfläche heraus. Nach dem Körperbau zu urteilen handelte es sich um Jan-Eric Cahneborg. Sein Arm hatte sich seltsam verdreht zwischen zwei Felsblöcken verkeilt.

Als der Hund bemerkte, dass das Schlauchboot auf ihn zuglitt, sprang er auf und begann panisch zu bellen.

»Immer mit der Ruhe. Braver Junge! Schwimm zurück, wir kümmern uns um alles«, sprach Nisse beruhigend auf seinen Hund ein, und tatsächlich verstummte Seppo, als hätte er die Worte seines Herrchens verstanden, sprang ins Wasser und schwamm zurück an den Strand. Als der Hund wieder am Ufer stand, trafen Peter und Björn und wenige Minuten später auch Tobias und Einar am See ein. Schweigend sahen sie vom Ufer aus zu, wie Nisse und Embla sich abmühten, Jan-Erics Arm zu befreien, um anschließend die Leiche an den Strand zu bugsieren. Ohne festen Boden unter den Füßen dauerte es eine Weile, bis es Embla und Nisse gelang, ein Seil um den Oberkörper des Toten zu schlingen, und ein paarmal drohten sie zu kentern. In Ermangelung anderer Befestigungsmöglichkeiten band Nisse sich das andere Ende des Seils um die Taille, und sie paddelten langsam zum Strand zurück. Sie waren nur noch ein paar Meter entfernt, als Sixten ihnen zurief: »Wer ist es?«

»Cahneborg«, antwortete Embla.

»Von Anders keine Spur?«

»Nein. Wir müssen weitersuchen. Aber jetzt ruf ich erst einmal Verstärkung«, erwiderte Embla.

Um ihr Handy benutzen zu können, musste sie erst wieder den Hang hinaufklettern. Bei der Laterne am Pinkelplatz war der Empfang halbwegs stabil.

Der diensthabende Kollege der Polizeiwache in Trollhättan sträubte sich anfangs dagegen, gleich die Spurensicherung zu alarmieren. Seiner Auffassung nach musste es sich um einen Unfall handeln. Ein Mann, der im Dunkeln zum Pinkeln gegangen war, war auf dem glatten Felsen ausgerutscht und dann in die Tiefe gestürzt … Nein, da war eine Tatortuntersuchung überflüssig. Doch Embla ließ sich nicht beirren und setzte ihn über das mysteriöse Verschwinden Anders von Beehns in Kenntnis, wobei sie auch nicht unerwähnt ließ, welchen Ruf und Einfluss beide in der Finanzbranche genossen, woraufhin der Wachhabende schließlich zögernd einlenkte und sich bereit erklärte, sowohl eine Streife als auch die Spurensicherung loszuschicken.

Bis die Polizei eintreffen würde, beschloss Embla, würden sie die Suche nach Anders von Beehn fortsetzen. Sie mahnte die anderen zur Vorsicht. Man müsse davon ausgehen, dass Anders bewaffnet sei und niemand genau wisse, was sich zwischen ihm und Cahneborg abgespielt habe.

Die Männer taten sich zu Zweiergruppen zusammen und machten sich in unterschiedliche Richtungen auf den Weg. Wie gut, dass sie zwei Hunde bei sich hatten. Auch Embla selbst wäre gern losgezogen, weil sie die Gegend kannte wie ihre Westentasche und körperlich wohl die Fitteste von allen war. Trotzdem beschloss sie, unten am Seeufer auszuharren. Sie hatte deutlich wahrgenommen, dass keiner der Männer alleine in der Wildnis bei der Leiche zurückbleiben wollte. Sie konnte es ihnen nachfühlen. Im matten Dämmerlicht untätig herumzustehen und sich gegen das nasskalte Wetter zur Wehr zu setzen war nun wirklich nicht sonderlich verlockend.

Andererseits ließ der Regen allmählich nach. Nur die kompakte Wolkendecke lag immer noch vor der aufgehenden Sonne.

Jan-Erics weiß marmorierte Haut schimmerte vor dem dunklen Untergrund. Die Leichenstarre schien sich langsam zu lösen, was Emblas Vermutung bestätigte, dass er bereits am Donnerstagabend oder in der darauffolgenden Nacht abgestürzt war. Der offene Reißverschluss seiner Hose legte tatsächlich nahe, dass er beim Pinkeln abgerutscht war. Er trug keine Jacke, sondern nur einen dicken grünen Wollpullover mit einem kurzen Reißverschluss am Kragen. Die Schnürsenkel seiner Stiefel waren nicht verschnürt; vielleicht hatten sie ihn ja zu Fall gebracht.

Es ärgerte sie, dass sie ihn nicht zudecken konnte, aber das ließ sich im Augenblick nicht ändern. Später würde sie zum Haus hinaufgehen und eine Decke holen.

Embla wollte die Leiche nicht mehr anfassen, ehe die Rechtsmediziner sie untersucht hatten. Nachdem sie sie jedoch eingehend gemustert hatte, kletterte sie den Steilhang hinauf und rief ihren Chef Göran Krantz an. Es klingelte mehrmals, bevor er den Anruf entgegennahm. Im Hintergrund konnte sie den Fernseher laufen hören.

»Hallo, hier ist Embla. Wo bist du gerade?«, fragte sie.

»Zu Hause. Und du?«

Sie holte tief Luft und setzte ihn dann über die Ereignisse des Morgens ins Bild. Der Kommissar unterbrach sie kein einziges Mal.

»Könnte von Beehn Cahneborg getötet haben?«, fragte Göran Krantz, nachdem sie fertig erzählt hatte.

»Es deutet nichts auf einen Konflikt zwischen den beiden Männern hin. Aber mir fällt gerade noch was ein. Ein Freund der beiden ist ebenfalls umgekommen.«

Göran Krantz hielt kurz die Luft an, bevor es aus ihm herausplatzte: »Noch einer? Und wer? Und wo befindet er sich?«

»Wahrscheinlich liegt er auf einem Friedhof in Oslo. Er ist ziemlich genau vor einem Jahr gestorben. Und jetzt hör zu: Er ist von der Straße abgekommen, als er nach der letzten Elchjagd nach Hause fuhr. Er war genau wie Cahneborg ein Freund von Anders von Beehn und hat hier regelmäßig an der Jagd teilgenommen.«

»Hmm. Und wie hieß der Bursche?«

»Ola Forsnaess. Irgendein hohes Tier in der Ölindustrie, glaube ich.«

»Und was hast du jetzt vor?«, fragte er nach einer Weile.

»Ich warte auf Verstärkung. Die Kollegen aus Trollhättan sind unterwegs.«

»Gut. Sei vorsichtig. Die Sache klingt ernst.«

Während sie ihr Handy zurück in die Brusttasche steckte, warf sie einen Blick auf die Leiche am Seeufer. Aus dieser Entfernung sah sie erbärmlich einsam aus. Kalt und tot, dachte sie und erschauderte unwillkürlich.

Das unerwartete Geräusch leiser Schritte auf nasser Erde holte sie in die Gegenwart zurück. Mit einem Mal wurde ihr klar, dass sie nur einen knappen Meter vom Abgrund entfernt stand. Mit geballten Fäusten schnellte sie herum.

»Ui! Ich wollte dir wirklich keinen Schrecken einjagen.«

Peter trat einen Schritt zurück und hob beschwichtigend die Hände. Embla wusste nicht recht, ob sie erleichtert oder wütend sein sollte.

»Ach nein? Du hast wirklich eine erstaunliche Fähigkeit, dich lautlos anzuschleichen«, fauchte sie ihn an, und Peter sah schuldbewusst zu Boden. Dann räusperte er sich mehrmals, ehe er den Kopf hob und sie mit festem Blick ansah.

»Ich muss mich wegen gestern bei dir entschuldigen. Mein Verhalten war wirklich unangemessen. Ich stand mächtig unter Druck wegen eines großen Deals, den ich gerade verhandele. Außerdem bin ich den ganzen Unsinn, der hier über mich erzählt wird, einfach leid – ich hatte auf einmal den Eindruck, irgendwer hätte dich losgeschickt, um mir nachzuspionieren. Ich weiß, das klingt verrückt, aber wenn man den ganzen Tag mit hochsensiblen Daten zu tun hat, wird man wohl schon von Berufs wegen ein bisschen paranoid.«

Embla wusste nicht, was sie erwidern sollte. Beschämt musste sie sich eingestehen, dass er nicht ganz unrecht hatte. Schließlich hatte sie ihm in der Tat hinterherspionieren wollen – aber das würde sie ihm gegenüber nicht zugeben. Stattdessen versuchte sie, sich zusammenzureißen, und antwortete mit möglichst unbeschwerter Stimme: »Das verstehe ich. Wäre mir das Benzin nicht ausgegangen, hätte ich dich nicht belästigt.«

»Ich hab mich gerne von dir stören lassen«, erwiderte Peter mit einem schiefen Lächeln.

Embla bemühte sich, gelassen zu wirken, was ihr jedoch nicht gelingen wollte. »Ach?«, brachte sie lediglich hervor.

Sein Lächeln wurde breiter.

»Wir hatten einen schlechten Start. Ich finde, wir sollten es noch mal versuchen. Wie wär's morgen zum Abendessen?«

Die Situation war vollkommen absurd. Hier standen sie mitten im Wald nur ein paar Meter von einer Leiche entfernt, während die anderen versuchten, einen weiteren Mann aufzuspüren, der unter rätselhaften Umständen verschwunden war – und trotzdem schien sich in Emblas Körper eine angenehme Wärme auszubreiten. Doch diesen Umstand wollte ihr vernunftgesteuertes Ich um jeden Preis verbergen. Peter war schließlich nicht der Einzige, der beruflich vorbelastet war.

»Erst müssen wir Anders finden«, erwiderte sie knapp.

»Okay. Wir können ja morgen darüber reden.«

Dann machte er kehrt und stiefelte zum Jagdschloss zurück. Noch während sie ihm nachsah, rief er über die Schulter: »Wir verhungern hier allmählich. Keiner von uns hat ein ordentliches Frühstück bekommen. Ich koche Kaffee und mache uns ein paar Brote, einverstanden? Stig hat gesagt, dass in der Küche alles Notwendige liegt. Die anderen kommen sicher auch bald wieder.«

»Okay. Klingt gut. Ich suche inzwischen etwas, womit ich den Toten zudecken kann. Es könnte noch ein bisschen dauern, bis die Spurensicherung eintrifft.«

Erst da fiel ihr der Transportsack für das Schlauchboot ein. Vielleicht eignete der sich ja als Schutz.

Die drei ersten Polizisten blieben auf dem Weg zum Unfallort im Schlamm stecken. Tobias kam ihnen mit dem Pick-up zu Hilfe. Einige Minuten später trafen zwei Kriminaltechniker mit einem Volvo Cross Country ein, der den Weg mühelos bewältigte.

Die Polizisten aus Trollhättan gesellten sich zunächst zu den Jägern im großen Saal des Jagdschlosses, in dem Stig Ekström ein Kaminfeuer entzündet hatte. Während die fünf Kollegen sich mit Kaffee und belegten Broten stärkten, schilderte Embla, was am Morgen vorgefallen war.

Der Chef aus Trollhättan stellte sich als Kommissar Roger Wilén vor. Er war knapp über vierzig und sah fit aus. Seine Uniform saß tadellos, und die Bügelfalten seiner Hose waren messerscharf. Sein Haar war so kurz geschnitten, dass sich nicht einmal mehr die Haarfarbe bestimmen ließ. Er warf einen nachdenklichen Blick in die Runde und ergriff dann das Wort.

»Sie haben also gegen sechs Uhr mit der Suche nach den beiden Männern begonnen. Den Burschen im See, diesen Canne … Cahneborg, richtig. Den haben Sie also gegen acht gefunden. Die Bergung der Leiche nahm geraume Zeit in Anspruch. Dann erst haben Sie uns verständigt.« Er nickte Embla zu.

»Richtig«, erwiderte sie.

Es war ein gutes Gefühl, von ein paar Kollegen unterstützt zu werden. Außerdem schien es Sixten enorm zu erleichtern, dass endlich wieder ein Mann die Führung übernahm, schoss es ihr durch den Kopf.

»Es ist gleich elf. Da dieser Anders von … Wie hieß er noch gleich? Danke … Beehn … Nachdem er nicht mit seinem Auto abgereist ist, muss er sich immer noch hier in der Nähe aufhalten. Aber wenn Sie schon länger nach ihm gesucht haben, drängt sich doch der Verdacht auf, dass er verletzt oder bewusstlos irgendwo im Wald liegt oder schlimmstenfalls tot ist, oder nicht? Die Zeit spielt in solchen Fällen eine wichtige Rolle. Ich werde gleich noch mehr Beamte anfordern. Leider stehen uns aufgrund einer anderen Ermittlung momentan nur wenige Leute zur Verfügung, aber wir lassen einfach Verstärkung aus dem übrigen Fyrbodal kommen. Bis die hier eintrifft, wird es noch mindestens zwei Stunden dauern, und es wird inzwischen früh wieder dunkel …«

»Könnten Sie nicht einen Hubschrauber mit Wärmebildkamera anfordern?«, schlug Peter vor.

Kommissar Wilén betrachtete Peter mit ernster Miene und zögerte ein wenig, ehe er antwortete: »Das geht so ohne Weiteres nicht. Das wäre mit erheblichen Kosten verbunden. Aber ich werde mein Möglichstes tun.«

Anschließend schickte er die Anwesenden in verschiedene

Richtungen auf die Suche, wobei er ihnen einschärfte, ständig miteinander in Verbindung zu bleiben.

Gegen zwei Uhr am Nachmittag trafen ein Trupp Reservisten sowie zwei Polizeibeamte aus Åmål ein. Über Facebook war eine Vermisstenmeldung an Missing People rausgegangen, bislang jedoch ohne Ergebnis. Vielleicht würden sie am nächsten Tag Verstärkung schicken, aber sicher war das nicht. Das Suchgebiet lag von der nächsten Stadt zu weit entfernt.

Der Regen hatte wieder eingesetzt, aber alle an der Suche Beteiligten trugen geeignete Kleidung. In dichten Reihen durchkämmten sie den Wald und suchten auch Gebüsch, Bäche und Tümpel ab.

Aufgescheuchtes Wild irrte verängstigt herum. Seppo war überglücklich, als es ihm gelang, eine Wildsau aus ihrem Lager zu vertreiben. Aber er würde der Einzige bleiben, der mit dem Verlauf des Tages zufrieden war.

Anders von Beehn hatte nicht die geringste Spur hinterlassen.

Nach Einbruch der Dunkelheit wurde die Suche abgebrochen. Roger Wilén wirkte sichtlich entmutigt, obwohl er sich um professionelle Nüchternheit bemühte.

»Die Reservisten schicken einen Trupp ausgeschlafener Burschen, die in der Nacht weitersuchen sollen. Wenn sie von Beehn nicht finden, müssen wir doch einen Hubschrauber mit Wärmebildkamera und Taucher anfordern, die den See absuchen. Wir treffen uns morgen früh um sieben wieder hier«, verkündete er. Anschießend dankte er allen für ihren Einsatz und wandte sich dann an Embla. »Dürfte ich mit Ihnen kurz unter vier Augen sprechen?«

»Natürlich.«

Sie zogen sich vor den Kamin zurück. Das Feuer war inzwischen niedergebrannt, aber der Kamin strahlte immer noch ausreichend Wärme ab. Rund zehn Grad Innentemperatur waren immer noch besser als die eisig-feuchte Luft im Freien. Trotzdem behielten beide ihre Jacken an, und Embla war sich sicher, dass sie nur deshalb so fröstelte, weil sie hungrig war.

»Sie kennen sämtliche Beteiligten und waren während der gesamten Jagd hier. Es wäre gut, wenn Sie mir einen schriftlichen Bericht über die Vorfälle liefern könnten«, sagte Roger Wilén ohne weitere Umschweife.

Emblas erste Reaktion war vollkommene Sprachlosigkeit. Dann spürte sie Wut in sich aufsteigen – möglicherweise ebenfalls infolge ihres niedrigen Blutzuckerspiegels.

»Hören Sie – ich bin im Urlaub. Dieser Bericht ist Ihre Aufgabe. Von mir kriegen Sie jedenfalls keinen.«

Wütend funkelte sie ihn an und erkannte augenblicklich, dass er mit so einer Reaktion nicht gerechnet hatte.

»Ich bin Kriminalinspektorin und nicht Ihre Sekretärin«, fügte sie hinzu.

Wilén schluckte ein paarmal. »Ich dachte, das wäre eine Frage der Kollegialität«, antwortete er dann kühl.

»Kollegialität? Ich bin seit sechs Uhr hier – *ich* habe die Suche organisiert, bei der wir Jan-Eric gefunden haben. Ich bin auf den See hinausgepaddelt und hab die Leiche geborgen. Ich habe Sie angerufen und …«

»Schon gut. Vergessen Sie es einfach.«

Sie sahen einander finster an, waren aber beide zu müde, um das Blickduell lange aufrechtzuerhalten. Schließlich holte der Kommissar tief Luft.

»Und wenn Sie alles auf Band sprechen würden? Wie wär's damit?«

Embla dachte über seinen Vorschlag nach. Sie war sich im Klaren darüber, dass ihr Temperament mal wieder mit ihr durchgegangen war. Ein gutes Verhältnis zu den Kollegen war nicht unwichtig – eine Hand wusch schließlich die andere.

»Na gut. Was soll ich tun?«

»Sprechen Sie einfach alles, was Ihnen wichtig erscheint, auf Band … und alles Unwichtige auch. So können wir uns zumindest grob orientieren.«

Das ließ sich durchaus machen, aber da gab es einen Haken.

»Ich hab kein Aufnahmegerät.«

»Kein Problem, ich kann Ihnen ein kleines Diktiergerät überlassen.«

»Okay, ich kümmere mich heute Abend darum.«

»Vielen Dank, das ist wirklich eine große Hilfe.«

Und er klang aufrichtig dabei.

Der Suchtrupp versammelte sich wie vereinbart am nächsten Morgen um sieben vor dem Jagdschloss. Ehe sie sich ins Dickicht des Waldes schlug, überreichte Embla Kommissar Wilén den Bericht, den sie am Vorabend, nachdem Nisse und Björn zu Bett gegangen waren, auf Band gesprochen hatte. Im Hintergrund meinte Embla Nisses Schnarchen gehört zu haben, als sie sicherheitshalber die Aufnahme noch einmal überprüft hatte.

Die Suche wurde wie tags zuvor zu Fuß fortgesetzt, allerdings begleitete den Trupp diesmal das Dröhnen eines Hubschraubers. Am See stand überdies ein Lieferwagen, mit dem die Polizeitaucher gekommen waren. Da der See nicht allzu groß war, würde die Suche nicht den ganzen Tag beanspruchen. Ein neuer Reservistentrupp sowie eine Gruppe Freiwilliger von Missing People würden hoffentlich am Nachmittag eintreffen.

Als die Suche spätabends eingestellt wurde, fehlte nach wie vor jede Spur von Anders von Beehn.

Die Jagdgesellschaft zog sich zu ihren Jagdhütten zurück. Schnell waren sich alle einig, über Nacht zurück nach Hause zu fahren, da sie sich gerne duschen und zur Abwechslung wieder in einem anständigen Bett schlafen wollten.

Embla parkte ihren alten Wagen vor dem Hansgården. Das gesamte Anwesen war in gleißendes Licht getaucht. Vor wem hat er eigentlich Angst?, schoss es Embla durch den Kopf. Aber vielleicht stimmte es ja tatsächlich, und Konkurrenz und Kriminelle, die sich auf Industriespionage verlegt hatten, streckten die Finger nach seinen Daten aus. Aber wurden derartige Diebstähle nicht übers Internet begangen?

Entschieden schob sie sämtliche Gedanken an Verbrechen im Cyberspace beiseite. Sie wollte sich entspannen und einfach nur einen netten Abend verbringen. Seit sie mehr über Peter wusste, konnte sie seine zurückhaltende Art besser verstehen. Sie hoffte inständig, dass er Vertrauen zu ihr fassen würde, sobald sie sich ein wenig besser kannten. Als sie sich mit der Hand durch ihr frisch gewaschenes, offenes Haar fuhr, merkte sie, dass es noch nicht ganz trocken war. Sie trug wieder ihren hübschen Pullover, der nur eine Schulter bedeckte, und eine enge Jeans – allesamt frisch gewaschen –, und dank einiger strategisch platzierter Parfümspritzer duftete sie gut. Statt ihrer Jagdstiefel hatte sie ein Paar leichte Schuhe angezogen.

Die Haustür ging auf, noch ehe sie angeklopft hatte. Peter hieß sie mit einem strahlenden Lächeln willkommen, nahm sie in die Arme und hauchte ihr ein Küsschen auf die Wange, was ihr zu ihrer eigenen Überraschung mitnichten zu intim vorkam, im Gegenteil: Der Schauder, der sie durchfuhr, signalisierte ihr unmissverständlich, dass ihr Körper sich nach mehr sehnte. Höflich half

Peter ihr aus der Jacke. Als wäre es das Natürlichste der Welt, legte er dann den Arm um ihre Taille und führte sie in das gedämpft beleuchtete Wohnzimmer. Überall brannten Teelichte in Glasgefäßen. Sogar die Kerzen des Kronleuchters brannten. Die Flammen spiegelten sich in der polierten Rauchglasplatte des Couchtischs, auf dem obendrein ein silberner Sektkübel und zwei Sektgläser funkelten. Im Kamin loderte ein Feuer. Embla war beeindruckt.

»Du hast dir wirklich Mühe gegeben«, meinte sie.

Er lächelte verschmitzt.

»Das muss sein, wenn man einen schlechten Eindruck wiedergutmachen will.«

Dann bat Peter sie, Platz zu nehmen, während er die Flasche aus dem Sektkühler nahm, in eine Leinenserviette wickelte und den Korken knallen ließ.

»Ein ganzes Glas haut mich bestimmt um«, wandte Embla ein, was keine Übertreibung war. Nach zwei Tagen erfolgloser Suche fühlte sie sich vollkommen ausgelaugt. Außerdem hatte sie viel zu wenig geschlafen.

»Mir geht es ähnlich. Deshalb hab ich auch eiskalt kalkuliert, dass uns eine Flasche reichen wird. So kann man sich dann auch noch etwas Besseres leisten«, erwiderte er augenzwinkernd.

Er füllte die Gläser mit Champagner und reichte Embla ein Glas. Als ihre Blicke sich begegneten, setzte ihr Herz einen Schlag aus. Sie hoffte inständig, dass sie nicht allzu sehr errötete. Um auf andere Gedanken zu kommen, sagte sie beiläufig: »Wir waren zwei Tage lang nonstop unterwegs. Du glaubst nicht, wie sehr meine Füße wehtun. Normalerweise sitzt man ja nur auf dem Hochstand.«

»Und deine Muskeln sind verspannt …«

Das war eine Feststellung. Peters Lächeln war fast schon übermütig.

»Ja, obwohl ich eigentlich ziemlich fit bin«, murmelte Embla.

»Hmm … Lass uns erst mal anstoßen. Dann will ich dir was zeigen. Skål!«

Er hob sein Glas und sah Embla tief in die Augen. Ihr Puls beschleunigte sich, und sie spürte, wie sich eine wohlige Wärme in ihr ausbreitete. Ein schöner, intelligenter Mann mit spannenden kleinen Geheimnissen … Er gefiel ihr wirklich, aber sie wollte keinesfalls zu interessiert wirken.

Nach dem ersten Schluck erhob er sich und reichte ihr die Hand. »Nimm dein Glas mit.«

Ohne zu zögern, ergriff Embla seine Hand und folgte ihm durch die Küche zu einer geschlossenen Tür, an der sie bei ihrer Hausbesichtigung vorbeigegangen waren. Peter ließ ihre Hand los und öffnete die Tür. Stolz sagte er: »Mein Fitnessraum.«

Embla trat ein und sah sich um. An der einen Wand standen vier Trainingsgeräte, unter anderem ein richtig gutes Laufband. In eine Ecke war eine Sauna mit Glaswänden eingebaut worden und unter das breite Fenster ein riesiger Whirlpool. Auf dem Handtuchtrockner hingen ordentlich zwei flauschige weiße Frotteelaken. Der Fußboden bestand aus demselben edlen Granit wie in der Diele.

»Oh, herrlich!«, rief Embla.

»Danke. Mir gefällt es auch. Das war früher die Waschküche. Sie befindet sich jetzt hinter der Tür dort drüben.«

Peter deutete zum anderen Ende des Raums.

»Lass uns auf deinen schönen Fitnessraum trinken«, meinte Embla und hob ihr Glas.

Sie stießen miteinander an und nahmen einen Schluck, dann blickte er ihr wieder tief in die Augen.

»Das Wasser im Whirlpool ist auf achtunddreißig Grad temperiert. Hast du Lust? Eine kleine Massage würde dir bestimmt guttun.«

Erneut durchfuhr sie ein Schauder, aber sie wusste, wie ihre Antwort lauten musste. Verlockend, aber nein danke.

Doch stattdessen hörte sie sich sagen: »Unbedingt.«

Sie zogen sich gegenseitig aus. Versehentlich stieß sie ihr Glas ins Wasser, was aber niemanden kümmerte. Inzwischen waren sie mit ganz anderen Dingen beschäftigt.

Er bot ihr an, bei ihm zu übernachten, aber sie lehnte dankend ab. Vermutlich würde auch so schon genug geredet. Schließlich war der Veteran weithin bekannt. Der Wagen stand schon seit Stunden auf dem hell erleuchteten Hof des Hansgården, und obwohl das Haus verhältnismäßig einsam lag, hatte ihn unter Garantie jemand dort stehen sehen. Auf dem Land gab es keine Geheimnisse. Aber das war ihr egal. So wohl hatte sie sich lange nicht mehr gefühlt.

Mit Peter stimmte einfach alles. Endlich hatte sie mal wieder einen anständigen Typen getroffen.

Von den Küchengeräuschen wurde Embla schließlich wach. Als sie ihr iPhone zu fassen bekam, musste sie erschrocken feststellen, dass es bereits Viertel nach sieben war. Sie streckte sich, stand auf und lief hinüber zur kleinen Gästetoilette. Im Spiegel erhaschte sie einen Blick auf ihren wirren Haarschopf. So sah man offenbar aus, wenn man mit nassem Haar Sex hatte. Da würde Auskämmen nur schmerzhaft werden. Ihr blieb also nichts anderes übrig, als sich das Haar hochzustecken. Danach sah sie endlich etwas präsentabler aus.

»Warum hast du mich denn nicht geweckt?«, fragte sie Nisse, als sie die Küche betrat.

Nisse, der am Küchentisch saß und Zeitung las, schaute sie über den Rand seiner Lesebrille hinweg an.

»Ich fand, du solltest auch mal ausschlafen dürfen. Immerhin hast du Urlaub«, antwortete er grinsend.

»Davon war ja bislang nicht viel zu merken ... Aber ich hab noch so viele Überstunden, die ich verbummeln muss – ich komme also wieder. In einem Monat, wenn Elliot Herbstferien hat. Allerdings wird dann nichts aus der Jagd ...«

»Dabei stehen uns ja immer noch ein paar Elche zu. Falls wir sie inzwischen nicht alle vertrieben haben. Im Augenblick kommt der Wald jedenfalls nicht mehr zur Ruhe.«

»Sobald Anders von Beehn gefunden wird, kehrt wieder Stille ein.«

Nisse sah sie nachdenklich an.

»Glaubst du, er taucht wieder auf?«

Sie zog es vor zu schweigen und rührte sich stattdessen ein Müsli an. Dann setzte sie sich zu ihm an den Tisch. Ihre Füße und Waden schmerzten zwar immer noch, im Übrigen aber fühlte sie sich pudelwohl. Der Abend bei Peter war die reinste Wunderkur gewesen. Sie merkte selbst, dass sie selbstzufrieden lächelte, und bemühte sich sofort um einen ernsteren Gesichtsausdruck.

»Er muss hier irgendwo sein. Tot oder lebendig«, sagte sie.

»Und wenn nicht?«

»Wo sollte er denn zu Fuß hinkommen? Im Westen gehen die norwegischen Berge und Wälder los, im Norden liegt ebenfalls nur Wald, und südwestlich von Årjäng sind die Seen. In Richtung Osten geht's nur tiefer in die Wildnis. Hätte er sich südwärts bewegt, wäre er früher oder später hier vorbeigekommen, und in südöstlicher Richtung liegt Bengtsfors. Das Jagdschloss liegt fünfzig Kilometer vom nächsten größeren Ort entfernt. Wäre er unterwegs durch irgendeinen Weiler gekommen, dann hätten wir davon erfahren.«

»Nicht, wenn er absichtlich untergetaucht ist«, wandte Nisse ein.

»Weil er Cahneborg umgebracht hat?«

»Könnte doch sein.«

»Es sah eher aus wie ein Unfall. Selbst wenn es so gewesen wäre, dass Anders Jan-Eric in den Abgrund gestoßen hat, müsste er sich nicht verstecken, weil nichts auf einen Mord hindeutet.«

»Noch nicht.«

Während Embla ein Tee-Ei mit Kräutertee füllte, es in eine Tasse hängte und kochendes Wasser darübergoss, dachte sie fieberhaft nach.

»Was hätte er für einen Grund gehabt? Sie waren doch schon seit Ewigkeiten befreundet«, meinte sie schließlich.

»Tja. Er hatte Stig spontan am Freitag freigegeben, weil sie sich einen Tag lang ausruhen wollten. Das ist bislang noch nie vorgekommen. Vielleicht hatten sie ja was Wichtiges zu besprechen und sind darüber in Streit geraten? Als Cahneborg dann zum Pinkelplatz ging, hat von Beehn die Chance genutzt und ihn den Abgrund hinuntergestoßen.«

Das wäre durchaus möglich, dachte Embla. Trotzdem drängte sich ihr ein Einwand auf. Wenn Anders von Beehn Jan-Eric Cahneborg in die Tiefe gestoßen hätte, dann hätte er tatsächlich nicht die Flucht ergreifen müssen. Er hätte einfach ins Haus zurückkehren, weiter in seinem Buch lesen, das Licht löschen und die ganze Nacht gut schlafen können. Tags darauf hätte er seinen Freund als vermisst gemeldet, sich daraufhin mit Stig Ekström auf die Suche gemacht und Cahneborgs Leiche am Fuß des Abgrunds entdeckt. Ein tragischer Unfall.

Aber das war nicht passiert.

»Wir können nicht ausschließen, dass sich am Donnerstagabend eine weitere Person dort oben aufgehalten hat«, meinte Embla schließlich.

»Dann wäre diese Sache noch schlimmer als bislang angenommen.«

Da konnte Embla ihm nicht widersprechen. Ein eisiger Schauder rieselte ihr über den Rücken, und unwillkürlich musste sie an die Worte ihrer Großmutter Aina denken, die immer gesagt hatte, wenn sie ganz ohne Anlass hatte zittern müssen: »Da geht jemand über mein Grab.«

Kurze Zeit später fuhr Stig Ekström vor, um sie abzuholen. Auf dem Beifahrersitz saß Sixten Svensson. Es war höchste Zeit, das Wild zu zerlegen, das sie in der Schlachthütte zurückgelassen hatten. Embla war ihnen dabei immer schon zur Hand gegangen und hatte ihnen beim Transport geholfen. Das Wild zu zerlegen war Schwerstarbeit, und da war jede Hilfe recht. Nachdem Sixten und Nisse inzwischen in die Jahre kamen und auch Stig nicht mehr der Jüngste war, hatte Embla sogar schon erwogen, im kommenden Winter einen Schlachtkurs zu absolvieren. Von Nisse hatte sie bereits einiges gelernt, aber sie wollte beim Zerteilen alles richtig machen, vor allem weil ihrer Ansicht nach gelegentlich viel zu viel Gulasch und Hackfleisch abfielen.

Die Zuteilung war Aufgabe des Jagdleiters, der detaillierte »Fleischlisten« zu führen hatte. Wenn irgendjemand sich beschweren wollte, zückte er einfach diese Listen, und das Problem war meist erledigt.

Inzwischen regnete es nicht mehr, und draußen war es ein Grad unter null – perfekte Bedingungen zum Verarbeiten von rohem Fleisch.

Sie waren nur noch wenige Kilometer von der Schlachthütte entfernt, als Emblas Handy klingelte. Es war ihr Kollege Hampus Stahre von der MEB.

»Was habt ihr denn jetzt schon wieder in der Wildnis angestellt?«, zwitscherte er.

»Einen Mann in einen Abgrund gestoßen und einen anderen so gut versteckt, dass er nach wie vor unauffindbar ist«, antwortete sie munter.

»Wie bitte?«

»Das war ein Witz. Was gibt's?«

Hampus hatte sich schnell wieder gefangen. »Hier ist die Hölle los. Die beiden waren offenbar richtige Promis. Wir werden von Reportern belagert.«

Sie wollte ihm gerade antworten, als sie plötzlich abgelenkt wurde. Vor der Schlachthütte standen mehrere Fahrzeuge, unter anderem ein Ü-Wagen des lokalen Fernsehsenders SVT Västnytt.

»Hier sind sie auch«, erwiderte Embla grimmig.

Als sie näher kamen, entdeckte sie Kommissar Roger Wilén inmitten einer Traube von Journalisten, die ihm ihre Mikrofone vor die Nase hielten. Ein Kameramann hatte sich auf dem Dach des SVT-Wagens postiert und filmte von dort die Szene, die sich am Boden abspielte.

»Der Rechtsmediziner kann zum jetzigen Zeitpunkt einen Mord nicht ausschließen. Die Kollegen aus dem Fyrbodal haben unsere Unterstützung angefordert. Aber du bist ja schon vor Ort.«

Sie hörte zwar, was Hampus sagte, aber es vergingen mehrere Sekunden, bis sie die Sprache wiederfand und reagieren konnte. »Hör mal, ich bin im Urlaub. Wir wollten jagen!«

»Das kannst du vergessen. Du bist wieder im Dienst. Offenbar ist der Verschwundene der Hauptverdächtige.«

»Oder er ist selbst einem Verbrechen zum Opfer gefallen«, wandte Embla ein.

»Schon möglich. In ein paar Stunden sind wir bei dir, dann sehen wir weiter. Wir müssen hier vorher nur noch eine Kleinigkeit zu Ende bringen.«

»Okay. Dabei hatte ich gehofft, euch eine Weile nicht sehen zu müssen«, sagte Embla und seufzte theatralisch.

»Träum weiter!«

Stig Ekström stellte den Wagen an der Schmalseite direkt vor der Tür zur Schlachthütte ab. Keiner der Reporter würdigte sie eines Blickes, da sie ihre mühsam erkämpften Plätze in unmittelbarer Nähe des Kommissars nicht aufgeben wollten, und so konnten die drei Männer unbemerkt die Tür aufschließen und unbehelligt das Gebäude betreten, während Embla auf die Journalistenmeute zuschlenderte, um sich anzuhören, was Roger Wilén zu sagen hatte.

»… irgendein Verdacht im Hinblick auf Jan-Eric Cahneborgs Tod?«

»Nein. Derzeit deutet alles auf einen Unfall hin«, antwortete Wilén.

Er wirkte müde und hatte dunkle Schatten unter den Augen. Ganz offensichtlich war ihm seit Samstagfrüh nicht mehr viel Schlaf vergönnt gewesen. Insofern ein kluger Schachzug, die Hilfe der MEB anzufordern, dachte Embla.

»… zum Verbleib Anders von Beehns?«, hörte sie jetzt einen anderen Journalisten rufen.

»Nein. Er ist spurlos verschwunden.«

»Wird die Suche nach ihm fortgesetzt?«

»Ja, und zwar mit unverminderter Intensität. Unser Suchtrupp ist mittlerweile zusätzlich verstärkt worden, und wie Sie hören können, ist auch der Hubschrauber mit der Wärmebildkamera wieder aufgestiegen.«

Er deutete in die Luft. Aus der Ferne drang das Dröhnen eines Helikopters zu ihnen herüber.

»Werden die Taucher ihre Suche ebenfalls fortsetzen?«, wollte jemand wissen.

»Nein. Sie haben ihre Arbeit abgeschlossen. Die Suche war ergebnislos.«

Außer ein paar rostigen Bierdosen und Cahneborgs Taschenlampe unterhalb des Pinkelplatzes hatten sie nichts gefunden. Aber derlei Details wollte die Polizei der Presse noch nicht offenbaren.

»Gibt es irgendeine Erklärung für von Beehns Verschwinden?«, rief einer der Journalisten aus der zweiten Reihe.

»Nein.« Ehe die Pressemeute weitere Fragen abfeuern konnte, verkündete Wilén: »Leider wird die Zeit allmählich knapp. Wir müssen in den Wald und die Suche fortsetzen. Ich informiere Sie, sobald wir mehr in Erfahrung gebracht haben.«

Eine Welle weiterer Fragen brandete ihm aus der Menge entgegen, doch der Kommissar ignorierte sie und steuerte stattdessen direkt auf Embla zu, ging dann aber an ihr vorbei.

»Folgen Sie mir unauffällig!«, zischte er aus dem Mundwinkel, und sie hängte sich sofort an seine Fersen. Mit langen Schritten gingen sie auf einen Streifenwagen zu, der mit laufendem Motor an einem Forstweg stand. Diesmal hatte sich Wilén wohlweislich einen Volvo Cross Country zuteilen lassen. Ganz Kavalier, öffnete er ihr die hintere Tür und nahm dann neben ihr Platz. Vorn saßen zwei ihr unbekannte Kollegen, die sich als Anette Olsson und Sebastian Jelinik vorstellten. Sebastian, der hinterm Lenkrad saß, fuhr mit quietschenden Reifen an, sowie Roger Wilén die Tür geschlossen hatte.

Zum Jagdschloss kamen sie nur sehr langsam voran. Der ohnehin holprige Forstweg hatte sich in letzter Zeit in den reinsten Morast verwandelt. Binnen zweier Tage waren hier bedeutend mehr Geländewagen entlanggefahren als sonst im Lauf eines ganzen Jahres. Reifenspuren zu sichern wäre von vornherein ein unsinniges Unterfangen gewesen. Stand zu hoffen, dass das unwegsame Gelände die Pressevertreter von den Jagdhütten fernhielt. Embla warf dem schweigenden Roger Wilén einen flüchtigen Seitenblick zu. Er sah wirklich müde und abgekämpft aus.

»Immerhin regnet es nicht mehr«, versuchte sie, ihn aufzumuntern.

»Das würde uns gerade noch fehlen«, murmelte er.

Mit einem lauten Seufzer nahm er seine Mütze ab und fuhr sich mit der Hand über den kurz geschorenen Schädel. Nachdem er sich ausgiebig die Augen gerieben hatte, sah er Embla an.

»Bei Cahneborgs Obduktion ist eine auffallend hohe Blutalkoholkonzentration gemessen worden. Interessanter sind jedoch die Abdrücke auf seinem Rücken.«

Er nestelte sein Handy aus der Jackentasche, rief ein Foto auf und reichte Embla dann das Gerät.

Das Foto war gestochen scharf und zeigte Cahneborgs kräftigen, bläulich weißen Rücken über dem blanken Stahl eines Seziertischs. Unter dem linken Schulterblatt konnte sie eine längliche Rötung erkennen. Der Größe nach konnte es sich durchaus um den Abdruck eines Gewehrkolbens handeln. Ein ordentlicher Stoß in den Rücken, während Jan-Eric an der Felskante gestanden hatte …

Von Beehns Gewehr war immer noch nicht gefunden worden – ebenso wenig wie er selbst.

»Sie glauben also, dass jemand Cahneborg einen Stoß mit einem Gewehrkolben versetzt hat?«, fragte Embla, obwohl sie die Antwort bereits ahnte.

»Sieht ganz so aus. Was meinen Sie?«

Jetzt galt es, sich nicht gleich mit der einfachsten Erklärung zu begnügen.

»Mag sein. Aber es gibt keinerlei Hinweise darauf, dass ihm Anders von Beehn den Schlag versetzt hat«, wandte Embla ein.

»Die Spurensicherung hat die Prellung auf Cahneborgs Rücken mit dem Kolben eines Carl Gustaf abgeglichen. Passt genau.«

Embla wusste nicht, was sie darauf erwidern sollte. Kein Mitglied ihrer eigenen Jagdgesellschaft besaß ein solches Gewehr, im Gegensatz zu diversen Jagdgefährten von Anders von Beehn – der auch selbst am liebsten mit dieser Waffe auf Elchjagd ging.

»Es ist ein starkes Indiz«, gab Embla schließlich zu.

»Allerdings.«

»Aber es gibt wahrscheinlich etliche Gewehrkolben, die von der Größe her passen könnten. Es muss nicht unbedingt ein Carl Gustaf gewesen sein«, beharrte sie.

Die restliche Strecke der ungemütlichen Fahrt legten sie schweigend zurück. Embla dachte über die neuen Informationen nach. Konnte es sich tatsächlich um einen Mord im Affekt gehandelt haben? Hatten sich die beiden Männer vor dem Haus gestritten? Möglich. Niemand hätte sie dort draußen in dieser Wildnis gehört. Aber wenn von Beehn wirklich der Mörder war, wo versteckte er sich dann? Plötzlich hatte Embla eine Idee.

»Ich rufe die Kollegen von der MEB an. Sie wollen in ein paar Stunden losfahren. Sie sollen sich mit Stig Ekströms Ehefrau Anna in Verbindung setzen und sie bitten, den Gutshof Dalsnäs für sie aufzuschließen. Wenn sie den durchsucht haben, können wir ausschließen, dass von Beehn sich dort versteckt hält«, sagte sie.

»Einverstanden. Aber wie hätte er diesen weiten Weg zurücklegen sollen? Von hier aus sind das mindestens fünfzig Kilometer.«

»Tja … Er hat einen guten, loyalen Verwalter. Stig Ekström hat erwähnt, dass Cahneborg und von Beehn am Freitag auf seine Dienste verzichten wollten. Was, wenn das gar nicht stimmt? Vielleicht hat er seinen Arbeitgeber ja am Freitagmorgen hier abgeholt?«

Embla konnte regelrecht sehen, wie Kommissar Wilén sich den müden Kopf zerbrach.

»Warum sollte der Verwalter uns anlügen?«

»Weil von Beehn ihn darum gebeten hat? Vielleicht hat er Stig ja bestochen oder bedroht.«

»Okay. Bitten Sie Ihre Kollegen, die Gebäude des Gutshofs zu durchsuchen.«

Embla zückte ihr Handy, sah aber gleich, dass sie im Augenblick keinen Empfang hatte. Sie musste mit dem Anruf warten, bis sie beim Jagdschloss eingetroffen waren.

»Haben Sie von Beehns Haus in der Stadt schon überprüfen lassen?«, erkundigte sie sich.

»Das haben die Stockholmer Kollegen erledigt und ...« Er konnte sich nicht länger beherrschen und gähnte erst einmal. »Dort ist er nicht. Und wenn er das Land verlassen haben sollte, müsste er irgendwo auf einem Überwachungsvideo auftauchen. Auch das wird gerade überprüft«, fuhr er fort und unterdrückte ein erneutes Gähnen.

»Hat schon jemand mit den Angehörigen gesprochen? Ich meine, mit den Familien Cahneborg und von Beehn?«

»Ja. Sowohl die gegenwärtigen als auch die geschiedenen Frauen und Kinder haben uns mit Fragen geradezu bestürmt, ganz zu schweigen von sämtlichen Cousinen, Geschwistern, Rechtsanwälten und dem Teufel und seiner Großmutter.«

»Und keiner hatte irgendeine Idee?«

»Nein. Ich habe nicht persönlich mit den Verwandten gesprochen, aber es wird mir wohl nicht erspart bleiben, wenn sie hier anrücken, wie mir die erste Frau von Beehn auch sofort angedroht hat. Nummer zwei scheint sich nicht ganz so große Sorgen zu machen.«

»Nicht? Vielleicht weiß sie ja, wo er sich aufhält?«

»Kann sein. Außerdem wird sie so bald nicht auftauchen, weil sie sich gerade erst am Freitag bei einem Schönheitschirurgen unters Messer gelegt hat. Laut dem Kollegen, der mit ihr gesprochen hat, musste sie die Implantate in ihrem Busen auswechseln lassen.«

Embla nickte. Sie war nicht überrascht. Sie wusste schließlich, dass Anders von Beehn vor zwei Jahren eine zwanzig Jahre jüngere Frau geheiratet hatte. Die Klatschblätter hatten sich über die Scheidung von seiner ersten Frau, einer bekannten Opernsängerin, die ihren Mann nicht so ohne Weiteres hatte ziehen lassen wollen, ausführlich ausgelassen.

Embla zuckte zusammen, als der Fahrer abrupt das Lenkrad herumriss. Sie mussten ein Auto umfahren, das bis weit über die Radkappen im Morast stecken geblieben war.

»Da stellt sich wohl die Frage, ob sie umgekehrt oder zu Fuß weitergegangen sind«, meinte Wilén.

Als sie beim Jagdschloss eintrafen, mussten sie feststellen, dass sich ein paar tapfere Reporter und Fotografen tatsächlich auch bis hierher vorgekämpft hatten. Ihre Hosen waren verdreckt, und sie sahen erschöpft aus. Aber das Eintreffen Roger Wiléns verlieh ihnen neue Energie, und Schulter an Schulter liefen sie dem Polizeifahrzeug entgegen. Der Kommissar stieg aus und wiederholte in etwa, was er bereits vor der Schlachthütte gesagt hatte. Unauffällig verließ Embla den Ort des Geschehens. Dank ihrer Jagdkleidung kam niemand auf den Gedanken, sie könnte ebenfalls Polizistin sein, und so konnte sie unbehelligt entkommen. Sie lief zum Pinkelplatz hinüber. Dort würde sie telefonieren können.

Als sie Hampus Stahre wieder an der Strippe hatte und ihn bat, mit Göran Krantz erst in Dalsnäs vorbeizufahren, brummte er zunächst widerwillig, doch als sie ihm von dem Gewehrkolbenabdruck auf Cahneborgs Rücken erzählte, lenkte er schließlich ein.

Dann wählte sie Nisses Handynummer. Als er nach einer Weile abhob, klang er ganz gegen seine Art fast schon verärgert.

»Ja?«

»Hallo, Lieblingsonkel. Ich bin jetzt wieder beim Jagdschloss. Kommissar Wilén hat mich mitgenommen. Außerdem hat er Hilfe von der MEB angefordert – und ich bin wieder in den Dienst abkommandiert worden. Hampus und Göran treffen heute Nachmittag ein. Weißt du vielleicht, wo wir sie unterbringen können?«

Nisse dachte einen Moment nach und sagte dann: »Sie können bei uns einziehen. Ich bleibe so lange bei Ingela.«

»Du bist ein Goldstück!«

»Keine Ursache. Ein bisschen Entspannung wird mir guttun.«

Sie versuchte, ein Kichern zu unterdrücken, und bemühte sich um eine mitfühlende Stimme. »Sind sie sehr nervig? Die Journalisten und …«

»Nervig? Die sind nicht ganz bei Trost! So eine verrückte Tussi ist hier einfach so reingestürmt und hat in ihr Mikrofon gefaselt: ›Hier sehen wir Jan-Eric Cahneborgs und Anders von Beehns Jagdgefährten, die sich trotz der tief empfundenen Trauer damit beschäftigen müssen, jene Elche zu zerlegen, die ihre Freunde in der vergangenen Woche erlegt haben.‹«

»Und was hast du gesagt?«

Embla konnte ihr Gelächter kaum noch unterdrücken.

»Frag lieber nicht. Sie war im Handumdrehen auf und davon. Vielleicht lag das aber auch daran, dass Sixten ihr den Eimer mit dem Schlachtabfall über die Füße gekippt hat.«

Jetzt musste Embla schallend lachen. Schade, dass sie nicht einen Eimer voll mit hergebracht hatte – die Reporter hatten den armen Wilén immer noch in ihren Klauen. Ein Eimer voller Innereien hätte ihm sicher eine kleine Atempause beschert.

Gegen fünf rief Göran Krantz an und teilte ihr mit, Hampus und er seien auf Dalsnäs nicht fündig geworden. Nichts deute darauf hin, dass sich von Beehn während der letzten Tage dort aufgehalten hätte. Sein Jaguar stand in der Garage, und im Schlafzimmer hing lediglich die Kleidung, die er wohl für die Heimfahrt nach Stockholm benötigt hätte. Anna Ekström hatte beteuert, dass sie seit einer Woche nicht mehr von ihm gehört habe. Seit die Jagdgesellschaft zum Jagdschloss aufgebrochen war, sei sie ihm nicht mehr begegnet. Mehrere Personen konnten bezeugen, dass Stig den gesamten Donnerstag und Freitag zu Hause gewesen war. Er hatte einem Nachbarn beim Dachdecken geholfen, und sie waren an beiden Tagen von frühmorgens bis Sonnenuntergang beschäftigt gewesen. Somit hatte er nun ein wasserdichtes Alibi.

Embla schlug ihren Kollegen vor, direkt zu Nisses Hof zu fahren, da sie das Jagdschloss nicht mehr bei Tageslicht erreichen würden. Außerdem bestand die Gefahr, dass sie im Schlamm stecken blieben.

Dann rief sie noch einmal bei Nisse an und erkundigte sich, ob er ihre Hilfe in der Schlachthütte benötigte. Nisse versicherte ihr jedoch, dass die Arbeit beinahe beendet sei. Sie hatten Peter Hansson angerufen, der sofort alles stehen und liegen gelassen hatte und ihnen zu Hilfe geeilt war. Inzwischen lag das Fleisch auf dem Pick-up und konnte nach Hause transportiert werden.

Erleichtert beendete Embla das Gespräch. Gut, dass Peter so kurzfristig eingesprungen war. Das war seiner Beziehung zu den älteren Mitgliedern der Jagdgesellschaft sicher zuträglich. Nachdenklich stellte sie fest, dass es ihr wichtig zu sein schien, dass die anderen Peter endlich akzeptierten und in ihre Gemeinschaft aufnahmen.

Etliche Stunden nach Einbruch der Dunkelheit musste Kommissar Roger Wilén sich eingestehen, dass auch dieser Tag ergebnislos verlaufen war. Embla und er saßen auf der Rückbank des Volvos, die Polizeimeister Olsson und Jelinik saßen vorn. Unbekümmert und mit dem Geschick einer Rallyefahrerin rumpelte Anette Olsson über den morastigen Waldweg. Embla klammerte sich fest, so gut es ging, um nicht mit dem Kopf irgendwo anzustoßen, während der Wagen hin- und hergeworfen wurde.

»He, Olsson! Du fährst ja wie eine Autodiebin!«, rief Wilén nach vorn.

Die Polizeimeisterin drosselte das Tempo, und die Fahrgäste konnten sich ein wenig entspannen.

»Wo steckt dieser von Beehn?«, seufzte der Kommissar müde.

»Er kann sich nicht mehr in der näheren Umgebung befinden, sonst hätten wir ihn gefunden«, erwiderte Embla.

»Stimmt. Morgen würde ich mich gerne mit Ihnen und Ihren Kollegen von der MEB unterhalten.«

»Sollen wir morgen zu Ihnen nach Trollhättan kommen? Wie wäre es um neun?«

Er warf ihr einen dankbaren Blick zu und lächelte schief.

»Wir können uns auch auf halber Strecke treffen. Vielleicht in Mellerud?«

»Bei Ihnen ist besser. Außerdem müssen wir entscheiden, wo wir die Fahndungszentrale einrichten sollen. Hier oben im Wald ist das nicht möglich.«

»In Ordnung. Bis dahin wissen wir auch, was das Gespräch mit von Beehns Frau und die Durchsuchung seines Hauses in Djursholm ergeben haben. Womöglich ist dann auch die Auswertung der Überwachungskameras an den Bahnhöfen und Flughäfen da. Wir lassen im Übrigen auch überprüfen, ob er ein Flug-, Zug- oder Fährticket gebucht hat.«

»Sollten Sie ihn nicht zur internationalen Fahndung ausschreiben?«

»Doch. Wenn er tatsächlich die Flucht ergriffen hat, dann befindet er sich garantiert nicht mehr in Schweden. Aber mein Chef will erst noch ein paar weitere Ermittlungsergebnisse abwarten, ehe die Großfahndung ausgelöst wird.«

Den restlichen Weg bis zu Nisses Hof verbrachten sie im Halbschlaf, wenn nicht gar, wie Kommissar Wiléns Schnarchen zu entnehmen war, in tiefstem Schlummer.

Der schwarze Volvo XC90 der MEB stand bereits vor dem Haus, aber die Scheiben waren so dunkel getönt, dass man nicht hineinsehen konnte. Als Embla die Haustür öffnete, schlug ihr fröhliches Lachen entgegen. Am Küchentisch saßen Nisse und ihre beiden Kollegen, Kriminalkommissar Göran Krantz und Kriminalinspektor Hampus Stahre, jeder mit einem Bier vor sich, und zwischen ihnen stand ein Topf mit dampfendem Eintopf. Der Duft erinnerte Embla wieder daran, wie hungrig sie war.

»Hallo! Komm, setz dich zu uns«, rief Nisse.

Nisse hatte sowohl Hampus als auch Göran schon mehrmals getroffen und fühlte sich in ihrer Gesellschaft wohl.

»Das sieht lecker aus! Aber ich muss erst noch schnell duschen und mich umziehen. Ich stinke wie ein Biber«, rief Embla über die Schulter und war fast schon die Treppe hinauf zu ihrem Zimmer mit der verlockenden Duschkabine geeilt.

»Ach, riechen Biber unangenehm?«, hörte sie Hampus unten fragen.

Wie hätte er es auch wissen sollen? Bevor er bei der MEB angefangen hatte, waren seine Begegnungen mit der Natur hauptsächlich auf Spaziergänge im Göteborger Slottsskogen beschränkt gewesen.

Der Eintopf duftete nicht nur himmlisch, er schmeckte auch so unwiderstehlich nach Hühnchen, Knoblauch, Pfifferlingen und Kräutern, dass Embla sich gleich noch eine zweite Portion nahm. Nisse hatte sich zu diesem Zeitpunkt bereits für den netten Abend bedankt und war zu Ingela gefahren. Jetzt hatten sie das Haus für sich und konnten ausgiebig über den Fall diskutieren. Göran Krantz berichtete ihr von seinem Gespräch mit Ola Forsnaess' Vater in Oslo.

»Er ist alt, schon neunundachtzig, wusste aber durchaus was Interessantes zu erzählen. An jenem Tag, als Ola gerade nach Dalsnäs abgefahren war, um an der Elchjagd teilzunehmen, traf ein Paket für ihn ein, das er nicht mehr zu Gesicht bekam. Ein paar Wochen nach der Beerdigung hat der Vater das Paket aufgemacht. Es enthielt die billige Kopie einer goldenen Rolex, wie man sie in Asien überall auf der Straße kaufen kann. Die Uhr ist also uninteressant, aber in dem Paket lag auch noch ein Zettel.«

Göran hob sein Bierglas und nahm einen Schluck, ehe er weitersprach.

»Und auf dem Zettel stand: ›Ich vergesse nicht. M.‹«

»M.? Gibt es irgendeinen Jagdgenossen, dessen Name mit M beginnt?«, fragte Hampus und sah Embla an.

Sie ging in Gedanken den Kreis der Jäger durch und schüttelte dann den Kopf.

»Hat der Vater das Päckchen aufbewahrt?«, erkundigte sie sich stattdessen.

»Allerdings. Er hat es bereits zur Post gebracht«, antwortete Göran.

Es blieb ihnen also nichts anderes übrig, als abzuwarten, bis das Paket bei ihnen eintraf. Doch unterdessen musste noch ein weiterer Beschluss gefasst werden. Embla sah sich in der Küche um.

»Wie wär's, wenn wir die Einsatzzentrale hier einrichten würden?«

Ihre Kollegen tauschten einen Blick aus und nickten dann beide.

»Alle, die irgendetwas gesehen haben oder wissen könnten, befinden sich doch ohnehin hier in der näheren Umgebung. Außerdem ist es von hier aus deutlich näher zu von Beehns Gutshof und zur Jagdhütte als von Trollhättan oder von Göteborg aus«, meinte Göran.

»Dann leiten wir das doch sofort in die Wege«, entschied Hampus.

Göran und er holten drei große Taschen aus dem Auto, deren Inhalt sie in Nisses Haus aufstellen würden. Etwa eine Stunde später waren im Wohnzimmer Computer, Monitore, Modem, Mikroskop und Spektrometer installiert.

Göran Krantz war nicht nur ihr Chef, sondern auch Kriminaltechniker und ein regelrechtes Computergenie. Solange er nur stetig mit Kaffee und Gebäck versorgt wurde, konnte er stundenlang vor seinen Apparaten und Monitoren sitzen. Er betonte immer wieder, wie gut die Mitglieder des Teams einander ergänzten. Hampus war der nachdenkliche Analytiker der Gruppe. Im Unterschied zu seinem Chef war er groß und dünn, fast mager. Sein dichtes schwarzes Haar trug er, wie es derzeit der Mode entsprach, an den Seiten kurz und oben länger. Mit seiner runden

Brille sah er aus wie ein zerstreuter Akademiker, was ihm schon oft zum Vorteil gereicht hatte. Viele ließen sich leichtfertig von seinem harmlosen Äußeren täuschen.

Die beiden Männer waren sich darin einig, dass Embla in ihrem Trio die Rolle des Pitbulls ausfüllte. Diese Auffassung wurde von Göran mit einer gewissen Zärtlichkeit und von Hampus mit Spott vertreten, was ihr nichts auszumachen schien. So bildeten sie schließlich ein überaus schlagkräftiges Team.

»Ich frage mich, was es wohl mit der Uhr und diesem Zettel auf sich hat«, sagte Embla, als die Infrastruktur ihrer vorübergehenden Einsatzzentrale stand. »Und wer ist M.?«

»Vielleicht ist das ja ganz ohne Bedeutung für diese Ermittlung oder für Ola Forsnaess' Unfall«, wandte Hampus ein, doch der Chef räusperte sich ein paarmal – wie immer, wenn er etwas Wichtiges zu sagen hatte.

»Ich habe die Akte über den Autounfall hier. Am Sonntagabend ist er mit einem nagelneuen Porsche von Dalsnäs aus in Richtung Halden gefahren. Von dort wollte er dann weiter nach Oslo. Trotz der Dämmerung herrschten klare Sichtverhältnisse, die Temperatur lag um vier Grad, und die Straße war trocken. Forsnaess fuhr gern zu schnell, vermutlich auch an diesem Abend. Kurz vor der Grenze fällt die Straße recht steil ab, und dann folgt eine scharfe Kurve. An dieser Stelle kam er von der Fahrbahn ab und krachte in einen Baum. Der Porsche war Schrott, und Ola Forsnaess starb noch am Unfallort. Nur weil das Auto einen automatischen Notalarm besaß, war die Polizei so schnell zur Stelle.«

»Klingt tatsächlich wie ein Unglücksfall. Nichts daran ist weiter bemerkenswert«, warf Hampus ein.

»Stimmt – bis auf die Tatsache, dass die Ermittler keine Bremsspuren feststellen konnten. Nachdem aber die Bremsen tadellos funktionierten, ging man schließlich davon aus, dass Forsnaess am Steuer eingeschlafen war.«

»Also zweifellos ein Unfall.«

»Wenn man darüber wegsieht, dass fast auf den Tag genau ein Jahr später einer seiner Freunde stirbt und ein weiterer spurlos verschwindet«, wandte Embla trocken ein.

»Da muss aber trotzdem kein Zusammenhang bestehen«, beharrte Hampus.

»Wohl wahr. Aber die Uhr und dieser Zettel sind trotz allem seltsam. Und der Vater konnte sich auf diesen M. auch keinen Reim machen«, meinte Göran.

Fast neunzig, ein alter Mann …

»War er noch klar im Kopf?«, erkundigte sich Embla.

»Vollkommen. Er arbeitet sogar immer noch in seiner alten Firma.«

»Könnte M. eine Frau sein, die Ola sitzengelassen hat? Vielleicht handelt es sich bei der Uhr und dem Zettel ja um irgendeine Erinnerung?«, schlug Embla vor.

»Die billige Kopie einer goldenen Uhr und ein rätselhafter Zettel an den Exfreund? Das klingt abwegig«, fand Hampus.

Nach ungemein anstrengenden Tagen holte die Müdigkeit Embla zu guter Letzt ein, und sie drohte fast schon auf dem Stuhl einzuschlafen. Sie murmelte ihren Kollegen zum Abschied zu und ging hinauf in ihr Zimmer.

Noch ehe ihr Kopf das Kissen berührte, war sie schon eingeschlafen.

Um Punkt neun am nächsten Morgen betraten die drei Beamten der MEB das Konferenzzimmer, das Kommissar Roger Wilén eigens für die Besprechung reserviert hatte. Neben Wilén hatten Polizeimeister Sebastian Jelinik und ihre Chefin Ann-Katrin Svantesson Platz genommen – eine elegante Dame Anfang fünfzig, die den Ruf hatte, gleichermaßen nett und kompetent zu sein. Ihr wallendes, gelocktes, dunkles Haar hatte fast schon etwas Glamouröses. Ihr Make-up und die Brille mit dem dünnen Gestell wirkten dezent. Sie trug statt ihrer Uniform eine schwarz-weiß gemusterte kurze Tunika, eine eng anliegende schwarze Hose und Pumps mit hohen Absätzen.

Sie hieß die drei Neuankömmlinge willkommen und kam damit Wilén zuvor, was diesen kurz zu verärgern schien, doch er fing sich wieder und rief ihnen ein herzliches Hallo entgegen.

Eine Nacht erholsamen Schlafs hatte bei ihm wirklich Wunder gewirkt. Wiléns Augen strahlten wieder vor Energie, sein Schädel glänzte frisch rasiert im Schein der Neonröhren, und das gebügelte hellblaue Hemd saß tadellos.

Auf dem Tisch standen Tassen, zwei Thermoskannen Kaffee und ein aufgeschnittener Hefezopf mit pistaziengrünem Marzipanüberzug und gerösteten Mandelsplittern. Göran schien geradezu dahinzuschmelzen – sein Lieblingsgebäck. Während die Tassen verteilt wurden und Embla um Teewasser bat, ergriff Ann-Katrin Svantesson erneut das Wort.

»Ich bin nur hier, um mich über die jüngsten Entwicklungen

zu informieren. Der Fall findet in der Presse ja einige Beachtung. Ständig werde ich nach Ermittlungsergebnissen gefragt. Daher gleich eingangs meine Frage, Roger: Gibt es schon etwas Neues?«

Wilén räusperte sich ein paarmal und antwortete dann: »Die Prellung unter Cahneborgs Schulterblatt spricht eine deutliche Sprache. Er hat einen harten Schlag abbekommen, vermutlich mit einem Gewehrkolben, und stürzte daraufhin hinunter in den Abgrund. Der Aufprall auf dem Felsen brach ihm laut Obduktionsbericht das Genick.«

Wilén machte sich kurz an seinem Laptop zu schaffen, dann tauchte auf der Leinwand hinter ihm ein Foto von Cahneborgs Rücken auf. Ein paar Zentimeter unterhalb des rechten Schulterblatts gleich neben der Wirbelsäule war deutlich eine rotviolette Prellung zu erkennen. Wie die Zeiger einer Uhr um fünf nach sieben war die längliche Rötung ein wenig nach rechts verdreht.

Mit einem weiteren Klick lieferte er ihnen die Nahaufnahme der Felskante beim Pinkelplatz. Wilén deutete auf ein paar undeutliche Spuren.

»Hier wurden ein paar Vertiefungen in der Flechtendecke entdeckt. Auf dem Foto sind sie vielleicht nicht ganz so gut zu erkennen. Aber Cahneborg suchte offenbar mit den Füßen Halt, was ihm allerdings, wie wir ja wissen, nicht mehr gelang«, erklärte er.

Nach einigem Hin und Her schaffte er es schließlich näherzuzoomen, und endlich waren die Spuren deutlich zu erkennen. Embla stellte sich vor, wie der korpulente Cahneborg einen Stoß in den Rücken erhielt, mit den Armen zu fuchteln begann, das Gleichgewicht verlor und mit den dicken Sohlen seiner Wanderstiefel auf dem regennassen, glatten Flechtenboden Halt suchte – vergebens. Unerbittlich war er ins Nichts und seinem sicheren Tod entgegengestürzt.

Es war ein beklemmender Gedanke, und ihr Magen krampfte

sich vor Unbehagen zusammen. Sie war zwar nicht mit Cahneborg befreundet gewesen, hatte ihn aber doch über etliche Jahre während der Elchjagd getroffen. Trotz seines mäßigen Jagdgeschicks hatte er immer wie ein netter Kerl auf sie gewirkt. Er war ein mächtiger, einflussreicher Medienmensch gewesen und hatte sich in seiner Branche garantiert auch Feinde gemacht.

»Und von Anders von Beehn fehlt nach wie vor jede Spur?«, erkundigte sich Ann-Katrin Svantesson.

»Ja. Alles spricht dafür, dass er am Donnerstagabend oder in der Nacht auf Freitag in die Dunkelheit hinausspaziert ist. Er hat zwar sein Gewehr, aber weder Handy noch Brieftasche mitgenommen«, sagte Wilén.

»Klingt für mich nach einem kurzen Spaziergang«, meinte die Polizeichefin.

»Möglich, ja, aber das war es nicht. Die viel zu leichte Kleidung spricht dagegen. Er hätte zumindest eine Jacke mitnehmen müssen. Und seine Brieftasche im Fall, dass er die Flucht ergreifen wollte. Das Handy hätte er ja im Hinblick auf eine potenzielle Ortung tatsächlich zurücklassen können, aber … Embla hat immer wieder betont, dass daran irgendetwas faul zu sein scheint, und ich neige dazu, ihr zuzustimmen.«

Als sie die Blicke der anderen auf sich spürte, räusperte Embla sich.

»Ich kenne die beiden zwar nicht so gut, aber ich bin ihnen immerhin mehrere Jahre hintereinander bei der Elchjagd begegnet. Sie haben sich nie gestritten und wirkten wie gute alte Freunde – genau wie Ola Forsnaess, als er noch lebte. Manchmal nannten sie sich sogar ›die drei Musketiere‹.« Sie deutete mit den Fingern Anführungsstriche an.

»Und alle Jagdteilnehmer sind befragt worden?«, hakte Svantesson nach und sah wieder Wilén an.

»Ja. Es hat ein bisschen gedauert, aber unterm Strich waren sich alle einig. Nichts deutete auf einen Streit zwischen von Beehn und Cahneborg hin.«

Einen Augenblick lang herrschte Stille, dann sah Roger Wilén Embla an.

»Was, glauben Sie, ist da passiert?«

»Keine Ahnung. Aber ich bezweifle, dass von Beehn fähig gewesen wäre, seinen besten Freund in den Abgrund zu stürzen. Ich frage mich allerdings, ob am Donnerstagabend nicht noch eine dritte Person im Jagdschloss gewesen sein könnte.«

»Schon möglich. Wir nehmen an, dass von Beehn später am Abend unvermittelt sein Buch beiseitelegte, aus dem Bett stieg, sich sein Gewehr schnappte, die Stiefel anzog und nach draußen ging. Was danach geschah, wissen wir nicht. Aber ich möchte euch noch ein weiteres rätselhaftes Bild zeigen«, sagte der Kommissar.

Es handelte sich um die Nahaufnahme lehmiger Erde und eines feuchten Felsens. Keiner der Anwesenden konnte etwas Auffälliges erkennen, bis Roger Wilén am Bildrand auf einen runden Abdruck deutete.

»Dieser Kreis hat einen Durchmesser von exakt siebzig Zentimetern. Außerdem ist der undeutliche Abdruck einer Wanderstiefelspitze zu sehen. Die Person hat auf dem Felsen gestanden.«

»Und was soll das für ein Kreis sein?«, fragte Hampus.

»Keine Ahnung. Aber es handelt sich um einen deutlichen Abdruck.« Nach einem weiteren Mausklick erblickten sie den Pinkelplatz mitsamt Umgebung. »Hier stürzte Cahneborg ab … und dort sehen Sie den Kreis – viereinhalb Meter von den Spuren an der Kante entfernt.«

»Dazwischen steht die Laterne«, warf Hampus ein.

»Ja, aber …«

Der Kommissar hielt inne, als es an der Tür klopfte. Polizeimeisterin Anette Olsson trat mit einem kleinen Paket in der Hand ein.

»Hallo. Expresspaket für Kommissar Göran Krantz – kommt vom Göteborger Präsidium«, sagte sie, und Krantz erhob sich, nahm das Päckchen entgegen und riss sofort das Packpapier herunter. Ehe er den kleinen Karton aus grauer Pappe öffnete, streifte er Latexhandschuhe über. Vorsichtig durchsuchte er das Seidenpapier. Dann bekam er mithilfe einer langen Pinzette ein Metallarmband zu fassen und hielt die funkelnde Uhr in die Höhe, damit alle sie sehen konnten.

»Das hier ist eine wertlose Rolex-Kopie«, erklärte er.

Umständlich öffnete er eine Plastiktüte, die er vor sich auf den Tisch gelegt hatte, ließ die Uhr hineinfallen und sie dann herumgehen. Dann machte er sich auf die Suche nach dem mysteriösen Zettel. Unter dem Seidenpapier auf dem Boden der Schachtel wurde er schließlich fündig. Er griff erneut nach der Pinzette, zog den Zettel vorsichtig heraus und steckte ihn in eine weitere verschließbare Plastiktüte. Er betrachtete ihn einen Augenblick, bevor er ihn ebenfalls herumgehen ließ.

»Laserdrucker auf gewöhnlichem Schreibmaschinenpapier … Aber das hier sehe ich mir später noch mal genauer an«, sagte er.

Auf dem etwa fünf mal sieben Zentimeter großen Zettel stand über dem leicht schiefen unteren Rand in großen Buchstaben:

Ich vergesse nicht. M.

Embla drehte die Tüte mit dem Papier um. Die Rückseite war leer. Nirgends sichtbare Abdrücke, Knicke oder Flecken.

»Das ist ja ein Ding«, murmelte Roger Wilén, woraufhin Ann-Katrin Svantesson ihm einen erstaunten Blick zuwarf und die

Stirn runzelte. Wilén hatte rote Flecken am Hals, als er auf den Zettel deutete.

»Die Spurensicherung hat in Cahneborgs Zimmer im Jagdschloss einen in Göteborg abgestempelten Brief mit einem ausgedruckten Adressetikett gefunden. Auch die Briefmarken waren selbstklebend, sodass sich darauf keine DNA nachweisen lässt. Und in dem Umschlag lagen ein Stück Stoff und ein identischer Zettel.«

Im Zimmer herrschte vollkommene Stille. Sämtliche Blicke waren auf Wilén gerichtet. Jeder schien auf eine Fortsetzung zu warten. Doch offenbar wusste auch er nicht weiter. Dann wandte er sich wieder seiner Tastatur zu und tippte in rasender Geschwindigkeit darauf herum, sodass ein Foto nach dem anderen über die Leinwand huschte.

»Da!«, rief er schließlich.

Es war die Nahaufnahme eines kleinen, gefütterten Umschlags, und daneben lagen ein schwarzes Halstuch und ein Zettel. Wilén zoomte den Zettel heran. Er sah demjenigen, der vor ihnen auf dem Tisch lag, zum Verwechseln ähnlich.

»Wo wurde der Umschlag gefunden?«, fragte Göran Krantz.

»Im Innenfach seiner Reisetasche.« Wiléns Stimme klang abwesend, während er die Gegenstände auf dem Foto fixierte. »Ein schwarzes Halstuch und eine falsche goldene Uhr. ›Ich vergesse nicht. M.‹ Was will der Absender uns damit sagen?«, überlegte der Polizeichef laut.

Auch Embla musterte das Foto eingehend, als versuchte sie, neue Details zu entdecken.

»Das weiß wahrscheinlich nur der Absender. Na ja, vielleicht auch die Empfänger – also Ola Forsnaess und Jan-Eric Cahneborg. Und die können wir beide nicht mehr befragen«, kommentierte Hampus trocken.

Göran nahm den letzten Schluck aus seiner Kaffeetasse. »Für mich scheint die Sache klar zu sein. Cahneborg wurde ermordet. Und Forsnaess' Autounfall müssen wir uns unter diesen Umständen auch wieder neu vornehmen.«

»Könnten Sie das übernehmen?«, fragte Wilén.

»Natürlich.«

Er streckte die Hand nach dem letzten Gebäckstück aus. Vermutlich würde er schon bald unendlich viele Stunden am Computer verbringen müssen. Da war es wichtig, dass der Blutzuckerspiegel nicht absackte.

»Und was ist mit von Beehn? Hat er auch Post bekommen?« Ann-Katrin Svantesson blickte auffordernd in die Runde.

Als Wilén ihre Frage beantwortete, drückte er unwillkürlich die Brust raus. »Nach dieser Sitzung rufe ich sofort in Stockholm an und bitte die Kollegen, das Haus in Djursholm noch mal zu durchsuchen. Wir nehmen uns unterdessen den Gutshof und die Jagdhütte noch einmal vor. Jetzt wissen wir ja, wonach wir suchen müssen.«

»Wir können Dalsnäs auf dem Rückweg übernehmen«, meinte Göran.

»Gut. Haben Sie wirklich vor, jeden Morgen hierherzukommen, solange wir an dieser Sache dran sind?«

»Nein, das würde unnötig viel Zeit kosten. Wir haben im Haus von Emblas Onkel eine kleine Zentrale eingerichtet«, antwortete er.

»Wie nett, dass er uns sein Haus zur Verfügung stellt«, meinte Ann-Katrin Svantesson und nickte Embla dankbar zu.

Es war ihm kaum etwas anderes übrig geblieben. Aber das würde sie der Polizeichefin nicht auf die Nase binden. Daher antwortete Embla nur mit einem Lächeln.

Wie immer fuhr Embla viel zu schnell. Nur wenn sie sich einer Radarfalle näherte, drosselte sie das Tempo. Ihre Kollegen ließen sie gewähren. Sie waren beide in Gedanken versunken. Die Besprechung in Trollhättan hatte zweifellos zu einem ersten Durchbruch geführt. Irgendwann ergriff Embla das Wort. »Ich glaube, dass auch Anders von Beehn ermordet wurde. Sofern es sich nicht nur um eine Entführung handelt.«

»Mord. Alle drei sollten sterben«, murmelte Hampus, und Embla konnte nicht anders, als ihm beizupflichten. Nichts deutete darauf hin, dass der oder die Täter es auf Geld abgesehen gehabt hätten. Der Verwalter hatte die Tür zum Jagdschloss am Samstagmorgen unverschlossen und von Beehns Brieftasche mitsamt Geld und diversen Kreditkarten gut sichtbar auf der Kommode vorgefunden – genau wie Cahneborgs Brieftasche, die in der Nachttischschublade gelegen und zweitausend Kronen enthalten hatte. Nein, um Geld war es nicht gegangen. Die Angelegenheit war persönlicher Natur gewesen.

»Sind wir uns sicher, dass es nur um diese drei Männer ging?«, fragte Göran nachdenklich.

»Nein, sicher sind wir uns nicht. Aber irgendwie habe ich das Gefühl, dass jemand die drei Musketiere ins Visier genommen hat«, meinte Hampus.

Göran nickte. Dann bemerkte er mit einem schiefen Lächeln: »Zeit für's Mittagessen. Wie wär's mit dem Thairestaurant in Mellerud?«

Hampus und Embla tauschten einen Blick aus, sagten aber nichts. Sie kannten ihren Chef gut genug, und seine Frage hatte lediglich eins zu bedeuten: Vollgas zum nächsten Lokal.

Im Thairestaurant gab es ein Mittagsbuffet, was allen zusagte. Hampus aß am liebsten Fleisch, Embla war da wählerischer, und Göran hielt sich strikt an die Devise: Hauptsache Masse. Sie setzten sich an einen Fenstertisch, von dem aus sie ihren schicken Wagen, der schon zweimal aufgebrochen worden war, im Auge behalten konnten.

Erst als Embla sich erhob, um sich noch ein Glas Zitronenwasser zu holen, entdeckte sie den Mann, der allein an einem Ecktisch saß und in einer Boulevardzeitung blätterte. Es dauerte ein paar Sekunden, bis ihr Gehirn ihn richtig einzuordnen wusste. Sein Haar war bedeutend schütterer geworden, außerdem hatte er rund zwanzig Kilo zugelegt und trug eine Lesebrille. Sein eleganter Anzug aus dünnem, dunkelblauem Wollstoff war mit Sicherheit maßgeschneidert. Zum hellblauen Hemd trug er eine rote Seidenkrawatte mit unauffälligen weißblauen Karos, goldene Manschettenknöpfe und eine garantiert echte goldene, fast handtellergroße Uhr. Sie hatte ihn schon etliche Jahre nicht mehr gesehen, aber es handelte sich zweifelsohne um Milo Stavic.

Einen Augenblick lang fehlte ihr die Kraft, die wenigen Meter zur Kühltheke mit der Wasserkaraffe zurückzulegen. Mit größter Anstrengung bezwang sie die Panik, die von ihr Besitz ergreifen wollte, und ging dann weiter. Milo Stavic sah nicht von der Zeitung auf und schien sie auch nicht bemerkt zu haben. Dann hatte er sie wohl auch nicht wiedererkannt, als sie das Lokal betreten hatte. Oder etwa doch? Bei diesem Gedanken brach ihr der kalte Schweiß aus. Sie war die Einzige, die wusste, was in jener Nacht vor vierzehn Jahren geschehen war – außer Milo und seinen beiden Brüdern natürlich. Die wussten sogar mehr als sie.

Noch ehe die Beamten der MEB zum Kaffee übergegangen waren, faltete Milo Stavic seine Zeitung zusammen, stand auf, zahlte an der Kasse und würdigte die drei Personen am Fenstertisch keines Blicks. Das wäre auch überflüssig gewesen. Bestimmt hatte er sie beim Betreten des Lokals kurz gemustert. Selbstsicher ging er auf einen großen, dunkelblauen Mercedes zu. Ohne sich noch einmal zu dem Restaurant umzudrehen, ließ er den Motor an und fuhr in Richtung der Auffahrt zur E45.

Embla war erleichtert. Sie hoffte inständig, dass er sie nicht wiedererkannt hatte. Damals war sie eine schlaksige Vierzehnjährige gewesen, die ein Tuch im Haar und viel zu viel Make-up aufgetragen hatte. Das Tuch, das sie sich damals von ihrer Mutter geliehen hatte, war aus kobaltblauer Seide gewesen und hatte ihre Augen ganz wunderbar zur Geltung gebracht, zumindest hatten das alle behauptet, sodass sie es ihrer Mutter nie zurückgegeben hatte. Sie besaß es immer noch. Und verwendete es oft. Damals hatte sie ihr auffällig rotes Haar darunter verstecken wollen. Hoffentlich hatte Milo Stavic keine Verbindung zwischen dem mageren Teenager und der Frau in Begleitung zweier Männer hergestellt, denen ein alter Gangster wie er bereits von Weitem ansehen würde, dass sie Bullen waren. Vielleicht war dies ja die ideale Verkleidung.

Erst ganz allmählich gelang es Embla, sich halbwegs zu entspannen und wieder ungezwungen mit ihren beiden Kollegen zu plaudern.

Das Verwalterehepaar erwartete sie bereits vor dem Gutshaus. Die turbulenten letzten Tage hatten sie sichtlich mitgenommen, und beide wirkten müde und deprimiert. Embla begrüßte sie freundlich und plauderte munter drauflos, um die Stimmung ein wenig zu heben, erhielt aber nur einsilbige Antworten. Nach einer Weile gab sie den Versuch auf, ein Gespräch in Gang zu bringen, und trat auf die verzierte Flügeltür zu. Anna Ekström drehte den Schlüssel um und ließ sie ein.

»Möchtet ihr, dass wir mit reingehen?«, wollte sie wissen.

»Nein, keine Umstände, bitte. Wir melden uns, falls etwas sein sollte«, antwortete Göran freundlich.

Die kraftlose Herbstsonne kämpfte sich durch die Wolken, doch das schwache Licht, das durch die bunten Fenster fiel, genügte, um die Einrichtung in dem großzügigen Entree in Augenschein nehmen zu können. Zwei schwere Kleiderschränke, ein großer Spiegel im Goldrahmen, eine Rokokokommode mit geschwungenen Beinen und ein riesiger Perserteppich, der fast den gesamten Boden bedeckte.

»Von unserem ersten Besuch meine ich mich zu erinnern, dass hier unten nur Wohnzimmer, Küche und Bibliothek liegen. Die Schlafzimmer sind im Obergeschoss. Dort finden wir am ehesten, wonach wir suchen«, meinte Göran.

»Einen Umschlag oder ein Päckchen hätte er doch sicher ins Jagdschloss mitgenommen«, wandte Hampus ein.

»Schon möglich. Trotzdem müssen wir zuerst hier suchen, damit uns auch wirklich nichts entgeht.«

Embla nutzte die Gelegenheit, sich in dem alten Gutshof umzusehen, denn weder Nisse noch sie selbst hatte das große Haus zuvor betreten. Rasch durchquerte sie das imposante Esszimmer mit seinen hübschen Möbeln und betrat einen kleineren Salon. Es war ein heller, friedlicher Raum, in dem es allerdings so stickig war, als wäre er schon länger nicht mehr benutzt worden. Im bleichen Sonnenlicht tanzten silbrige Staubpartikel. Zur Seeseite hin gingen große Fenster und eine Tür hinaus, die auf eine Terrasse führte. Die Gartenmöbel waren bereits mit großen Planen abgedeckt.

In der Bibliothek standen ansehnliche verglaste Bücherschränke, die bis zur Decke reichten, und alte Ledermöbel vor einem offenen Kamin. Methodisch durchsuchte Embla die Regale und blätterte ein Buch nach dem anderen durch – mit dem einzigen Ergebnis, dass sie in einem fort niesen musste.

Der Ordnung halber sah sie sich auch noch die Küche an, die trotz der hochmodernen Ausstattung ihren alten Charakter bewahrt hatte. Doch nichts wies auf ein ähnliches »Geschenk« hin, wie es auch Cahneborg und Forsnaess erhalten hatten. Ein Briefchen einer unbekannten Person mit der Initiale M. fanden sie ebenso wenig.

Nach getaner Arbeit trafen sie sich wieder in dem weitläufigen Entree.

»Jetzt haben wir fast drei Stunden lang gesucht – ohne Ergebnis«, sagte Hampus niedergeschlagen.

»Da hast du recht«, stimmte Göran ihm zu. »Damit wir von nun an ein bisschen effizienter sind, schlage ich vor, dass ihr mich bei Nisse absetzt, damit ich mich schon mal an den Computer setzen kann. Es ist höchste Zeit, Ola Forsnaess' Unfall eingehender zu untersuchen. Ihr fahrt weiter zum Jagdschloss.«

»Bis wir dort sind, ist es bereits stockdunkel«, wandte Hampus ein.

»Vielleicht noch nicht, wenn wir dort eintreffen, aber wenn wir wieder aufbrechen, garantiert«, kommentierte Embla nicht ganz ohne Spott.

»Danke für die Belehrung«, brummte er.

Als sie den morastigen Weg zum Jagdschloss zu guter Letzt bewältigt hatten, war die Sonne bereits untergegangen. Kein Lüftchen regte sich. In der vorangegangenen Nacht hatte die Temperatur bereits drei Grad unter null betragen, und auch jetzt begann sie wieder zu fallen. Wenn es kalt bliebe, dann würde die Rückfahrt besser verlaufen, dachte Embla, aber vielleicht war das ja nur Wunschdenken. Die Zufahrt glich momentan eher einem überfluteten Acker.

Als Kommissar Wilén ihnen im Präsidium den Schlüssel ausgehändigt hatte, war er sichtlich verlegen gewesen, weil er sie weder begleiten noch ihnen eine Verstärkung zur Verfügung stellen konnte. »Im Moment sind einfach zu viele Leute krankgeschrieben«, hatte er als lahme Erklärung hervorgebracht, »oder in Elternzeit. Und die Ermittlungen in unserem Mordfall vom vorletzten Wochenende binden die restlichen Ressourcen.« Das Mordopfer war Mitglied einer kriminellen Vereinigung gewesen. Derartige Ermittlungen erforderten tatsächlich übermäßig viel Zeit und Personal, trotzdem fand Embla, dass er der MEB ruhig ein paar Leute hätte zuweisen können. Schließlich würden sie einige weitläufige Gebäude und eine riesige Waldfläche durchsuchen müssen.

Göran hatte dem Kommissar indes gut zugeredet. Seine Gruppe sei es gewohnt, selbstständig zu arbeiten. Er werde sich melden, falls sie doch Verstärkung benötigten. Wilén hatte ausgesprochen erleichtert gewirkt.

Nachdenklich betrachtete Hampus das dunkle Haus und hielt dabei seine Kriminaltechnikertasche fest in der Hand.

»Ein bisschen unheimlich sieht es schon aus«, murmelte er.

Schwarzglänzende Fenster lauerten in der Fassade, und die Giebel und Dachgauben zeichneten sich gespenstisch vor dem Abendhimmel ab. Ein durchdringendes, gedehntes Kra-kra-krah war aus der Nähe zu hören. Der Rabe war offenbar von den Schlachtabfällen aus der Ebene herbeigelockt worden und fühlte sich nun durch ihre Anwesenheit gestört.

»Wer weiß, vielleicht ist ja jetzt Graf Dracula in den Kasten gezogen?«, meinte Embla lachend.

Normalerweise machte ihr die Dunkelheit nichts aus, doch diesmal beschlich auch sie ein unheilvolles Gefühl.

»Los, keine Wurzeln schlagen«, verkündete sie kurzerhand und marschierte auf die Haustür zu.

Ein kalter Hauch schlug ihnen entgegen, als sie die quietschende Tür aufschoben. Embla drückte auf den Lichtschalter, aber nichts geschah. Sie legte den Schalter noch ein paarmal um, aber es blieb finster.

»Wo ist der Sicherungskasten?«, fragte Hampus.

»Keine Ahnung.«

Sie holten ihre Taschenlampen hervor und suchten die Wände ab. Nichts, was auch nur annähernd einem Sicherungskasten ähnelte.

»Vielleicht in der Küche«, meinte Hampus.

Sie durchquerten die Diele und gingen den schmalen Korridor entlang, der zur Küche führte. Hinter der Tür fand Hampus schließlich den Sicherungskasten und betrachtete eingehend die altmodischen Porzellansicherungen. Dann legte er den Hauptschalter um. Das Licht in der Diele und die Deckenlampe in der Küche gingen an.

Embla sah sich um. Seit ihrem letzten Besuch, der eine halbe Ewigkeit zurückzuliegen schien, hatte sich hier nichts verändert. Da erst fiel ihr auf, dass Hampus – obgleich sie sich nicht mehr im Freien aufhielten – immer noch Handschuhe und Mütze trug.

»Ist es hier immer so kalt?«, beklagte er sich wie auf ein Stichwort.

»Wenn niemand hier wohnt ... Es kostet ein Vermögen, den Kasten einzuheizen. Aber es ist schon seltsam, dass Stig gleich auch den Strom abgestellt hat. Und es ist wirklich saukalt ...«

Emblas Blick fiel auf die halb geöffnete Tür, die in die Spülküche führte. Kalte Luft strömte durch den Spalt. Sie marschierte darauf zu und riss die Tür auf. Dann leuchteten sie beide in den Korridor. Er war leer – doch die Tür, die zur Rückseite des Hauses hinausführte, stand sperrangelweit offen.

»Kein Wunder, dass es so kalt ist«, sagte Hampus und trat in den Flur hinaus. Mit der Taschenlampe leuchtete er in den Saunaraum, die beiden Duschen und die beiden Klos – samt und sonders verwaist. Neben der Hintertür hingen von Beehns und Cahneborgs Jacken, und auf der Hutablage lagen eine pelzgefütterte Mütze und ein Paar Handschuhe, deren Anblick in Embla eine gewisse Beklemmung auslöste.

Hampus zog die Tür zu und verriegelte sie. Dann knipsten sie die Taschenlampen aus und nutzten stattdessen in jedem Zimmer, das sie betraten, das Deckenlicht.

Im Obergeschoss steuerten sie direkt Anders von Beehns Schlafzimmer an, in dem es ebenso kalt war wie im übrigen Haus. Das Buch, die Brieftasche und das Handy waren verschwunden. Die Kriminaltechniker hatten auch die Bettwäsche und die Tagesdecke mitgenommen, obwohl nichts darauf hingedeutet hatte, dass in dem Zimmer ein Verbrechen begangen worden war. Sie hatten wahrscheinlich lieber alle wesentlichen Fundstücke mitnehmen wollen, statt noch mal hierher zurückkommen zu müssen, falls die Ermittlung eine unerwartete Wendung nahm oder, im Klartext, falls Anders von Beehns Leiche gefunden würde.

Systematisch durchsuchten Hampus und Embla das Schlafzimmer. Als Erstes sah sich Embla in der kleinen Abstellkammer hinter der Tapetentür um, fand dort aber nur ein Paar alte Joggingschuhe, eine Jagdweste an einem Haken, eine Gewehrtasche, ein paar Reservedecken und einen geflochtenen Papierkorb, in den von Beehn offenbar seine Gewehre gestellt hatte. Embla suchte in der kleinen Kammer auch nach losen Bodenbrettern, fand jedoch keine. Währenddessen hatte Hampus ohne Ergebnis den Kleiderschrank durchsucht.

Auf dem Bett lag nur mehr die Rosshaarmatratze, die Embla nun sorgfältig abtastete und an den Nähten genau überprüfte. Dann warf sie die Matratze auf den Boden und wandte sich dem Bettgestell zu. Es war ein teures Bett von Hästens. Es sah fast neu aus. Embla legte sich auf den Boden und leuchtete mit der Taschenlampe unters Bett.

»Könntest du mir mal helfen, das Bett hochkant zu stellen?«, fragte sie Hampus.

»Das ist doch zentnerschwer …«

»Und ich bin nicht aus Zucker.«

Mit vereinten Kräften wuchteten sie das breite Bett hoch und stellten es auf die Kante. Embla leuchtete den gesamten Boden mit der Taschenlampe ab. Im Überzug entdeckte sie einen Riss zwischen zwei Holzlatten. Als sie den Finger hineinschob, ertastete sie etwas Hartes.

»Da ist etwas …«

Hampus öffnete seine Tasche und hielt ihr eine lange, stabile Pinzette hin. Vorsichtig arbeitete Embla sich in die Öffnung vor und bekam den Gegenstand zu fassen. Behutsam zog sie einen wattierten Umschlag daraus hervor, wie sie ihn auch in Cahneborgs Tasche gefunden hatten. Dann rutschte ein kleines Plastiktütchen mit weißem Pulver aus dem Versteck.

»Da schau einer an«, murmelte Hampus und zog vielsagend die Augenbrauen hoch.

Tja, wer hätte das gedacht, dachte auch Embla. Der Verdacht lag nahe, dass es sich dabei um Kokain handelte.

»Darum kümmern wir uns später. Könntest du nachsehen, was sich in dem Umschlag befindet?«

Nach einigen Versuchen mit der Pinzette gelang es Hampus schließlich, einen Schlüsselring ohne Schlüssel aus dem Umschlag zu ziehen.

»Von einem BMW«, stellte er fest.

Er ließ ihn in eine Beweismitteltüte fallen, warf einen weiteren Blick in den Umschlag und zog dann vorsichtig einen Zettel daraus hervor.

Ich vergesse nicht. M.

Sicher zum hundertsten Mal fragte Embla: »Wer ist M.?«

»Keine Ahnung. Und jetzt fahren wir.«

Draußen war es stockfinster. Sie schalteten ihre Taschenlampen wieder an und gingen auf ihr Auto zu, als plötzlich ein scharfes Kläffen, gefolgt von einem Jaulen zu hören war. Hampus zuckte zusammen.

»Was war das?«

Laut und falsch stimmte Embla den Refrain des alten Ylvi-Songs *What Does the Fox Say?* an und sah Hampus spöttisch an. »Jetzt weißt du, wie ein Fuchs klingt«, sagte sie und lachte.

»Ein Fuchs? Bist du dir da sicher?«

»Ja. Davon gibt es hier so einige. Vor zwei Jahren ist die Räude ausgebrochen, da mussten wir fast den gesamten Bestand abschießen. Er hat sich immer noch nicht richtig davon erholt. Daher werden in dieser Saison auch keine Füchse gejagt.«

»Da werden sie sich aber freuen.«

Hampus hatte sich hörbar um einen munteren Ton bemüht, aber Embla registrierte sehr wohl, wie er sich ängstlich umsah.

»Wölfe gibt es in dieser Gegend ebenfalls. Sie jagen im Rudel und bellen nicht, sondern sie heulen. Ihrer Beute stellen sie allerdings geräuschlos nach. Man merkt also nicht, wenn sie einen angreifen«, meinte Embla gleichmütig.

»Sehr nützliche Info.«

Hampus beschleunigte seine Schritte, und Embla grinste, als sie auf der Fahrerseite des Wagens einstieg. Dass sie am Steuer saß, verstand sich fast von selbst. Immerhin war dies hier ihr Revier. Der kräftige Motor sprang an, sobald sie den Startknopf betätigte. Mit einem erleichterten Seufzer ließ sich Hampus in seinen Sitz zurücksinken, und Embla lenkte das Fahrzeug vorsichtig zurück auf den unebenen Forstweg.

»Es ist fast acht«, sagte sie mit einem Blick auf das Armaturenbrett.

»Another day in paradise ...«

Erschöpft lehnte Hampus den Kopf gegen die Kopfstütze. Für eine Weile schwiegen sie, und Embla konzentrierte sich voll und ganz aufs Fahren. Es war nicht ganz einfach, den großen Morastlöchern auszuweichen.

Plötzlich rief Hampus aufgeregt: »Da! Rücklichter!«

Jetzt sah auch Embla die beiden roten Rückleuchten ein Stückweit vor ihnen. Vorsichtig versuchte sie zu beschleunigen.

»Der Wagen muss von unseren Hütten gekommen sein.«

»Von welchen Hütten?«

»Von den drei Häuschen meiner Jagdgesellschaft«, erwiderte Embla verbissen.

Der Weg nahm ihre ganze Aufmerksamkeit in Anspruch. Beschleunigen war unmöglich. Sie konnte von Glück sagen, dass sie nicht längst im Morast stecken geblieben war.

Aus dem Nichts tauchte er plötzlich im Scheinwerferlicht auf. Einen Sekundenbruchteil lang hielt der Fuchs inne, dann warf er sich ins Gebüsch und war wieder verschwunden. Ohne nachzudenken, war Embla sofort auf die Bremse gestiegen, und sie gerieten ins Schleudern. Das schwere Fahrzeug schlitterte in eine riesige Lehmpfütze jenseits der tieferen Reifenspuren, dann stellten sich die Räder quer und gruben sich in den Schlamm. Embla versuchte noch, mit dem Steuer zu parieren und zurückzusetzen – vergeblich. Laut fluchend hämmerte sie auf das Lenkrad ein. Dann holte sie tief Luft.

»Setz du dich ans Steuer, ich steig aus und schiebe.«

»Schieben? Dann landen wir im Wald.«

Er hatte recht. Sie mussten irgendwie zurücksetzen, um wieder auf die Spur zu gelangen, die einmal ein befahrbarer Weg gewesen war.

Sie überlegten eine Weile hin und her, bis Hampus schließlich die zündende Idee hatte, die Rettungsdecke aus dem Verbandskasten zu Hilfe zu nehmen. Mit vereinten Kräften schoben sie die Decke möglichst weit unter die Hinterräder, dann setzte sich Hampus ans Steuer und legte den Rückwärtsgang ein, während Embla sich gegen den Wagen stemmte. Nach mehreren Versuchen gelang es ihnen endlich, den Wagen zu befreien. Mittlerweile war Embla von Kopf bis Fuß mit Lehm bedeckt, weil sie mehrmals ausgerutscht war.

»Verdammt! Jetzt sind die Rücklichter weg!«, stöhnte sie und wischte sich die Hände an der Hose ab.

»Und hier im Schlamm nach Reifenspuren zu suchen hat auch wenig Sinn.«

»Wohl wahr.«

Im selben Augenblick piepte ihr Handy. *Sehen wir uns heute Abend? Peter.* Emblas Herz setzte vor Freude einen Schlag aus. Dann dämmerte es ihr, dass sie frühestens in einer Stunde wieder bei Nisse sein würden. Sich frisch zu machen würde in ihrem derzeitigen Zustand eine weitere Stunde dauern, von ihrer Müdigkeit ganz zu schweigen. Schnell simste sie zurück: *Ich arbeite. Morgen?* Sofort kam die Antwort. *Okay. Kuss.*

Unwillkürlich huschte ein Lächeln über ihre Lippen. Wie lieb. Genau, was sie jetzt brauchte.

Die letzten Kilometer legten sie schweigend zurück und hörten Radio. *Für mich ist es nie vorbei*, sang Håkan Hellström.

Als sie Nisses Küche betraten, sah Göran von seinem Monitor auf. Als sein Blick auf Embla fiel, zog er leicht die Augenbrauen hoch.

»War's nett?«, fragte er.

»Was?«

»Das Moorbad.«

Hampus und er kicherten, doch ihr war alles andere als zum Lachen zumute.

»Sehr witzig!«, fauchte sie und polterte wütend die Treppe hinauf, als Göran ihr nachrief: »Ich hab Paella Marinara gemacht.«

Bei diesen Worten verzieh sie ihm alles. Er wusste genau, dass dies eins ihrer Lieblingsgerichte war.

Die tiefgekühlten Krabben, Safran, Olivenöl und Artischockenherzen hatte Göran unterwegs im Supermarkt gekauft, weil er geahnt hatte, dass sie nicht zu Nisses Grundausstattung gehörten.

Beim Essen waren die Rücklichter auf dem Forstweg und die offene Hintertür des Jagdschlosses Gesprächsthema Nummer eins.

»Ich glaube ja, dass die Person, die die Tür aufgelassen hat, mit demselben Fahrzeug, das wir gesehen haben, davongefahren ist. Sie war im Haus, als wir dort angekommen sind. Und um uns aufzuhalten, hat sie den Strom abgestellt und sich ein wenig Vorsprung verschafft, um durch die Hintertür zu entkommen«, meinte Hampus.

»Und wie ist diese Person ins Haus gelangt?«, fragte Göran.

»Die Türen waren intakt, die Haustür abgeschlossen. Der oder die Unbekannte muss also einen Schlüssel besitzen«, meinte Embla.

»Könnte es Anders von Beehn gewesen sein?«

Alle drei dachten einen Augenblick nach. Natürlich war das

durchaus möglich. Aber weshalb hätte er das Risiko eingehen sollen, zum Jagdschloss zurückzukehren? Sofern er wirklich Jan-Eric Cahneborgs Mörder war, gab es unzählige gute Gründe, um dem Tatort fernzubleiben.

»Ich glaube nicht, dass er es war. Wenn ihm der Schlüsselring und das Kokain so wichtig gewesen wären, hätte er alle Zeit der Welt gehabt, beides verschwinden zu lassen, ehe er selbst das Weite suchte«, meinte Hampus.

Embla nickte. »Ich glaube auch nicht, dass er es war.«

»Aber wer dann?«, wollte ihr Chef wissen.

Embla hob ratlos beide Hände. »Keine Ahnung. Aber irgendwie muss dieser Eindringling in den Besitz des Schlüssels gelangt sein. Das Auto war vermutlich ein gutes Stück den Weg hinauf zu unseren Jagdhütten geparkt. Als wir an der Abzweigung vorbeigefahren sind, habe ich es jedenfalls nicht bemerkt.«

»Ich auch nicht«, pflichtete Hampus ihr bei.

»Diese Person läuft, sowie ihr dort erscheint, zu ihrem Wagen zurück. Es muss also Fußspuren geben«, schloss Göran messerscharf, doch die beiden anderen schüttelten bloß den Kopf.

»Unwahrscheinlich. Dort oben steht alles unter Wasser. Außerdem sind da in den letzten Tagen Hunderte Leute herumgetrampelt, von den ganzen Fahrzeugen ganz zu schweigen. Nein, nach Fußspuren zu suchen wird nichts bringen«, erwiderte Hampus niedergeschlagen.

»Und wie sieht's mit Fingerabdrücken aus?« Embla sah Hampus an.

»Das gleiche Problem«, antwortete er. »Ich hab wirklich keinen Schimmer, wie viele Leute dort in dem Haus ohne Handschuhe und Schuhüberzieher ein- und ausgegangen sind.«

»Ohne technische Spuren müssen wir uns also auf unsere grauen Zellen verlassen.« Göran tippte sich an die Schläfe.

»Meine haben sich für heute bereits abgemeldet«, erklärte Embla und versuchte nicht einmal mehr, ihr Gähnen zu unterdrücken.

»Ja, gehen wir schlafen. Dann können wir morgen früh zeitig aufstehen«, kam es von Hampus.

»Geht nur. Ich bleib noch eine Weile«, erwiderte Göran und nickte in Richtung seiner Computer.

Staff only«, stand auf dem Schild. Vorsichtig öffnete sie die Tür und spähte hinein. Eine nackte Glühbirne brannte am Ende des ansonsten dunklen Korridors. Sie vergewisserte sich mit einem Blick in Richtung Tanzfläche, dass niemand sie beobachtete, und stellte sicher, dass auch die Bardame anderweitig beschäftigt war. Erst dann schlüpfte sie durch die Tür und versuchte, sie so behutsam wie nur möglich hinter sich zuzuziehen. Leise schlich sie auf das Licht zu. Ihr Puls hallte ihr in den Ohren, und sie wusste nicht, was um sie herum vor sich ging, nur dass sie das Licht erreichen musste. Dort würde Lollo sein. Die anderen, an die sie jetzt lieber nicht denken wollte, wahrscheinlich auch. Aber jetzt ging es um Lollo. Sie musste sie hier rausholen.

Der Korridor schien kein Ende zu nehmen. Der Boden gab unter ihren Füßen nach, und mit jedem Schritt sank sie ein Stück tiefer. Wenn sie jetzt stehen bliebe, wäre alles verloren. Weiter! Weiter! Es eilt! Lollo, ich komme!

Das Licht kam allmählich näher, und über das Pochen in ihren Ohren hinweg glaubte sie Stimmen zu hören. Dann sah sie die drei Schatten. Sie beugten sich über eine kleinere, zusammengekauerte Gestalt. Intuitiv wusste sie, dass es sich dabei um Lollo handelte. Lieber Gott, lass es noch nicht zu spät sein! Ich werde nie mehr … Lieber Gott … Steh uns nur dieses eine Mal bei! Doch ihr Gebet drang nie über die stummen Lippen. Im selben Moment drehte sich einer der Schatten um, und ihr war augenblicklich klar, dass sie geliefert war. Erst erstarrte sie vor Schreck, dann wollte sie nur noch fliehen. Doch sie hatte einen Sekundenbruchteil zu lang gezögert. Ihre Füße steckten fest. In rasender Geschwindigkeit flog der bedrohliche Schatten auf sie zu, und trotzdem konnte sie sich nicht vom Flecken rühren. Als er sie schließlich erreichte, spürte sie, wie er sie am Hals packte.

»Wenn du auch nur ein Wort sagst, dann bist du tot! Wir wissen, wer du bist und wo du wohnst!«, zischte er.

»Lollo, Lol …«

»Vergiss sie!«

Dann warf er sie zu Boden. Die Wände um sie herum stürzten ein, und sie versank in eiskaltem Schleim, der Nasenlöcher und Mund füllte. Atmen … Sie bekam keine Luft mehr!

Embla erwachte von ihrem eigenen Schrei. Sie saß aufrecht im Bett, ihr Herz hämmerte wie wild, und das durchgeschwitzte T-Shirt klebte auf ihrer Haut. Der immer gleiche Albtraum, beruhige dich, es ist bloß ein Traum, ermahnte sie sich. Sie atmete ein paarmal tief durch und hoffte, dass ihre Kollegen dieses Mal nicht wach geworden waren. Manchmal wohnten sie in kleinen Pensionen oder in Jugendherbergen, und es war schon vorgekommen, dass sie durch die papierdünnen Wände Emblas Schreie gehört hatten. Später hatte Göran sich immer besorgt erkundigt, was sie denn so quäle, und sie hatte stets ausweichende Antworten gegeben: dass sie schon ihr ganzes Leben lang merkwürdige Träume gehabt hätte. Keine Ahnung, warum. Ihr Chef war skeptisch geblieben, hatte aber nicht nachgehakt, obwohl er vermutlich wusste, dass sie log.

Mit einem Blick auf ihr Handy stellte sie fest, dass sie immerhin ein paar Stunden lang geschlafen hatte. Natürlich hatte die Begegnung mit Milo Stavic den Traum heraufbeschworen. Dieser Mann und seine zwei Brüder verfolgten sie nun schon seit vierzehn Jahren. Es war immer der gleiche Traum … wie Lollo verschwand. Am schlimmsten war jedoch, dass ihre Freundin, auch wenn Embla wach wurde, auch weiterhin verschwunden blieb. Dieser Albtraum endete nie.

Sie setzte sich am Kopfende des Bettes auf und starrte in die Dunkelheit. Jetzt da sie ohnehin hellwach war, konnte sie sich genauso gut ihren Erinnerungen hingeben. Vielleicht würde der Traum dann ja nicht allzu bald wiederkehren. Aber sie glaubte nicht daran, dass er je ganz verschwinden würde.

Sie war so stolz gewesen, dass Lollo, die ein ganzes Jahr älter gewesen war als sie, auf einmal ihre beste Freundin hatte sein wollen. Sie hatten im selben Treppenaufgang gewohnt und fast jeden Tag miteinander gespielt. Soweit sie sich erinnern konnte, war es eine schöne Kindheit gewesen.

Doch in dem Herbst, als Lollo zwölf wurde, veränderte sich alles. Ihr Vater hatte eine andere Frau kennengelernt, die beiden erwarteten ein Kind, und er wollte mit seiner neuen Familie nach London ziehen. Da begann Lollos Mutter zu trinken.

Lollo wollte nicht darüber sprechen, aber es gelang ihr nicht immer, ihre Trauer zu verbergen. Deprimierte und euphorische Phasen lösten einander ab. Lollo wurde immer rastloser und begann, heimlich zu rauchen und sich merkwürdige Filme anzusehen. Und Embla, ihre beste Freundin, machte mit, nur um sie aufzumuntern.

Lollos Idee, nach Kopenhagen zu trampen, klang zunächst ungemein spannend. Es war der Anfang ihrer letzten gemeinsamen Sommerferien. In vielerlei Hinsicht hatten sie Glück: Ein netter dänischer Lkw-Fahrer, der ihnen die Geschichte von Lollos dänischer Großmutter abkaufte, nahm sie mit. Vier Stunden später trafen sie unbeschadet am Kopenhagener Hauptbahnhof ein, von wo aus sie sich zum Nyhavn durchschlugen, wo es laut Emblas großem Bruder Frej die besten Tätowierer geben sollte.

Lollo ließ sich ein kleines schwarzes Lamm auf die Schulter tätowieren, Embla einen blauen Schmetterling oben auf die Außenseite des Oberschenkels, wo sie ihn vor den Eltern am leichtesten würde verstecken können. Der Schmetterling symbolisierte Lollo: ihre grazile Gestalt und ihr flatterhaftes Wesen. Das schwarze Lamm stand für Emblas Außenseiterrolle in ihrer Familie.

Darüber hinaus reichte ihr Geld gerade noch für eine rote Wurst mit gehackter Zwiebel und für eine Cola. Sie saßen auf der Kaimauer, ließen die Füße baumeln und betrachteten die vertäuten Schiffe und Kähne. Sie fühlten sich frei und sorglos und waren auf Abenteuer aus.

Gegen Abend trampten sie trotzdem wieder nach Hause. In Varberg warf sie der Trucker aus dem Lkw, weil sie sich weigerten, ihm einen zu blasen. Ihre sechzehn Kronen fünfzig reichten weder für Bus- noch für Bahnfahrkarten, und sie wagten es nicht weiterzutrampen. Entmutigt krochen sie zu Kreuze, riefen Emblas Vater Örjan an und baten ihn, sie abzuholen. Die Standpauke ihres ansonsten so friedfertigen Vaters war meilenweit zu hören.

Es war keine sehr angenehme Heimfahrt.

Die Nachricht, dass Lollo und ihre Mutter umziehen würden, erwischte sie wie eine kalte Dusche. Die Miete der großen Wohnung in der Linnégatan überstieg irgendwann ihre Mittel. Kurz nach Mittsommer zogen sie in eine Zweizimmerwohnung in Högsbo, deren einziger Vorzug war, dass sie in der Nähe der Straßenbahnhaltestelle am Axel Dahlströms Torg lag. So brauchten sie nur eine knappe Viertelstunde, wenn sie einander besuchen wollten.

Zunächst funktionierte es sogar ganz gut. Im Sommer, wenn Embla bei ihrem Onkel Nisse und ihrer Tante Ann-Sofie war, telefonierten sie täglich.

Doch als Embla aus Dalsland zurückkehrte, erzählte Lollo ihr, dass sie einen echt süßen Typen Anfang zwanzig kennengelernt hätte. In einem Monat würde sie fünfzehn werden, der Altersunterschied fiele dann nicht mehr so arg ins Gewicht, wie sie mit gespielter Gleichgültigkeit erklärte. Die knapp vierzehnjährige Embla war da anderer Meinung, schwieg aber, weil sie nicht kindisch wirken wollte. Abgesehen von einem kleinen Sommerflirt mit Tobias, der nicht einmal ein Moped besessen hatte, hatte sie diesbezüglich keinerlei Erfahrung.

An einem Samstagnachmittag gegen Ende Juli rief Lollo an und forderte Embla auf, sich für einen Nachtklubbesuch am Abend schön zu machen. Nach einem kurzen Moment der Panik – was trug man in einem Nachtklub? – kramte sie ein tief ausgeschnittenes weißes Top aus ihrem Kleiderschrank, schwarze Leggings und weiße Turnschuhe. Da sie ihr rotes Haar mindestens ebenso sehr hasste wie ihren Vornamen, wickelte sie sich einen Seidenschal der Mutter um den Kopf. Ihren Eltern erzählte sie etwas von einer Schülerdisco im Frölunda Kulturhus und dass sie anschließend bei Lollo übernachten würde, weil Högsbo von dort nicht allzu weit entfernt war. Die Schülerdisco fand tatsächlich statt, doch Lollo und Embla hatten nicht die Absicht, dort hinzugehen. Embla erzählte ihren Eltern auch nicht, dass Lollos Mutter zum vierzigsten Geburtstag einer Freundin nach Jönköping gefahren war und dort übernachten würde.

Sie trafen sich bei Lollo, um sich zu schminken und für den Abend fertig zu machen. Im Kühlschrank standen Kartoffelsalat, ein Grillhähnchen und zwei Kartons Weißwein. Wie selbstverständlich füllte Lollo zwei Weingläser bis zum Rand und schwor hoch und heilig, dass ihre Mutter nichts davon bemerken würde, nachdem die Bag-in-Box ja noch fast voll war. Ehe sie die Wohnung verließen, hatten sie je drei volle Gläser getrunken. Embla konnte sich nur mehr vage daran erinnern, wie schwindlig und übel ihr gewesen war und wie sehr sie gehofft hatte, dass Lollo es ihr nicht anmerkte. Sie hatte keine Memme sein wollen.

Für den Fall, dass sie sich aus den Augen verlieren sollten, gab Lollo ihr einen Schlüssel.

Die Türsteher kannten Lollo offenbar und ließen die beiden ganz eindeutig minderjährigen und angetrunkenen Mädchen durch, ohne mit der Wimper zu zucken. In ihrem hellblauen, eng anliegenden Kleid sah Lollo aus wie eine Elfe, obwohl sie auf ihren hohen Absätzen manchmal bedenklich schwankte.

Das Lokal war brechend voll, die meisten Besucher standen am Bartresen, hinter dem sich ein dunkelhaariger Barkeeper derart abrackerte, dass ihm der Schweiß auf der Stirn stand. Ein Mädchen mit blau gefärbten Haaren ging ihm zur Hand. Der Barkeeper bewegte sich mit einer fast schon tänzerischen Leichtigkeit, lächelte und machte Scherze mit den Gästen, während er ihre Bestellungen aufnahm. Er sah gut aus. Mit seinen markanten Wangenknochen, den braunen, funkelnden Augen, seinem Pferdeschwanz und den blendend weißen Zähnen kam er Embla schön wie ein Filmstar vor. Als er Lollo entdeckte, breitete sich ein Strahlen auf seinem Gesicht aus, und er kam zu ihnen ans kurze Ende der Bar. Embla, die sich ein wenig verloren vorkam, blieb in einiger Entfernung stehen und konnte so auch nicht verstehen, was die beiden miteinander besprachen. Um sie herum herrschten Lärm und Gedränge. Ein angetrunkener Typ, der schon mindestens fünfundzwanzig war, versuchte, sie zu umarmen, und bestand dann auf einem Kuss. Vor Schreck ließ sie für einen Moment Lollo und den Barkeeper aus den Augen. Nach einem kurzen Handgemenge gelang es ihr schließlich, den aufdringlichen Typen wieder loszuwerden – doch als sie wieder zur Bar hinübersah, waren Lollo und der Barkeeper verschwunden. Die Blauhaarige rackerte sich nun alleine hinter dem Tresen ab.

Embla sah sich um, hüpfte sogar in die Höhe, um mehr sehen zu können, bis sie irgendwann von den Umstehenden angefaucht wurde, weil sie zu sehr herumhampelte. Unmittelbar bevor im Hintergrund eine Tür mit der Aufschrift »Staff only« zufiel, sah Embla gerade noch Lollos hellblaues Kleid im Türspalt aufblitzen.

Was anschließend geschah, hatte sie in ihren Albträumen immer wieder von Neuem vor sich gesehen. Der Schatten, der sie gepackt hatte, war Milo Stavic gewesen. Sie erinnerte sich auch noch an die beiden anderen, die sich über die winzige Gestalt am Fußboden gebeugt hatten. Später – da war sie bereits Polizistin – fand sie heraus, dass die zwei anderen Milos jüngere Brüder Kador und Luca gewesen sein mussten. Luca war bei einer Schießerei in Göteborg auf der Avenyn verletzt worden. In ihm hatte sie den gut aussehenden Barkeeper wiedererkannt.

Nachdem Milo sie zu Boden gestoßen hatte und zu seinen Brüdern zurückgekehrt war, hatte sie noch eine Weile japsend auf dem Boden gelegen und nur benommen registriert, wie eine Tür geöffnet wurde und dann schwer ins Schloss fiel. Irgendwie gelang es ihr, sich aufzurappeln und auf zitternden Beinen auf die Lampe zuzutaumeln. Neben der stählernen Hintertür hing ein Feuerlöscher. Vermutlich hatten die Brüder die Tür von außen abgeschlossen. Wie sie durch den dunklen Korridor zurück in das Meer tanzender Menschen gelangt war – daran fehlte ihr jede Erinnerung.

Sie wusste nur noch, dass sie irgendwann die Straßenbahn nach Högsbo genommen hatte. Nachdem Lollo ihr den Reserveschlüssel gegeben hatte, war es ihr einfacher erschienen, zum Axel Dahlströms Torg zu fahren, statt in der Linnégatan auszusteigen und ihren Eltern erklären zu müssen, warum sie sich nicht wie angekündigt mit Lollo im Frölunda Kulturhus befand.

Außerdem hätte ihr betrunkener Zustand garantiert einen Riesenwirbel ausgelöst. Jetzt musste sie sich nur noch eine glaubwürdige Lüge für den Abend einfallen lassen und sich überlegen, wie sie erklären würde, warum sie keine Ahnung hatte, wohin Lollo verschwunden war. Denn sie würde es nicht wagen, die Wahrheit zu sagen. Milo Stavics Drohung klang ihr immer noch in den Ohren: »Wenn du auch nur ein Wort sagst, dann bist du tot! Wir wissen, wer du bist und wo du wohnst!«

Sie verbrachte eine durchwachte Nacht in der Wohnung an der Guldmyntsgatan. Erst am Morgen gelang es ihr einzuschlafen. Gegen Mittag erwachte sie mit dem ersten Kater ihres Lebens. Sie fühlte sich lausig.

Als sie ein paar Stunden später einen Schlüssel im Schloss hörte, hoffte sie, es wäre Lollo, doch es war Lollos Mutter. Tränenüberströmt erzählte sie ihr, dass Lollo nicht nach Hause gekommen sei. Im Lauf der Nacht hatte sie sich eine Geschichte zurechtgelegt. Etwas diffus begann sie damit, Lollo hätte von einem Typen geredet, der in der Innenstadt wohnte. Widerstrebend hätte sie eingewilligt, dorthin statt ins Kulturhus zu fahren. Sie selbst wäre ja lieber in die Disco gegangen. Doch als sie aus der Straßenbahn gestiegen wären, hätte Lollo plötzlich gesagt, sie wollte den Typen allein treffen. »Du kommst dir sonst nur vor wie das fünfte Rad am Wagen.« Sie hätten sich gestritten, und daraufhin wäre sie in die Wohnung zurückgefahren, um dort auf Lollo zu warten. Doch Lollo war nicht mehr aufgetaucht. Zumindest das entsprach der Wahrheit. Und nein, sie wusste wirklich nichts über diesen Freund.

Dieselbe Geschichte tischte sie dann auch ihren Eltern und tags darauf der Polizei auf.

Rückblickend erklärte sie ihr Verhalten mit ihrem Alter und ihrer Naivität. Und mit der Angst. Diese entsetzliche Angst! Milo hatte sie mit seiner Drohung zum Schweigen gebracht. Außerdem hatte sie natürlich auch versuchen wollen, die eigene Haut zu retten. In Anbetracht der Kopenhagen-Eskapade wären ein Besäufnis und der Besuch eines Nachtklubs in den Augen ihrer Eltern ein nicht eben kleiner Fehltritt gewesen. Endloser Hausarrest und jahrelanger Taschengeldentzug wären die Folge gewesen. Damals hatte ihr schlicht die Fähigkeit gefehlt, klar zu denken. Sie hatte sich der Illusion anheimgegeben, dass Lollo eines Tages auftauchen und alles wieder gut werden würde.

Irgendwann war es dann einfach zu spät für die Wahrheit gewesen.

Und hätte es einen Unterschied gemacht, wenn sie damals erzählt hätte, was wirklich vorgefallen war? Vielleicht. Aber sie konnte sich weder an die Adresse noch an den Namen jenes Klubs erinnern. Sie war einfach zu betrunken gewesen. La Viva? So was in der Art. Viel später erfuhr sie dann, dass der Name des Klubs La Dolce Vita gewesen war. Dort hatte sie mitangesehen, wie drei Männer Lollo verschleppt hatten. Die Polizei hätte sofort gewusst, dass es sich dabei um die Brüder Stavic gehandelt hatte. Ihnen hatte der Klub gehört.

Vielleicht war sie ja deswegen Polizistin geworden. Um Buße zu tun. Um Verbrechen aufzuklären – alle außer das eine, für das es mittlerweile zu spät war.

Lollos Mutter hatte ein Jahr später mithilfe einer Flasche Schnaps und einer Schachtel Schlaftabletten Selbstmord verübt.

Lollos Vater hatte anfänglich noch intensiv nach seiner Tochter gesucht, aber je mehr Zeit verstrichen war, desto seltener ließ er noch von sich hören. Vor ein paar Jahren wurde der ungelöste Fall in einer Fahndungssendung im Fernsehen präsentiert, aber es gingen keine neuen Hinweise ein.

Vielleicht hatte sie das ja mit Peter gemeinsam – das Verschwinden eines jungen Mädchens. Allerdings schien er tatsächlich zu glauben, dass seine Schwester Camilla noch am Leben war. Was hatte er gleich wieder gesagt, als sich Embla nach ihr erkundigt hatte? »Wir haben uns schon lange nicht mehr gesehen« oder so was in der Art. Bedeutete das nicht, dass sie noch lebte? Auch wenn sie sich nicht länger sahen? Vielleicht konnte sie bei ihrem nächsten Treffen mit Peter ja mehr in Erfahrung bringen. Immerhin würde das vermutlich schon am nächsten Abend sein.

Bei dem Gedanken an Peter musste sie unwillkürlich lächeln. Sie kroch zurück unter die Decke, und ihre Gedanken schwirrten noch eine Weile umher, bis sie irgendwann wieder eindöste. Und unversehens erschien Peter ihr im Halbschlaf. »Wir haben seit Langem keinen Kontakt mehr.« Das waren seine Worte gewesen. Eine seltsame Ausdrucksweise.

Göran sah müde aus, was ungewöhnlich für ihn war. Er stützte sich schwer mit den Ellbogen auf den Küchentisch und kaute lustlos auf einem Butterbrot mit Wurst, Käse, Mayonnaise und Essiggurke herum. Hampus zog ihn mit seinen gigantischen Butterbroten sonst immer auf, sah aber schnell ein, dass er seine Scherze an diesem Morgen besser unterlassen sollte.

»Danke.«

Mehr sagte der Kommissar nicht, hielt dabei aber auffordernd seinen Kaffeebecher in die Höhe, als Hampus sich selbst nachschenkte.

»Das muss schon deine dritte Tasse sein.«

»Die vierte.«

Ohne diese Information zu kommentieren, goss Hampus ihm Kaffee nach. Embla sah ihren Chef nachdenklich an. Er hatte tiefe Schatten unter den Augen und offenbar vergessen, sich die Haare zu kämmen, obwohl er sonst morgens immer der Munterste von ihnen war.

»Hast du heute Nacht überhaupt geschlafen?«, fragte sie ihn.

Ein schwaches Lächeln huschte über sein müdes Gesicht. »Nicht viel. Aber ich hab eine ziemlich erfolgreiche Nacht im Internet verbracht.«

Natürlich, dort verbringst du ja dein halbes Leben, dachte Embla.

»Könnte ich den entsprechenden Link womöglich auch bekommen?«, sagte Hampus und grinste in die Runde.

»Ich hab *gearbeitet*«, erwiderte Göran kühl.

Dann nahm er noch ein paar große Bissen von seinem Butterbrot und leerte seinen Kaffeebecher in einem Zug. Seine beiden Mitarbeiter schwiegen. Es war offenkundig, dass er vorerst seine Ruhe brauchte, um wieder zu Kräften zu kommen.

Embla aß wie immer einen Teller Joghurt mit ihrer eigenen Müslimischung, die ihre Kollegen immer belustigt als Mörtel bezeichneten. Sie ließ dann jedes Mal ihre Oberarmmuskeln spielen und entgegnete, auch ihnen würde ein gesundes Frühstück nicht schaden, woraufhin Hampus stets die Augen verdrehte und sich daumendick Butter auf sein Brötchen schmierte, während Göran mit gespielt zitternder Stimme mitteilte, eine solche Kost würde in seinem armen Organismus sofort zu einem anaphylaktischen Schock führen. Sein Körper sei es nun mal gewohnt, verwöhnt zu werden. So wurde hin- und hergeplänkelt. Doch an diesem Morgen war scheinbar niemand zum Scherzen aufgelegt.

Nach sage und schreibe fünf Broten und mit dem fünften Becher Kaffee vor sich auf dem Tisch verkündete Göran, er sei jetzt allmählich imstande, das Ergebnis seiner nächtlichen Arbeit am Computer bekannt zu geben. Er nickte Embla zu.

»Dein abwegiger Bericht von dieser Frau in Weiß – der hat mich nachdenklich gestimmt. Das lange Haar stammte von einer Perücke. Gestern fiel mir irgendwann auf, dass wir uns noch überhaupt nicht mit dem Verschwinden von Peter Hanssons Schwester beschäftigt haben. Du hast erwähnt, dass mehrere Leute ihr ungewöhnlich langes blondes Haar erwähnt hätten. Ich hab im Internet ein bisschen recherchiert, aber nichts finden können. Seit sie vor dreißig Jahren dieses Fest verließ, fehlt von ihr jede Spur.«

»Wie hieß sie gleich wieder?«, fragte Hampus.

»Camilla. Camilla Hansson«, antwortete Embla.

Auch sie wollte dieser Sache nachgehen, sobald sich beim Abendessen mit Peter die Gelegenheit dazu bot.

»Mit C oder mit K?«

»Mit C.«

»Na, dann ist sie wenigstens nicht unser M.«, stellte Hampus fest.

»Doch. Ist sie.«

Irritiert sahen sie zu Göran hinüber. Vielleicht sollte er sich eine Weile hinlegen, schoss es Embla durch den Kopf.

»Mir ist da dieser Schlager aus meiner Jugend wieder eingefallen – ein richtiger Sommerhit. Er hieß *Der Rhythmus des Regens* oder so ähnlich. Die Band hieß Millas Mirakel – die Sängerin wurde Milla genannt, hieß aber eigentlich Camilla. Mit C.«

Ein Lächeln breitete sich auf seinem Gesicht aus, und er sah überaus zufrieden aus.

»Mensch, du hast recht! In der Mittelstufe hatten wir eine Kamilla mit K in der Parallelklasse, und auch die wurde von allen nur Milla genannt!«, rief Hampus.

Embla dachte konzentriert nach. Eine inzwischen sechsundvierzigjährige Camilla würde mit der einst verschwundenen Sechzehnjährigen wohl nicht mehr viel gemein haben. Aber welchen Grund sollte sie haben, dreißig Jahre nach ihrem Verschwinden urplötzlich wieder aufzutauchen und zwei, wenn nicht drei erfolgreiche Geschäftsmänner zu ermorden?

Diese Frage stellte sie auch Göran.

Er sah sie lange an und antwortete dann: »Genau darin besteht das Rätsel. Ich habe also weitergeforscht. Was haben unsere drei Musketiere vor dreißig Jahren getrieben?« Er leerte seine Tasse in einem Zug und knallte sie dann auf den Tisch. »Noch einen halben.«

Dieses Mal erhob sich Embla und ging die Kaffeekanne holen.

»Bring Kekse mit!«, rief er ihr nach.

Als Göran seinen Kaffee und den letzten Haferkeks verputzt hatte, fuhr er fort: »Ich habe überprüft, was diese Burschen so getrieben haben, damals, als Camilla verschwand. Anders von Beehn hatte direkt nach dem Abitur bei der Marineinfanterie ein Jahr lang seinen Wehrdienst geleistet und war mit Auszeichnung entlassen worden. Im Herbst, als Camilla verschwand, begann er gerade sein Studium an der Handelshochschule in Stockholm, die Jan-Eric Cahneborg, der nicht zum Militär hatte gehen müssen, zu diesem Zeitpunkt schon besuchte. Im Gegensatz dazu scheint Ola Forsnaess damals nicht allzu viel auf die Beine gestellt zu haben. Er bereiste die Riviera und vertrieb sich den Sommer auf Partys. Im Herbst fuhr er erst drei Monate nach Australien und dann drei Monate in die USA.«

Er räusperte sich, nahm einen Schluck Kaffee und sah dann Embla an.

»Könntest du dich vielleicht bei Sixten Svensson erkundigen, ob die drei in dem Jahr, als Camilla Hansson verschwand, an der Elchjagd teilnahmen? Ich glaube, er führt entsprechende Listen.«

»Stimmt, ich rede mit ihm«, willigte Embla ein.

»Gut. Interessanterweise nahm im darauffolgenden Jahr keiner der drei an der Elchjagd teil. Ola Forsnaess und sein Vater waren nach Oslo gezogen, weil Forsnaess' Mutter im vorangegangenen Sommer gestorben war. Anders von Beehn war nach New York gezogen, wo er zwei Jahre lang studierte. Allerdings schloss er sein Studium in Stockholm ab. Cahneborg brach sein Studium kurz nach Camillas Verschwinden ab. Ein Foto aus einer Illustrierten zeigt ihn vor Weihnachten desselben Jahres beim Betreten einer Entziehungsklinik. Da sieht er wirklich erbärmlich aus. In der Bildunterschrift heißt es, Jan-Eric Cahneborg, der Erbe des größten schwedischen Medienimperiums, müsse sich wegen eines Erschöpfungssyndroms für ein paar Wochen stationär behandeln lassen. Er blieb dann aber etliche Monate dort und verließ die Klinik erst im Frühjahr. Im Herbst nahm er sein Studium wieder auf. Offenbar haben die drei Musketiere erst drei Jahre nach Camillas Verschwinden wieder an der Elchjagd teilgenommen. Könntest du das überprüfen?«

Embla nickte. Das würde aus Sixtens Listen sicherlich hervorgehen.

»Dass sie drei Jahre lang nicht an der Elchjagd teilgenommen haben, hat doch durchaus nachvollziehbare Gründe. Ein Studium im Ausland und in Stockholm, ein Umzug nach Oslo, der Aufenthalt in einer Entziehungsklinik… Sie hatten einfach anderes zu tun«, meinte Hampus.

»Das stimmt natürlich, aber ich bin auch noch auf andere Dinge gestoßen. Zwei Jahre nach seinem Umzug nach Oslo stand Ola Forsnaess unter Anklage wegen Vergewaltigung und Körperverletzung. Er scheint damals mit roher Gewalt vorgegangen zu sein. Die Frau sagte aus, sie sei anfangs mit einem Techtelmechtel einverstanden gewesen, dann aber habe er begonnen, sie zu schlagen, zu würgen und mit den Fäusten zu traktieren, bis sie irgendwann das Bewusstsein verlor. Ein paar Fotos aus den Ermittlungen beweisen, wie übel er sie zugerichtet hat. Um es kurz zu machen: Ola wurde nie verurteilt. Einer der besten Strafverteidiger Norwegens behauptete, die Frau hätte eingewilligt, Sadomasosex mit ihm zu haben. Beide hätten außerdem unter Drogen gestanden – der Anwalt sprach allerdings nur von Alkohol –, und deswegen wäre das Ganze womöglich aus dem Ruder gelaufen. Es hat niemanden erstaunt, als das Opfer irgendwann die Anzeige zurückzog. Papa Forsnaess soll sie großzügig entschädigt haben. Interessant ist allerdings, dass auch weiterhin Gerüchte über Ola Forsnaess kursierten. Im Internet gibt es ein paar ziemlich abwegige Foren, und über seinen Namen bin ich auf einige echt üble Sexseiten gestoßen, auf denen sogar sein Foto steht. Der Junge hatte nachweislich ein Faible für Hardcore-Sex.«

»Das Internet vergisst nicht«, meinte Hampus. »Da hat ihm der Cyberspace einen schönen Nachruf beschert.«

»Amen«, ergänzte Göran, lachte und fuhr fort: »Man kann sich wirklich noch so viel Mühe geben und sich in den sozialen Netzwerken möglichst optimal präsentieren, aber Leute wie ich stöbern trotzdem die schmutzigsten Geheimnisse auf. Im Internet ist einfach alles auffindbar.«

Er hob seinen Kaffeebecher, wie um ihnen zuzuprosten. Im selben Moment dudelte Hampus' Handy – die Titelmelodie des Films »The Good, the Bad and the Ugly«. Als er den Namen auf dem Display sah, verzog er das Gesicht.

»Filippa«, murmelte er und stand auf.

Erst nachdem er das Wohnzimmer betreten hatte, nahm er das Gespräch entgegen. Wie immer am Telefon klang er sehr einsilbig – doch nur wenige Sekunden später stürzte er wieder in die Küche.

»Ich muss weg! Greta liegt mit einer Blinddarmentzündung im Krankenhaus und muss sofort operiert werden – es kann jeden Moment zu einem Blinddarmdurchbruch kommen. Ich muss nach Hause … und mich um Ester kümmern …«

Er war so aufgeregt, dass sich seine Stimme förmlich überschlug. Greta war vier und Ester gerade erst zwei geworden, und natürlich musste er jetzt nach Hause fahren und sich um die Kleine kümmern.

»Beruhige dich. Du kannst den Veteranen nehmen«, bot Embla ihm an und legte ihm die Hand auf die Schulter.

»Nie im Leben! Dieser Schrotthaufen kann doch jede Sekunde schlappmachen, das kann ich nicht riskieren.«

Gekränkt zog Embla die Hand zurück. Von wegen Schrotthaufen! Gleichzeitig musste sie einräumen, dass ihr geliebter Veteran so seine Macken hatte.

»Ich rufe Nisse an. Vielleicht kannst du dir seinen Wagen leihen. Ingela hat ja auch noch einen«, meinte sie.

Sie rief Nisse an, der ihr zusicherte, sein Auto sofort vorbeizubringen.

»Nein, ich fahre Hampus zu euch. Ich muss ohnehin mit Sixten reden.«

»Ich kann dich begleiten.«

»Gerne.«

Da ihr Sixtens oft launische Art nicht ganz geheuer war, war sie für Nisses Angebot enorm dankbar.

Mit quietschenden Reifen fuhr Hampus in dem roten Mazda in Richtung Göteborg davon.

»Hoffentlich landet er nicht in einem Straßengraben. Ich hab ihn noch nie so gestresst erlebt«, murmelte Embla.

»Und ich hätte meinen Wagen gern heil zurück«, sagte Nisse mit einem Seufzer.

Als sie sich in den Veteranen setzten, erkundigte sich Embla: »Hatte Sixten eigentlich je eine Frau? Oder vielleicht einen Mann?«

»Einen Mann? Sixten? Nein. Er hat ein paar Jahre mit einer Frau namens Britt-Marie zusammengelebt. Das muss Anfang der Siebziger gewesen sein. Aber er hat damals schon etwas zu viel getrunken. Irgendwann hatte sie dann wohl die Nase voll und ist ausgezogen.«

»Wohnt Britt-Marie immer noch in der Gegend?«

»Nein. Sie hat geheiratet, ist nach Trollhättan gezogen und hat dort angeblich bei Saab gearbeitet. Inzwischen müsste sie allerdings in Rente sein.«

»Und danach gab es nie wieder eine Frau in Sixtens Leben?«

»Nein, jedenfalls nichts Festes. Schade, früher war er ein attraktiver, anständiger Kerl. Aber jetzt … Na ja, seine Aufgabe als Jagdleiter erfüllt er ja bestens, das muss man ihm immerhin lassen.«

Sie bogen auf den Weg zu Sixtens Hof ab. Als sie über den ungepflegten Vorplatz rumpelten, spritzte das Lehmwasser aus den Schlaglöchern auf.

Der verfallene Hof bot einen traurigen Anblick. Frische Farbe allein hätte nicht genügt – sämtliche Gebäude bedurften einer grundlegenden Sanierung.

Vor dem Haus standen, seit Embla sich erinnern konnte, von Gestrüpp und Unkraut überwachsen ein alter, rostiger Traktor, eine ebenso rostige Egge und ein kaputter Düngerstreuer. Die Tore zum Stall standen offen, und im Dunkeln ließ sich Sixtens grüner Toyota erahnen, der sicher genauso alt war wie der Veteran. Überall lag Gerümpel herum und vermittelte den Besuchern fast schon das Gefühl, sich auf eine Müllhalde verirrt zu haben. Embla sah sich irritiert um.

»Warum räumt er hier denn nicht mal auf?«

»Findest du's so schlimm hier draußen? Dann schau lieber nicht in die Scheune, den alten Stall und in sein Wohnhaus«, erwiderte Nisse trocken.

Embla hatte Sixten noch nie einen Besuch abgestattet. Jetzt parkte sie den Veteranen vor der Zementtreppe, die zur Haustür führte. In den Stufen klafften große Löcher. Bei Eis und Schnee würden sie lebensgefährlich sein.

Auch der Besitzer des Hofs befand sich in einem bedauernswerten Zustand. Als Sixten nach langem, festem Klopfen endlich die Tür aufmachte, bot er ihnen einen erbärmlichen Anblick. Sein schütteres Haar klebte am Kopf, und Tabakkrümel hingen in seinen Bartstoppeln. Er trug ein fleckiges Unterhemd und eine schmutzige lange Unterhose. Seine Zehen schauten aus grauen Wollsocken hervor, und er stank nach Alkohol. Embla fehlten vor Schreck erst mal die Worte.

»Na, Sixten, gestern wieder zu tief ins Glas geschaut?«, meinte Nisse.

Er sieht krank aus, dachte Embla. Sein Brustkorb war eingesunken, und die Schlüsselbeine traten deutlich unter der Haut hervor. Das war nicht derselbe Sixten, den Embla von der Elchjagd kannte, obwohl sie sich diesmal tatsächlich mehrfach insgeheim gedacht hatte, er könnte sich ein bisschen häufiger waschen.

»Was zum Teufel wollt ihr hier?«, krächzte er.

Der Blick aus seinen schmalen Augen war abweisend, fast feindselig. Er hatte die Tür nur einen Spaltbreit aufgemacht.

»Die Polizei will einen Blick auf deine Fleischlisten werfen. Wir wissen ja, dass du sie vorbildlich in Ordnung hältst.«

Nisse hatte seinen unbeschwerten Tonfall beibehalten. Vielleicht lag es ja an dem Kompliment – denn Sixten öffnete die Türe ein Stückchen weiter. Sein unrasiertes Gesicht hingegen sah immer noch mehr als ungnädig aus.

»Wozu?«, fauchte er.

Trotz des abweisenden Tons schien sich seine Haltung kaum merklich zu verändern. Er streckte seinen Kopf vor, und sein Blick war plötzlich wacher. Vielleicht hatten sie ja seine Neugier geweckt.

»Wir möchten in Erfahrung bringen, welche Leute im Lauf der Jahre an der Elchjagd teilgenommen haben«, antwortete Nisse vage.

»Mehr kann ich aus ermittlungstechnischen Gründen leider noch nicht sagen«, fügte Embla hinzu.

Sixten zog die buschigen Brauen hoch und betrachtete sie misstrauisch. Seine Augen waren blutunterlaufen. Doch schließlich schien seine Neugierde die Oberhand zu gewinnen.

»Kommt rein, ich hol die Ordner«, sagte er.

»Wir können dir tragen helfen, es müssen inzwischen ja ziemlich viele sein«, meinte Nisse.

»Ach? Wie weit zurück sollen sie denn reichen?«

»Bis in die Siebziger.«

»Was wollt ihr denn …«

Doch dann schüttelte Sixten nur den Kopf und schlurfte leicht schwankend ins Haus zurück. Embla und Nisse traten über die Schwelle und schoben, ehe Sixten es sich wieder anders überlegen konnte, die Tür hinter sich zu.

Der Gestank von Katzenurin und Essen schlug ihnen entgegen. In der Diele lag ein Teppich, der vermutlich einmal grün gestreift gewesen, jetzt aber grau war. Sie durchquerten die Küche, in der überall schmutzige Töpfe, klebriges Geschirr, Verpackungen von Fertiggerichten und leere Dosen Katzenfutter sowie unzählige leere Flaschen herumstanden. Ihre Stiefel schmatzten auf dem Fußboden. Wohlweislich hatten sie ihre Schuhe anbehalten, auch wenn das hier draußen auf dem Land eigentlich unüblich war. Er braucht dringend jemanden, der sich um ihn kümmert und bei ihm aufräumt, dachte Embla. Sie wusste allerdings, dass Sixten jede Hilfe kategorisch ablehnen würde.

Sie folgten ihm durch das Wohnzimmer, ein in die Jahre gekommenes Abziehbild des Einrichtungsideals der Sechziger. Ein halbes Jahrhundert hatte an der orange-braunen Couchgarnitur genagt, und die Tischplatte wies unzählige Brandflecken von Zigaretten und Ringe von Gläsern und Flaschen auf.

Sixten öffnete eine Tür und bedeutete ihnen mit einer Handbewegung einzutreten. Erstaunt hielt Embla auf der Schwelle zum Arbeitszimmer inne. Vor ihr standen ein alter Schreibtisch aus dunkel gebeizter Eiche und ein Sessel mit geschwungenem Rücken und Plüschkissen. Auf der Schreibtischunterlage aus rotem Leder thronten ein Tintenfass mit dazu passender Schreibgarnitur aus Messing und eine Facit-Schreibmaschine. Ein Bücherregal bedeckte die ganze Wand bis hoch zur Decke. Sixtens Büro war zwar ein wenig staubig, aber ansonsten herrschte hier eine geradezu vorbildliche Ordnung, wie sie in keinem anderen Raum zu finden war.

»Hier treffe ich die Vorbereitungen für die Jagd.«

Unverkennbarer Stolz schwang in Sixtens Stimme mit.

Erst in diesem Moment begriff Embla, wie viel ihm die Jagd bedeuten musste. Nicht nur das Jagen selbst und das Erlegen der Beute, sondern vor allem die Gesellschaft der anderen Jäger, die Planung, die Verantwortung und seine Rolle als Jagdleiter. Er war der Organisator, alle hörten auf ihn und befolgten seine Anweisungen. Vielleicht war dies ja die einzige Gelegenheit im Jahr, zu der er sich noch mit anderen Menschen auseinandersetzte.

Sixten trat an das große Regal.

»Hier hab ich die Listen.« Seine Hände zitterten bedenklich, als er drei dicke Ordner hervorzog. »Da steht ab 1975 alles drin.«

»Das war das Jahr, in dem du Jagdleiter geworden bist«, stellte Nisse fest.

»Ja. Einer der jüngsten jemals. Ich hab das Amt damals übernommen, nachdem mein Vater gestorben war.«

Er schien unverkennbar stolz darauf zu sein, dass man ihm schon in jungen Jahren so viel Verantwortung übertragen hatte. Er muss damals schon ein geschickter, guter Jäger gewesen sein, dachte Embla. Obwohl er seine Aufgabe immer noch mit Bravour meisterte, war er inzwischen wohl nur mehr ein Schatten jenes einstigen herausragenden Jägers.

Sixten deutete auf den Schreibtisch. »Ihr könnt hier Platz nehmen und euch die Listen ansehen.«

»Wir würden die Ordner gerne mitnehmen, weil wir vermutlich ein paar Seiten daraus kopieren müssen. Ich verspreche dir, dass du übermorgen alles zurückbekommst«, erwiderte Embla.

Missbilligend runzelte Sixten die Stirn, widersprach aber nicht.

»Nächstes Mal bringe ich auch ein paar Flaschen Bier mit«, sagte Nisse und klopfte seinem alten Freund, dessen Miene sich augenblicklich aufhellte, anerkennend auf die Schulter.

Die von Sixten sorgfältig geführten Fleischlisten durchzugehen nahm nicht viel Zeit in Anspruch. Mit akkurater Handschrift hatte er über die Jahre sowohl die Namen sämtlicher Teilnehmer als auch die zugewiesenen Fleischmengen notiert. Göran hatte recht gehabt. In den drei Jahren nach Camilla Hanssons Verschwinden hatten die drei Freunde nicht ein Mal an der Jagd teilgenommen.

Göran und Embla unterhielten sich noch eine Weile darüber, ob dieser Umstand von Bedeutung oder einfach nur ein Zufall sein mochte. Immerhin waren die Musketiere damals bekanntlich mit ganz anderen Dingen beschäftigt gewesen. Zu guter Letzt beschlossen sie, dem Umstand keine allzu große Bedeutung beizumessen, ihn aber trotzdem in Erinnerung zu behalten.

Gegen Mittag fuhr Embla zur Pizzeria Amore neben dem Supermarkt und holte die große Vegetariano mit einer doppelten Portion Weißkohlsalat ab, die sie zuvor bestellt hatten.

Nach dem Essen erklärte Göran, er wolle sich für ein Stündchen hinlegen. Embla nutzte die Gelegenheit, um ein paar SMS von Elliot zu beantworten, der allmählich ungeduldig wurde und fand, das wäre wohl die längste Jagd, an der sie je teilgenommen hatte – zu Unrecht, denn Embla ging in jedem Herbst zwei Wochen lang auf Elchjagd, aber daran wollte er sich natürlich nicht erinnern. Um ihn zu trösten, simste sie zurück, dass der erste Ausflug nach ihrer Rückkehr sie beide ins Erlebnisbad nach Lerum führen würde.

Anschließend versuchte sie, Hampus zu erreichen, aber der hatte sein Handy abgestellt. Wahrscheinlich befand er sich gerade bei seiner Tochter im Drottning-Silvia-Kinderkrankenhaus, daher schrieb sie ihm nur eine SMS. *Wir drücken Greta die Daumen! Feste Umarmung, Embla und Göran.*

Nachdem die Gewerkschaft schon mal durchgesetzt hatte, dass

Polizisten während der Arbeitszeit ihr Fitnesstraining absolvieren durften, beschloss Embla, dass es dafür mal wieder an der Zeit war. Auf zwanzig Minuten Seilspringen folgte eine Runde mit Nisses Boxsack und dem Punchingball. Anschließend war sie, wie immer nach einem so intensiven Training, bester Laune. Als sie frisch geduscht die Küche betrat, hatte Göran bereits Kaffee gekocht und Teewasser für Embla aufgesetzt. Nach einer kleinen Kuchenpause wandten sie sich wieder ihrer Arbeit zu.

Es ließ sich ohnehin nicht länger aufschieben; Embla musste allmählich den Bericht über die Ereignisse seit Jan-Erics Tod und Anders' Verschwinden verfassen. Diese knappe Woche hatte so viele dramatische Ereignisse mit sich gebracht, dass sie ihr fast schon wie ein ganzer Monat vorkam. Roger Wilén hatte in Trollhättan eine Abschrift ihrer Tonbandaufzeichnungen anfertigen lassen. Um ein bisschen Zeit zu sparen, rief sie im dortigen Präsidium an und bat einen Kollegen, ihr die Datei mit dem Bericht zu mailen. Das würde ihr zumindest etwas Arbeit ersparen. Und nachdem sie Trollhättan schon mal am Apparat hatte, bat sie gleich auch darum, mit dem Kommissar sprechen zu dürfen. Nach ein paar Minuten hatte die Zentrale ihn ausfindig gemacht.

»Roger Wilén.«

»Hallo, hier ist Embla Nyström. Ich wollte nur hören, ob es schon neue Informationen oder Laborergebnisse gibt.«

»Ja, in der Tat ist gerade etwas Seltsames reingekommen. Ein Kriminaltechniker hat an einem Busch neben dem kreisförmigen Abdruck ein paar helle Haare sichergestellt. Sie sind sehr lang und stammen offenbar von einer Perücke«, antwortete er.

Emblas Schweigen währte so lange, dass Wilén nachfragte: »Hallo? Sind Sie noch dran?«

»Doch … ja … verdammt … Ich … hab in meinem Bericht was ausgelassen.«

Sie holte tief Luft und erzählte Wilén dann von ihrer nächtlichen Begegnung mit der Frau in Weiß. Als sie geendet hatte, war erst mal Stille in der Leitung.

»So was Abstruses hab ich schon lang nicht mehr gehört… Und dieses Haar, das Sie gefunden haben, stammte ganz sicher ebenfalls von einer Perücke?«, fragte er schließlich.

»Ja, allerdings hab ich das in meinem Bericht nicht mit einer Silbe erwähnt.«

»Verstehe schon. Junge Polizistin torkelt nachts betrunken nach Hause und sieht Gespenster… Das hätte ich an Ihrer Stelle auch lieber verschwiegen.«

»Ich war nicht betrunken. Und natürlich habe ich Göran und Hampus von der Frau in Weiß erzählt, aber wir haben alle nicht geglaubt, dass sie etwas mit von Beehn und Cahneborg zu tun haben könnte. Vielleicht haben wir uns da aber getäuscht… Ach, wir glauben übrigens inzwischen auch zu wissen, wer M. ist.«

Sie erzählte ihm von Görans Vermutung, M. könnte für Camilla stehen.

»*Der Rhythmus einer regnerischen Nacht*… Zu diesem Lied habe ich früher oft getanzt. Millas Mirakel. Milla. M. Das könnte sein. Problematisch ist dabei nur, dass wir nicht wissen, wo sich diese Camilla Hansson aufhält oder ob sie überhaupt noch lebt«, wandte Wilén ein.

Sie hätte ihm von Peters ausweichender Antwort auf die Frage nach seiner Schwester erzählen können, unterließ es aber.

»Der Einzige, der möglicherweise etwas weiß, ist ihr Bruder Peter. Ich bin heute Abend mit ihm verabredet – er ist tagsüber immer sehr beschäftigt«, sagte Embla gespielt gleichmütig, dabei musste sie Peters Namen nur aussprechen, und Hitze breitete sich in ihrem Körper aus.

»Gut. Aber es würde mich wundern, wenn er über ihren Verbleib Bescheid wüsste. Seit ihrem Verschwinden gab es nicht die geringste Spur. Der Fall Camilla Hansson ist bis heute ein *cold case*. Er wurde niemals abgeschlossen«, sagte Wilén.

Nachdem sie kurz überlegt hatte, setzte Embla nach: »Es haben sich bei der Jagd noch ein paar weitere seltsame Sachen ereignet. Wahrscheinlich haben sie rein gar nichts mit Cahneborgs Tod und mit von Beehns Verschwinden zu tun, aber ...«

Und dann erzählte sie von der Kreuzotter im Klohäuschen, von dem Fangeisen, in das der Fuchs geraten war, und von Frippes Vergiftung.

»Sie haben recht – keins dieser Ereignisse muss mit unserem Fall zusammenhängen, aber alles in allem ist es wirklich seltsam. Mal sehen, ob uns noch weitere Ungereimtheiten auffallen«, meinte der Kommissar.

Darauf könnte ich wirklich verzichten, dachte Embla.

Am Spätnachmittag begann es wieder zu regnen, und hinter den dunklen Wolken fing es früh an zu dämmern. Der Wind frischte auf – laut Wetterdienst würde er auf bis zu fünfundzwanzig Meter pro Sekunde zunehmen. Ein regelrechter Herbststurm war im Anmarsch. Wie gut, dass mir ein gemütlicher Abend im Warmen bevorsteht, dachte Embla.

Als sie ihren Bericht beendet hatte, sah sie auf die Uhr. Zeit, sich fertig zu machen. Mehrmals ertappte sie sich dabei, versonnen in sich hineinzulächeln, als sie sich die vor ihr liegenden Stunden ausmalte. Erst würde sie Peter nach Camilla fragen und ob er wüsste, was nach ihrem Verschwinden aus ihr geworden war. Gegen eine Wiederholung der letzten Whirlpool-Sitzung hätte sie anschließend gewiss nichts einzuwenden.

In einem hellblauen Seidentop und einer engen Jeans und eingehüllt in den dezenten Duft von Rosen und Jasmin kam sie eine halbe Stunde später die Treppe herunter. Göran pfiff anerkennend.

»Du hast dich ja richtig in Schale geworfen. Besteht die Hoffnung, dass dieser Stilwandel von Dauer ist?«

»Das würde dir gefallen, nicht wahr? Nein. Ich will Peter nur ein paar Fragen zu seiner Schwester stellen. Er hat mich zum Abendessen eingeladen«, antwortete Embla lächelnd.

»Ein Date?«

»Wer weiß. Ich bin vor zwölf zurück, versprochen. Dann verschwindet das Make-up, ich trage wieder meine normalen Klamotten, und der Veteran ist … wieder der Veteran.«

Beide lachten, und Göran wünschte ihr viel Glück sowohl bei der Befragung als auch für ihr Date. Von der Hutablage nahm sie sich einen Schirm. Auf eine Jacke verzichtete sie, schließlich würde sie ja nur kurz im Auto sitzen.

»Das darf doch wohl nicht wahr sein!«

Der Motor gab keinen Mucks mehr von sich, und sie wurde zusehends langsamer, ehe der Volvo ein letztes Mal hustete und dann endgültig liegen blieb. Es war tatsächlich passiert: Der Sprit war alle. Nach der erfundenen Panne hatte sie vergessen, den Tank wieder zu füllen. Und auch der Kanister war leer. Zu allem Überfluss befand sie sich zwei Kilometer vom Hansgården entfernt. Als sie Peter anrief, ging nur die Mailbox dran. Typisch!

Mit einem Seufzer beschloss sie, das letzte Stück zu Fuß zu gehen. Das Einzige, was sie im Auto finden konnte, war ein alter grüner Fleecepullover mit kaputtem Reißverschluss – aber gegen die Kälte allemal besser als gar nichts. Außerdem hatte sie ja einen Regenschirm. Energisch trat sie in das Unwetter hinaus, machte den Kofferraum auf und hob die beiden Warndreiecke heraus. Vermutlich eine überflüssige Maßnahme – kein Mensch würde freiwillig an einem solchen Abend draußen unterwegs sein. Trotzdem stellte sie die Warnzeichen vor und hinter ihrem Wagen auf. Dann trat sie ihren unfreiwilligen Spaziergang an.

Ihr Regenschirm stülpte sich schon nach wenigen hundert Metern um, und die Speichen brachen. Wütend warf sie das dürre Metallskelett in den Straßengraben. Der einzige Lichtblick waren ihre Stiefel, die sich trotz Absätzen als warm und wasserdicht erwiesen. Teuer, hübsch und trotzdem praktisch, was Embla mit einem stillen Dank quittierte. Der Rest ihrer Garderobe war indes eine Katastrophe. Die engen Jeans und der schäbige Fleecepullover waren im Nu komplett durchnässt, und das Seidentop konnte den eisigen Wind nicht annähernd abhalten, und obwohl sie schnell ging, wurde sie zusehends steif vor Kälte. Die Temperatur pendelte um null Grad, betrug aber gefühlte minus zehn. Jetzt hätte nur noch gefehlt, dass der Regen in Schneefall überging.

Als sie den erleuchteten Vorplatz des Hansgården erreichte, war Embla vollkommen erschöpft. Es hatte sie unendlich viel Kraft gekostet, gegen den peitschenden Regen und den starken Wind anzukämpfen. Wütend auf sich selbst hatte sie sich streckenweise im Laufschritt vorwärtsbewegt und so die Blutzirkulation in Gang gehalten. Als sie jetzt auf ihre steifgefrorenen Finger hinabsah, waren zwei davon bereits ganz weiß. Höchste Zeit, endlich ins Warme zu kommen.

Ihre Hand zitterte, als sie sich nach dem Klopfer streckte, aber da wurde die Tür schon aufgerissen. Vermutlich hatte die Kamera Peter längst verraten, dass sie im Anmarsch war.

»Embla! Mensch, bist du zu Fuß gekommen?«, rief er.

»Du wirst es nicht glauben, aber das Benzin war schon wieder alle.«

Ungewollt klapperte sie mit den Zähnen.

»Da hilft nur eins: rein in den Whirlpool«, schlug Peter mit Nachdruck vor.

Sie protestierte nicht. Er legte ihr einen Arm um die Schultern und schob sie in Richtung seines Fitnessraums. Embla hoffte insgeheim, dass er sich zu ihr in den Whirlpool setzen würde. Als sie an der Küche vorbeikamen, duftete es vielversprechend aus einem gusseisernen Topf. Daneben stand eine Pfanne, in der Pfifferlinge brutzelten.

»Hirschgulasch«, sagte er.

»Lecker!«

In der Waschküche zog Embla ihre durchnässten Kleider aus

und hängte sie in den Trockenschrank. Ihr Handy legte sie auf die Waschmaschine. Dann wickelte sie sich in ein Badelaken.

Es war himmlisch, sich in das sprudelnde, heiße Wasser sinken zu lassen. Kurz darauf erschien Peter in der Tür.

»Ich glaube, wir verzichten heute auf den eisgekühlten Champagner und trinken lieber Tee mit Whisky«, schlug er mit einem Lächeln vor.

»Ganz deiner Meinung.«

Alles Wärmende war ihr willkommen. Wenn er sich jetzt auch noch zu ihr gesellte, würde ihr Blut sicher wieder ordentlich in Wallung kommen. Sie lehnte den Kopf zurück, schloss die Augen und ließ sich von den heißen Wasserstrahlen massieren. Als Peter mit einem roten und einem blauen Becher in der Hand zurückkehrte, war sie gerade drauf und dran einzuschlummern.

»Der Rote für meine Schöne«, sagte er und überreichte ihr mit einem Lächeln den Teebecher. Dann nahm er selbst einen vorsichtigen Schluck aus dem blauen.

Fast schon verlegen fragte sie: »Willst du nicht auch reinkommen?«

»Jetzt nicht. Die Pilze müssen ins Gulasch.«

Er lächelte sie an, stellte seinen Becher auf einen Hocker neben dem Whirlpool und küsste sie dann auf die Stirn. Gleichzeitig ließ er seine Hände von ihren Schultern zu ihren Brüsten gleiten. Sie wollte ihn gerade zu sich ins Wasser ziehen, da richtete er sich auf und sagte: »Ich muss wieder nach dem Essen sehen.«

Noch ehe Embla ihn aufhalten konnte, hatte er schon wieder kehrtgemacht. Verdammt! Irgendwie kam sie sich abserviert vor. Mach dich nicht lächerlich, ermahnte sie sich dann, er kommt ja gleich wieder zurück.

Der Tee war stark und schmeckte durchdringend nach Whisky. Da sie ungern harte Alkoholika trank, nippte sie nur daran. Das würde reichen. Ihr war inzwischen ohnehin schon wieder deutlich wärmer. Vorsichtig stellte sie den roten Becher neben seinem blauen ab, ließ sich wieder ins Wasser gleiten und schloss zufrieden die Augen.

»Schläfst du?«

Der Klang seiner Stimme schreckte sie auf.

»Nein. Ich genieße.«

Er sah zu ihrem Teebecher hinüber.

»Das ungehorsame Mädchen hat seine Medizin ja gar nicht eingenommen«, sagte er und drohte ihr spielerisch mit dem Zeigefinger.

»Nein. Hochprozentiges liegt mir nicht so, aber da gäbe es andere Dinge, die mich in Schwung bringen würden«, erwiderte sie und zwinkerte ihm zu.

Mit einem breiten Lächeln beugte er sich vor und küsste sie. Ausgiebig und innig.

Inzwischen hatte sie sich von ihrem unfreiwilligen Spaziergang durch das Unwetter erholt. Sie fühlte sich wie nach dem Fitnesstraining – wobei die vergangene halbe Stunde, was ihren Kreislauf anging, durchaus damit vergleichbar gewesen war. Peter war ein fantasievoller und ausdauernder Liebhaber. Er hat eine gute Kondition, stellte Embla zufrieden fest und lächelte. Wie eine Katze rekelte sie sich auf dem breiten Bett und horchte, ob er wieder die Treppe heraufkommen würde, nachdem er das Essen auf dem Herd kontrolliert hatte.

Obwohl es ihr ein wenig peinlich war, würde sie Nisse bitten müssen, erneut mit einem Benzinkanister anzurücken, was er vermutlich für einen Scherz halten würde.

Im Schlafzimmer gab es kein Telefon, und ihr Handy lag immer noch unten in der Waschküche. Bis ihre Kleider wieder trocken wären, würde noch ein Weilchen vergehen. Vielleicht könnte sie sich ja was von Peter leihen. Einen Bademantel vielleicht.

Energisch schwang sie die Beine über die Bettkante und trat an den Kleiderschrank. Jacketts, Anzughosen und Hemden hingen ordentlich aufgereiht auf Kleiderbügeln. Nichts, was ihr gepasst hätte. Sie öffnete die nächste Schranktür, hinter der allerdings nicht Kleidungsstücke, sondern eine Tapetentür verborgen war, in der ein Schlüssel steckte. Vermutlich das einzige herkömmliche, altmodische Schloss im ganzen Haus.

Als hätte sie ihren eigenen Willen, wanderte ihre Hand zu dem Schlüssel und drehte ihn um. Lautlos glitt die Tür auf. Ohne nachzudenken, trat Embla ein.

Ein beleuchteter Kasten, der einem Aquarium ähnelte, erhellte die unter die Dachschräge eingebaute Kammer. Es handelte sich um ein Terrarium. Hinter Glas wand sich eine hellbraune Boa um einen trockenen Ast. Eine kleine schwarze Schlange schlängelte sich über den Sandboden und verschwand unter einem Stein. Schlangen … Auf Wandbrettern standen unzählige alte Haushaltsgegenstände: eine Kaffeekanne aus roter Emaille, eine Haushaltswaage, Einmachgläser, Eierbecher, aufgestapelte Stoffe, Porzellan … Lagerte er hier Sachen für einen Flohmarkt? Aber die Schlangen …

Als sie den Kopf zur Seite drehte, sah sie die Frau in Weiß. Sie stand mit dem Rücken zur Tür und starrte wie eine Büßerin in die Ecke. Das Haar reichte ihr bis zur Taille, und sie hatte sich ein weißes Gewand angezogen, wie es die Mädchen zu Lucia trugen …

Ihre Schultern taten weh, verdammt weh, genau wie ihr Hinterkopf … Nackt. Sie war nackt. Fror. Ihr war übel. Durfte sich jetzt nicht übergeben. Irgendetwas bedeckte ihren Mund. Starr. Kaum Luft. Ein fernes Stöhnen. Erst nach einer Weile dämmerte es ihr, dass es aus ihrer eigenen Kehle kam. Ihre Schultern … taten weh.

»Ah. Du wirst wieder munter.«

Es klang wie Peters Stimme und doch wieder nicht. Eben erst war er so freundlich gewesen. Jetzt klang er schneidend. Kalt. Mit Mühe gelang es ihr, die Augen einen Spaltweit aufzumachen. Ein Schatten, ein heller Raum … Alles drehte sich. Sie kniff die Augen wieder zu und versuchte, sich über ihre Lage klar zu werden. Dann begriff sie plötzlich, dass sie an Händen und Füßen gefesselt war und irgendwie halb in der Luft hing. Ihr Mund war zugeklebt. Um Zeit zu gewinnen, ließ sie ihren Kopf in gespielter Ohnmacht nach vorne fallen.

»Verdammte Bullenschlampe!«

Da, wieder diese Stimme, die sie trotz ihres benommenen Zustands als die von Peter identifizierte. Aber das konnte doch nicht sein. Was er da sagte …

Irgendetwas war vorgefallen. Was? Sie hatten Sex gehabt. Sie war auf die Schrankwand zugegangen, hatte eine Tür beiseitegeschoben und dahinter eine weitere Tür entdeckt. Genau. Sie hatte eine Kammer betreten … Schlangen … eine Menge altes Zeug auf Regalen. Die Frau in Weiß. Eine geheime Kammer. Ein Zimmer, das niemand betreten durfte. Sie hatte Peters Geheimkammer gefunden. Und dies war nun die Strafe. Er hatte sie verprügelt und gefesselt. Sie aufgeknüpft. Alles an ihrem Körper schmerzte. Verrückt. Er war total verrückt. Was hatte er vor? Würde er sie töten? War er dazu wirklich imstande? Warum hatte er es dann nicht längst hinter sich gebracht? Sie musste Zeit gewinnen!

Sie ließ sich so schwer in Richtung Boden sinken, wie sie nur konnte, und konnte gerade so mit den Zehen den kalten Holzboden berühren, wenn sie die Füße ausstreckte. Nicht ganz einfach, weil sie mit einem Seil zusammengebunden waren. Möglichst unauffällig stützte sie sich mit den Zehen ab. So entlastete sie ihre Schultern, ohne sich nach außen hin etwas anmerken zu lassen. Als Boxerin beherrschte sie ihren Körper. Ihr Gewicht ruhte jetzt allein auf ihren Zehen. Lange würde sie das nicht durchhalten.

So gut es ging, sah sie sich um, ohne dabei den Kopf zu bewegen. Ein weißer Dielenboden. Sie befand sich also in seinem Arbeitszimmer. Der offene Dachstuhl. Ihre Hände und Füße waren mit einem kräftigen und trotzdem weichen Seil gefesselt. Zwischen den Händen spürte sie die Kälte von Metall. Ein stabiler Haken. Er hatte sie an einen Deckenbalken gehängt! Wie Elche in der Schlachthütte. Trotzdem würde sie sich nicht kampflos ergeben. Sie musste herausfinden, was er im Sinn hatte.

Sie winselte leise und versuchte, den Kopf zu heben. Mit halb geschlossenen Augen sah sie ihn mit dem Rücken zu ihr vor dem großen Monitor an der Wand stehen. Embla riss die Augen auf. Auf dem Monitor war eine Landkarte zu sehen. Google Maps? Kleine Leuchtpunkte flimmerten darüber hinweg, einige standen still, ein anderer bewegte sich besonders schnell. Als er sich zu ihr umdrehte, war sie gewappnet. Ein leises Wimmern, der mühsame Versuch, die Augen zu öffnen. Sie gaukelte ihm übertriebene Benommenheit vor.

»Das müsste einer professionellen Schnüfflerin wie dir doch gefallen. Ich hab euch alle im Blick.«

Triumphierend deutete er auf den Monitor. Embla rührte ihren Kopf nicht um einen Millimeter, sondern stöhnte nur leise. Durch ihre Wimpern hindurch konnte sie gerade noch erkennen, dass er auf einen der leuchtenden Punkte zeigte.

»Das hier ist dein Kollege, dieser Kommissar. Wie immer sitzt er nur im Haus herum. Der Fettsack bewegt sich nur, wenn er zum Kühlschrank oder auf die Toilette will. Und dort siehst du deinen Onkel. Anscheinend ist er ausgezogen, als ihr sein Haus besetzt habt. Er wohnt jetzt bei einer gewissen Ingela Gustavsson. Sie sind seit dem Frühjahr ein Paar – aber das weißt du sicher, immerhin habt ihr sie ja neulich erst besucht. Karin und Björn sind zu Hause. Der Punkt, der sich so schnell bewegt – das ist dieser Idiot Tobias mit seinem Auto. Und hier haben wir seinen Vater Einar. Sogar Sixten besitzt ein Handy. Aber das liegt meist mit leerem Akku bei ihm zu Hause herum. Und willst du wissen, wie ich das alles wissen kann? Bei der Übernahme des Hofs hab ich eine Liste mit den Handynummern und E-Mail-Adressen sämtlicher Mitglieder der Jagdgesellschaft bekommen. Herzlichen Dank dafür! Da musste ich nur noch jedem von euch einen Trojaner schicken, und schon hatte ich Zutritt zu euren Computern. Seither überwache ich auch eure Handys. Ich kann eure SMS lesen und die Gespräche mitanhören.«

Die Worte sprudelten förmlich aus ihm heraus. Dieser blaue Blick aus geschliffenem Saphir – jetzt wusste Embla, was sie gesehen hatte, als er sein Gewehr auf einen Punkt zwischen Tobias' Augenbrauen gerichtet hatte. Den reinen Wahnsinn.

Und mit einem Mal begriff sie auch, warum er ihre Gedanken zu lesen und sie so gut zu kennen schien. Wie lange hatte er jetzt schon ihre SMS und E-Mails abgefangen? Hatte er sehen können, welche Suchbegriffe sie gegoogelt hatte? Wusste er, dass sie im Internet nach Lollo gesucht hatte?

Er verzog den Mund zu einem boshaften Grinsen.

»Du fragst dich sicher, wo dein Handy ist und warum man es nicht auf der Karte sieht. Es existiert nicht mehr. Ich hab's vernichtet. *Du* existierst nicht mehr.«

Mit einem seltsamen Glucksen wandte er sich wieder dem Monitor zu und strich fast zärtlich über die Karte.

»Niemand weiß, dass ich das alles sehen und hören kann. Totale Kontrolle – wie damals bei Forsnaess.«

Seine Augen funkelten böse, als er sich wieder zu Embla umdrehte.

»Sein Porsche war nagelneu. Und natürlich mit einem automatischen Alarm ausgerüstet. Im Fall eines Unfalls wird die Notrufzentrale verständigt. Es scheint niemandem bewusst zu sein, dass diese Fahrzeuge rollende Computer sind, in die man sich spielend leicht einhacken kann. Und dafür hatte ich alle Zeit der Welt, während ihr letztes Jahr bei der Elchjagd wart. Als er sich wieder in sein Auto setzte, übernahm ich das Kommando. Auf dem Bildschirm konnte ich genau verfolgen, wo er sich befand. Er fuhr schnell. Als er sich bergab einer scharfen Kurve näherte, übernahm ich die Steuerung und deaktivierte die Bremsen. Er hatte keine Chance.«

Ihre Zehen schmerzten. Bald würde sie etwas unternehmen müssen. Sie hob leicht den Kopf, sah zu Peter auf, und ihre Blicke begegneten sich. Ihr Magen verkrampfte sich, und sie befürchtete bereits, sich hinter dem Klebeband übergeben zu müssen. Schnell schlug sie den Blick nieder. Wie beabsichtigt, verstand er dies als Zeichen der Kapitulation.

»Erzähl mir, womit ihr euch im Haus deines Onkels beschäftigt habt. Habt ihr irgendwelche Spuren entdeckt, oder gibt es andere Hinweise?«

Seine Stimme klang trügerisch sanft, und Embla begriff schlagartig, warum sie überhaupt noch am Leben war. Natürlich befürchtete er, rund um das Jagdschloss Spuren hinterlassen zu haben. Reiß mir das Klebeband vom Mund, dann werd ich dir so einiges verklickern, dachte Embla.

Mit eiskaltem Blick kam Peter auf sie zu. Als er nur mehr zwei Schritte von ihr entfernt war, riss Embla die Knie hoch und trat ihm mit aller Kraft ins Gesicht. Sie hatte auf die Nase gezielt, und ihre Ferse erwischte sie perfekt von unten. Knirschend riss der Knorpel, und Peters Kopf wurde nach hinten geschleudert. Er stürzte, ohne sich abfangen zu können, mit dem Kopf gegen die Schreibtischkante. Ein leises Gurgeln war zu hören, als er zu Boden rutschte. Dann war es still. Blut schoss aus seinen Nasenlöchern.

Embla stellte sich auf Peters Bein, das jetzt direkt unter ihr lag, und versuchte, die Handfessel vom Dachstuhl loszuhaken. Die Fessel bestand aus einer dünnen Gardinenschnur, an der sogar noch die Troddel hing. Wahrscheinlich stammte sie aus seiner Geheimkammer. Da erst sah Embla auch den Flaschenzug im Dachstuhl. Mit dessen Hilfe hatte er sie vermutlich hochgezogen.

Emblas Füße und Zehen waren schon fast taub, und ihre Schultern taten höllisch weh, aber sie musste sich aus dem Staub machen, ehe er wieder zu sich kam. Hüpfend gelangte sie in die Diele und rutschte dann auf ihrem Po vorsichtig die Treppe hinunter. Unten richtete sie sich wieder auf und hüpfte weiter in die Küche. Hier musste es doch Messer geben … aber wo? Mit ihren gefesselten Händen zog sie eine Schublade nach der anderen auf und wurde schließlich neben dem Herd fündig. Nach mehreren missglückten Versuchen gelang es ihr endlich, ein Messer so zu packen, dass sie damit das Seil um ihre Knöchel zerschneiden konnte. Ihre Hände zitterten, und sie schnitt sich mehrmals in die Haut, aber schließlich hatte sie die Fessel durchtrennt. Sie riss sich mit verbundenen Händen das Klebeband vom Mund und schrie vor Schmerz auf. Dann nahm sie das Messer zwischen die Zähne und sägte an ihrer Handfessel. Die weichen Fasern gaben fast augenblicklich nach. Mit gezücktem Messer schwankte sie weiter in Richtung Waschküche.

Erleichtert stellte sie fest, dass dort immer noch ihre Stiefel standen. Ohne Kleider käme sie halbwegs zurecht, aber sie brauchte Schuhe an den Füßen, um wegrennen zu können. Und sie musste sich beeilen – er hatte schließlich Schusswaffen im Haus. Im Trockenschrank hingen ihre fast trockenen Kleider. Ihren Slip und BH konnte sie nirgends finden, und auch das Handy, das sie auf die Waschmaschine gelegt hatte, war verschwunden. Umständlich begann sie, sich anzukleiden. Ihre Jeans klebte klamm auf ihrer Haut, und sie hatte alle Mühe, sie überzustreifen. Auf das Top verzichtete sie. Den feuchten Fleecepulli überzustreifen war einfacher, obwohl es ihr kaum mehr gelingen wollte, die Arme zu heben. Der Schmerz in ihren Schultern fuhr wie glühendes Eisen durch Arme und Nacken. Im Hinterkopf dröhnte ein dumpfer Schmerz, den sie so gut es ging zu ignorieren versuchte. Jetzt galt es, den Vorsprung auszunutzen. Sie konnte ihre Strümpfe nirgends finden, also schob sie die nackten Füße in die Stiefel. Dann schlich sie zur Tür und horchte noch ein letztes Mal das Treppenhaus hinauf. Aus dem Obergeschoss waren Geräusche zu hören. Er kam also wieder zu sich. Die Haustür zu öffnen wagte sie nicht. Sie war ohnehin garantiert verriegelt. Aber wie sonst sollte sie entkommen?

Ihr Blick fiel auf das Fenster über dem Whirlpool. Einen Versuch war es wert. Sie hinkte darauf zu. Ein Haken und ein Schloss. Letzteres ließe sich zumindest mit Gewalt öffnen.

Als Erstes löste sie mithilfe des Messers die zwei Schrauben, mit denen das Schloss am Rahmen befestigt war, dann schob sie die Klinge darunter und hebelte es auf. Irgendwo im Haus schrillte ein Alarm los, und auf der Treppe näherten sich langsame Schritte. Mit zitternden Fingern legte sie den Hebel um und riss das Fenster auf. Draußen regnete und stürmte es immer noch mit unverminderter Stärke.

Embla stellte einen Fuß auf den Badewannenrand und zog dann das andere Bein nach. Obwohl das Fenster schmal war, gelang es ihr, sich hindurchzuschlängeln, nur um auf der anderen Seite in die Tiefe auf die nasse Erde zu stürzen. Sofort rappelte sie sich wieder auf. Sie wollte den hell erleuchteten Hof so schnell wie möglich hinter sich lassen und taumelte in Richtung Wald. Er würde schon bald feststellen, dass sie durch das Fenster im Fitnessraum entkommen war, und hoffentlich glauben, dass sie den Weg zur Straße eingeschlagen hätte. Doch den Wald kannte sie wie ihre Westentasche, dort würde sie sich sicherer fühlen. Dank ihres Orientierungssinns wusste sie genau, in welche Richtung sie gehen musste. Peters nächster Nachbar war Sixten Svensson.

Es waren nur noch wenige Meter bis zum Waldrand, als der erste Schuss fiel und ihr linker Oberarm zur Seite gerissen wurde. Noch während sie wie besinnungslos weiterrannte, bewegte sie vorsichtig den Arm. Die Kugel hatte sie bloß gestreift. Ein Glück, dass Peter kein besserer Schütze war. Doch sie wollte sich lieber nicht darauf verlassen, dass er sie auch ein zweites Mal verfehlen würde, und warf sich instinktiv zu Boden.

Dieses Mal hatte er tiefer gezielt, und Splitter stoben aus einem Baumstamm neben ihr. Hätte sie sich nicht auf die Erde geworfen, hätte er sie vermutlich im Kreuz erwischt. Jetzt würde er nachladen – und diese kurze Atempause musste sie nutzen. Das Boxen hatte sie gelehrt, Schmerzen einfach herunterzuschlucken. Mit letzter Kraft stürzte sie sich auf den nächststehenden Baum zu und warf sich dahinter. Ein dritter Schuss fiel, verfehlte sie und landete im Wald.

Jetzt standen ihre Chancen besser. Sie war zu allen Seiten von Bäumen umgeben. Wenn sie Pech hätte, besäße Peter ein Gewehr mit einem Nachtsichtaufsatz. Sie musste also in Deckung bleiben. Schnell voranzukommen hatte jetzt nicht mehr oberste Priorität – solange nur die Richtung stimmte und sie sich keine Blöße gab. Doch kaum hatte sie diesen Gedanken fertig gedacht, spürte sie, wie etwas Warmes ihren Arm hinabrann. Blut.

Im Zickzack rannte Embla zwischen den Bäumen auf Sixtens Hof zu. Er lag zu weit entfernt, als dass er die Schüsse hätte hören können. Außerdem war er vermutlich längst sturzbetrunken. Egal. Alles, was sie jetzt brauchte, war ein Festnetztelefon. Kein Handy. Und ein Gewehr konnte auch nicht schaden. Sowie sie daran dachte, fielen hinter ihr in rascher Folge zwei Schüsse. Wahrscheinlich schoss er auf gut Glück einfach zwischen die Bäume, denn mittlerweile musste sie außer Sichtweite gelangt sein. Aber auch ein blinder Schuss fand mitunter sein Ziel.

Sie hielt sich dort, wo die Vegetation am dichtesten war. Der Regen und die Dunkelheit taten ihr Übriges. Vergeblich versuchte sie, die Blutung zu stillen, indem sie ihre rechte Hand auf die Wunde presste. Sie spürte, wie das Blut weiter durch den Pullover sickerte.

Tief im Wald herrschte vollkommene Finsternis. Sie konnte ihre Hand fast nicht vor Augen sehen, es goss wie aus Kübeln, und der Boden war gefährlich rutschig. Ein gebrochenes Bein konnte sie im Augenblick wirklich nicht gebrauchen. Nasse Zweige schlugen ihr ins Gesicht, und sie fröstelte. Seltsamerweise spürte sie die Schussverletzung kaum, aber auch das taube Gefühl in ihren Füßen und Zehen war verschwunden, was ihr neue Kraft verlieh, sodass sie das letzte Stück zu Sixtens Hof beinahe im Handumdrehen zurücklegte.

An der Ecke des ehemaligen Stalles hing eine Lampe und erhellte den Vorplatz. Der Rest des Hofs lag im Dunkeln. War

Sixten nicht zu Hause? Schlimmstenfalls würde sie ein Fenster einschlagen müssen. Sie brauchte dringend ein Telefon. So leise wie nur möglich schlich sie auf die windschiefe Haustür zu und sah sich wachsam um. Nichts hatte sich verändert, überall immer noch derselbe Schrott – und als hätte sie es nicht zuvor gedacht, rutschte sie auf der schadhaften Zementtreppe aus und fiel hart mit dem Knie auf die Kante, merkte es aber kaum. Vorsichtig drückte sie die Klinke hinunter. Ihr Herz machte einen kleinen Sprung, als sich die Tür quietschend aufschieben ließ. Sie schlüpfte hinein und drückte die Tür hinter sich zu. Dann rief sie halblaut: »Sixten? Bist du hier? Ich bin's, Embla.«

Sie lauschte konzentriert und vernahm dann einen lauten Schnarcher aus dem Wohnzimmer. Auf Zehenspitzen schlich sie durch die Diele, spähte in die Dunkelheit, ging vorsichtig weiter ins Wohnzimmer und trat ans Sofa.

»Sixten, ich bin's, Embla. Ich mach jetzt Licht.«

Bei ihrem letzten Besuch hatte zwischen einem der Sessel und der Couch eine Stehlampe gestanden. Sie orientierte sich an Sixtens Schnarchen und tastete sich bis zu der Lampe vor. Erst nach einer Weile fand sie den Schalter. Als das Licht anging, schreckte ihr unfreiwilliger Gastgeber auf.

»Was soll das, verdammt! Wer …«

Verwirrt und schwerfällig setzte er sich auf. Die Anstrengung löste einen Hustenanfall aus, den Embla ungeduldig abwartete. Immerhin trug Sixten inzwischen ein Flanellhemd und eine alte Hose. Unverändert waren allerdings die löchrigen Wollsocken, das ungewaschene Haar und die Tabakkrümel in den Bartstoppeln.

»Ich bin's nur, Embla. Ich bin angeschossen worden und muss dringend telefonieren …«

Sixten hustete erneut und räusperte sich dann.

»Angeschossen? Wer zum Teufel hat …«

»Peter. Peter Hansson.«

»Hansson! Na, das wundert mich nicht!«

Mit einem Mal war Sixten hellwach und wirkte fast schon nüchtern.

»Wo ist dein Telefon?«

»In der Küche. An der Wand.«

Mit zitternden Händen rieb Sixten sich die Augen und sah dann Embla an.

»Wie du aussiehst … Du blutest! Dieses Schwein!«, rief er.

Doch Embla war bereits auf halbem Weg zur Küche. Sie machte auch dort Licht und sah sich nach dem Telefon um. Es hing direkt neben der Tür. Mit klammen Fingern wählte sie Görans Handynummer. Nach mehrmaligem Klingeln hörte sie endlich seine vertraute Stimme.

»Kommissar Göran Krantz.«

Als wäre eine Schleuse geöffnet worden, sprudelte es nur so aus ihr heraus: »Peter Hansson … Er hat mich angeschossen! Er ist verrückt! Und bewaffnet! Er hat Forsnaess umgebracht – er hat es zugegeben! Er hat unsere Handys gehackt. Er kann unsere Gespräche mitanhören und unsere SMS lesen! Er hat Ola Forsnaess' Porsche ferngesteuert … einen Computer, den er gehackt hat und …«

»Embla! Immer mit der Ruhe. Wo steckst du gerade?«

»Bei Sixten Svensson. Ich … Peter hat versucht, Informationen aus mir herauszuprügeln. Ich konnte ihm entwischen, aber er hat auf mich geschossen. Es war nur ein Streifschuss, aber ich blute …«

»Ich rufe Verstärkung und einen Krankenwagen. Schließ ab, falls er dich verfolgt.«

Als sie sich umdrehte, stand Sixten in seiner Jagdweste direkt hinter ihr. Der Blick aus seinen kleinen, blutunterlaufenen Augen war hellwach. Er war immer noch nicht wieder nüchtern, aber doch alles andere als betrunken. In der Hand hielt er ein gestärktes Leinenhandtuch, das beim Auffalten regelrecht knackte und nach Lavendel und Mottenkugeln roch. Wortlos wickelte er es um Emblas verletzten Oberarm und befestigte es dann mit ein paar Sicherheitsnadeln.

»Komm«, sagte er und führte sie ins Arbeitszimmer, machte das Deckenlicht an, trat ans Bücherregal und tastete ungelenk über die Seite, bis ein Knacken ertönte und das Regal zur Seite schwang.

»Eine Geheimtür!«, rief Embla erstaunt.

»Die hat mein Vater eingebaut. Wegen der Waffen. Er hat ja auch gejagt – wir hatten davon also eine ganze Menge. Später hab ich mir dann den vorgeschriebenen Waffenschrank angeschafft.«

Stolz wies er auf den großen Stahlschrank mit dem Zahlenschloss an der Tür. Embla war sichtlich beeindruckt. Er drehte ein paarmal das Rädchen hin und her, bis die Tür geräuschlos aufsprang. Der Schrank enthielt acht Gewehre, zwei Pistolen sowie mehrere Schachteln Munition.

»Nicht schlecht!«

»Eben! Wir sind bestens gerüstet. Nimm das hier, falls er kommen sollte.« Sixten beugte sich vor und schnappte sich selbst eine Sako 6.5 mit aufgesetztem Zielfernrohr – das gleiche Gewehr, das Embla für gewöhnlich benutzte.

»Nachtsicht«, sagte Sixten und zwinkerte ihr zu.

»Super! Und du?«

»Ich nehme mein Remington, ebenfalls mit Nachtsichtgerät.«

Mit finsterem Gesichtsausdruck montierte er das Zielfernrohr auf dem Gewehr und nahm dann zwei Patronenschachteln aus dem Schrank. Die eine reichte er Embla und schob die andere in seine Westentasche. Schweigend luden sie ihre Gewehre.

»Wir gehen besser hoch ins Obergeschoss. Du bewachst die Rückseite und ich die Vorderseite. Und jetzt schalten wir das Licht aus.«

Von dem übellaunigen Alten war ihm nicht mehr das Geringste anzumerken. Erhobenen Hauptes marschierte er hinüber zum Lichtschalter.

Erst als das Fenster zersplitterte und Sixten nach vorne kippte, hörte sie den Schuss. Noch während Sixten fiel, streifte seine ausgestreckte Hand den Lichtschalter, und die Lampe ging aus. Embla ließ sich auf die Knie fallen und kroch zum Fenster. Ohne den Kopf über die Fensterbank zu heben, schoss sie hinaus. Peter erwiderte das Feuer. Seine Kugel landete im Fensterrahmen. Der schlechte Schuss ließ Hoffnung in ihr aufkeimen, dass er nicht über ein Nachtsichtgerät verfügte. Vielleicht benutzte er ja gar kein Zielfernrohr. Behände stemmte sie sich auf und nahm die Lampe an der Scheune ins Visier. Ein Schuss – und draußen war es schlagartig stockdunkel. Blitzschnell ließ sie sich wieder fallen. Erneut fiel draußen ein Schuss, und die Kugel schlug oben in der Wand ein. Der nächste Schuss zertrümmerte die Deckenlampe.

Embla robbte auf Sixten zu. Die Schussverletzung am linken Schulterblatt blutete stark, und er stöhnte leise, ehe er ohnmächtig wurde. Er war alt und körperlich nicht in der allerbesten Verfassung. Es bestand durchaus die Gefahr, dass er zu Peters nächstem Opfer würde.

Die Kälte, die sich in ihr ausbreitete und ihre Gedanken schlagartig aufklaren ließ, war ihr nur allzu gut vertraut. Jetzt würde die Jagd beginnen.

In der Küche brannte immer noch die Deckenlampe. Unter keinen Umständen durfte Peter sie durch irgendein Fenster hindurch erkennen. Auf allen vieren kroch sie über den schmutzigen Fußboden. Erst in der Diele richtete sie sich im Schutz der

Dunkelheit wieder auf und schlich hinüber zur Treppe ins Obergeschoss. Plötzlich stieß ihr Fuß gegen etwas Weiches, und hastig zog sie ihn zurück. Ein wütendes Fauchen, ihr Herz blieb beinahe stehen, dann huschte die Katze einem Schatten gleich die Treppe hinauf. Embla atmete ein paarmal tief durch, um ihren Puls wieder zu beruhigen, dann folgte sie ihr ins Obergeschoss. Sie wollte sich so schnell wie möglich am Fenster über dem Arbeitszimmer postieren. Das Zimmer musste gleich rechts neben der Treppe liegen.

Behutsam schloss sie die Tür, damit kein Licht in den Raum dringen konnte.

Es stank nach ungewaschener Bettwäsche. Sie stieß mit ihrem verletzten Knie gegen das Bettgestell und fluchte halblaut, dann trat sie ans Fenster, vor dem eine alte Tüllgardine hing, was ihr nur recht war. Durch das Zielfernrohr betrachtete sie die Stelle, wo sie Peter vermutete, und entsicherte vorsichtig mit dem Daumen ihr Gewehr. Sie achtete darauf, die Tüllgardine dabei nicht zu berühren, damit nicht die geringste Bewegung seine Aufmerksamkeit weckte.

Langsam suchte sie den gesamten Vorplatz mit dem Zielfernrohr ab. Nach ein paar Sekunden hatte sie ihn im Fadenkreuz. Er kauerte hinter dem alten Traktor.

Obwohl er sich auf dem Schießplatz ganz gewiss bewährt hatte und unter optimalen Verhältnissen sein Ziel zu treffen vermochte, stellten sowohl die Dunkelheit als auch die Distanz für einen ungeübten Schützen wie ihn ein gewisses Handicap dar. Um überhaupt etwas zu treffen, musste er dichter an das Haus herankommen. Momentan presste er sich allerdings gegen den Traktor und gab sich keine Blöße. Hin und wieder spähte er vorsichtig hinter dem Hinterrad hervor. Doch Embla konnte warten – das war eine ihrer Stärken als Jägerin. Die eisige Kälte war immer noch nicht gewichen. Sie wusste genau, was sie zu tun hatte. Peter hatte zwei, wenn nicht drei Männer ermordet – vielleicht sogar, falls Sixten nicht überleben würde, vier. Und auch sie selbst hatte er ins Visier genommen. Dieser Mann war ein Serienmörder.

Im phosphorgrünen Sucher ihres Zielfernrohrs sah sie, wie Peter sich mit einem Küchentuch das Blut wegwischte, das ihm immer noch aus der Nase tropfte. Zum Schutz vor dem Regen trug er eine Schirmmütze. Sein Blick suchte nach ihr und streifte gelegentlich das Fenster, hinter dem sie sich verbarg, aber sie regte sich nicht.

Urplötzlich sprang er auf und rannte gebückt auf das Haus zu, drehte dann ab und sprintete die Scheunenwand entlang. Vielleicht hoffte er ja, dass sie ihn im Dunkeln nicht würde sehen können, doch sie folgte seinen Bewegungen mit dem Fadenkreuz. Als er kurz innehielt, um im Schutz der Scheunenwand zum Haus hinaufzuspähen, schoss sie.

Scherben prasselten auf sie heran – doch sie hatte ihn in die rechte Schulter getroffen. Die Wucht des Projektils schleuderte ihn nach hinten. Das Gewehr fiel ihm aus der Hand, und er blieb reglos vor dem Granitsockel der Scheune liegen.

Blitzschnell eilte sie die Treppe hinunter und schaltete die Außenlampe an der Giebelseite des Haupthauses ein. Sicherheitshalber warf sie noch einen Blick durch das Zielfernrohr, doch Peter hatte sich nicht vom Fleck bewegt. Der Lichtkegel der Fassadenlampe reichte nicht sonderlich weit, half ihr zwar, sich zu orientieren, trotzdem fiel es ihr schwer, den morastigen Hofplatz zu überqueren, ohne auszurutschen.

Als sie bei Peter ankam, erkannte sie sofort, dass er bewusstlos war. Blut schäumte ihm aus der Nase, und er atmete gurgelnd. Aus seiner Schulterwunde lief Blut und vermischte sich mit dem lehmigen Wasser der Pfütze unter ihm. Sein Kopf lehnte am Fundament der Scheune. Offensichtlich war er bei seinem Sturz daraufgekracht.

Die erhöhte Lage erleichterte es ihm ein wenig, durch die gebrochene Nase zu atmen. Embla beugte sich vor und klaubte sein lehmiges Gewehr auf. Nicht das geringste Mitgefühl regte sich in ihr. In ihrem Inneren war bloß kalte, seltsam kristallklare Leere.

Scheiße, warum hast du den Hund erschossen?

Weil er mich darum gebeten hat.

Mit zitternden Knien, aber ohne in den lehmigen Pfützen auszurutschen, stapfte sie zum Haus zurück.

In der Diele schloss sie die Tür hinter sich ab, entlud ihre Waffe und stellte sie in die Ecke. Dann ging sie durch die Küche ins Arbeitszimmer, schaltete dort die Schreibtischlampe ein und kniete sich neben Sixten. Er stöhnte leise, war aber immer noch bewusstlos.

Ihr fielen die Baumwollhandschuhe ein, die sie in seinem Waffenschrank gesehen hatte. Schnell streifte sie sie über. Dann nahm sie einen Lumpen aus dem Waffenschrank. Geschickt schraubte sie das Nachtsichtgerät von ihrem geliehenen Gewehr, wischte es sorgfältig mit dem Lappen ab und stellte es dann in den Waffenschrank zurück. Anschließend nahm sie ein normales Swarovski-Zielfernrohr hervor und befestigte es auf dem Gewehr, das sie benutzt hatte. Jetzt hatte sie nichts mehr zu befürchten. Die Ermittler würden ihren Schuss auf Peters Schulter als Zufallstreffer werten. Ein Nachtsichtgerät hätte etliche Fragen aufgeworfen, da sie als geübte Schützin bekannt war.

Dann ging Embla in die Küche und wischte mit den Baumwollhandschuhen und dem Lappen über die schmutzige Spüle. Als alles richtig dreckig war, lief sie in den Keller und warf Handschuhe und Lappen in eine Ecke. Es würde eine Weile dauern, bis man die Gegenstände in Sixtens allgemeinem Durcheinander entdecken würde.

Anschließend kehrte sie wieder in die Diele zurück und nahm einen grauen Regenmantel vom Haken. An der Tür zog sie ihre Stiefel aus, stieg in ein Paar alte Gummistiefel und begab sich wieder hinaus in den Regen. Die Stiefel blieben in der lehmigen Erde stecken; nur widerwillig und mit einem ekelhaften Schmatzen löste sich jeder Schritt – genau wie in ihrem Traum von Lollo. Nur war dies hier ein echter Albtraum, aus dem es kein Erwachen zu geben schien.

Peter lag nach wie vor auf dem Rücken und atmete gurgelnd durch Mund und Nase. Sie konnte im Augenblick nicht mehr tun, als ihn mit Sixtens Regenmantel zuzudecken. Dann lief sie zum Haus zurück, streifte die Gummistiefel von den Füßen, zog ihre eigenen Stiefel wieder an und kehrte ins Arbeitszimmer zu Sixten zurück.

Er hatte augenscheinlich viel Blut verloren und atmete nur mehr flach. Sie nahm seine Hand und sprach beruhigend auf ihn ein. Vermutlich redete sie nur Unsinn. Später würde sie sich an keines ihrer Worte mehr erinnern können.

Sie hörte Stimmen. »Die Kanüle ... gewisse Routinen für Vergewaltigungsopfer ... Stehen Sie die gynäkologische Untersuchung durch? Wir müssen Spuren sichern, das verstehen Sie doch? Jetzt messe ich noch rasch Blutdruck und Puls.«

Während weiter beschwichtigend auf sie eingeredet wurde, empfand sie nur Gleichgültigkeit und nickte oder schüttelte leicht den Kopf, wann immer sie das Gefühl hatte, dass irgendwas von ihr erwartet würde.

Hin und wieder glaubte sie, unter der Decke zu schweben und von irgendeinem Punkt hoch oben von der Zimmerecke aus auf die Menschen in diesem Raum hinabzublicken. Mit einer unerklärlichen Distanz sah sie mit an, wie ihr Körper mit Kanülen und Sonden gespickt wurde, doch es war ihr egal. Sie selbst war nicht mehr anwesend.

Ihre körperlichen Verletzungen würden sie nicht umbringen. Der Streifschuss am Arm war mit wenigen Stichen genäht worden. Die durch die Fesseln verursachten Wunden und auch die Verletzungen, die sie sich auf der Flucht durch den Wald zugezogen hatte, waren gesäubert und verbunden worden. Regelmäßig wurde kontrolliert, ob sie noch bei Bewusstsein war. Die Beule an ihrem Hinterkopf war beunruhigend groß. Dem allgemeinen Gemurmel entnahm sie, dass sie eine leichte Gehirnerschütterung hatte. Jetzt bekomme ich professionelle Pflege, dachte sie ohne Dankbarkeit. Nur die Kälte in ihrem Inneren wollte einfach nicht weichen. Zwischen ihr und den Menschen um sie herum stand eine dünne Wand aus Eis, die sie von allen Seiten umschloss. Sie war in einen Eiswürfel gesperrt, aus dem sie sich nicht selbst befreien konnte. Wenn sie das überhaupt wollte. Denn in diesem Würfel, der keine Gefühle einließ, ging es ihr gut.

Spätnachts wurde sie auf eine andere Station verlegt. Eine Schwester gab ihr eine Spritze, damit sie schlafen konnte. Es war wunderbar, in das Vergessen abzutauchen, ins Nichts davonzuschweben.

Nach der Morgenvisite erschien ein Psychologe, um sich mit ihr zu unterhalten. Embla beteuerte, dass es ihr bereits viel besser ginge und dass sie alsbald mit der Polizeipsychologin sprechen würde. Bis dahin käme sie allein zurecht. Natürlich würde sie sich nach der Entlassung aus dem Krankenhaus noch eine Weile krankschreiben lassen. Beruhigt ging der Psychologe seiner Wege.

Am Nachmittag holte Göran Krantz sie ab. Seine Augen schimmerten feucht, als er Embla vorsichtig umarmte. Aber nicht einmal da schmolz das Eis in ihrem Inneren. Als er sie prüfend ansah, versuchte sie zu lächeln und eine halbwegs unbekümmerte Miene aufzusetzen. Obwohl sie ihm nichts vormachen konnte, sagte er nichts.

Als sie schließlich im Auto saßen, erzählte er ihr, Sixtens Zustand sei weiterhin ernst, aber stabil. Außerdem wusste er zu berichten, dass es der kleinen Greta gut ging und sie inzwischen aus dem Krankenhaus entlassen worden war.

Peter hingegen war in deutlich schlechterer Verfassung. Kurz bevor der Rettungswagen die Notaufnahme erreicht hatte, hatte er infolge der großen Blutmenge in seiner Lunge kurzzeitig einen Atemstillstand gehabt. Durch die Schussverletzung und die gebrochene Nase hatte er zudem viel Blut verloren, und zu allem

Überfluss hatte er, nachdem er mit dem Hinterkopf erst gegen die Tischkante und dann auf den Granitsockel gekracht war, auch noch eine Gehirnblutung erlitten, sodass er sofort hatte operiert werden müssen. Die Prognose war mehr als vage. Er war bereits vor der OP in sehr kritischer Verfassung gewesen.

Doch diese Information berührte Embla nicht im Mindesten. Zwischen den Eiskristallen regte sich nichts.

Im Lauf der folgenden Tage wurde Embla von verschiedenen Kollegen befragt. Vereinzelt log sie, versuchte aber, sich im Großen und Ganzen an die Wahrheit zu halten.

Nie im Leben hätte sie zugegeben, dass sie den Sex mit Peter genossen hatte.

Ihrer Aussage zufolge hatte er sie vergewaltigt und misshandelt. Diese Lüge würde sie niemals zurücknehmen. Ihre Aussage würde im Zweifel gegen die eines Mörders stehen, und da würde ihm wohl niemand Glauben schenken.

Nachdem aber etliche Leute ohnehin schon davon wussten, räumte sie freimütig ein, seit Beginn der Jagd mit Peter geflirtet zu haben. Daher hätte sie sich auch über seine Einladung zum Abendessen gefreut. Allerdings, unterstrich sie, hätte sie sich in erster Linie Klarheit darüber verschaffen wollen, was er über das Verschwinden seiner Schwester zu sagen wusste und ob er sie je wiedergesehen hatte. Sie gab jedoch auch zu, dass sie einem Date nicht abgeneigt gewesen war.

Sie erzählte von ihrem leeren Tank und den darauffolgenden Ereignissen. Ihre Verletzungen und der Bericht der Spurensicherung untermauerten ihre Schilderung. Beide Teebecher hatten immer noch neben dem Whirlpool gestanden. In dem roten hatte die Kriminaltechnik Rückstände von Rohypnol nachweisen können.

Die zweite Lüge betraf den Schuss auf Peter. Sie hätte die Lampe an der Scheune zerschossen, um dafür zu sorgen, dass es draußen vollkommen dunkel wäre. Sixten hätte verletzt am Boden gelegen, und sie hätte sich kaum getraut, sich ihm zu nähern, weil Peter unablässig durch das Fenster des Arbeitszimmers geschossen hätte. Um sich einen Überblick zu verschaffen, wäre sie irgendwann ins Obergeschoss geschlichen, hätte trotz Dunkelheit und Regen eine Bewegung durch das Visier wahrgenommen und einfach abgedrückt. Natürlich hätte sie intuitiv auf seine Beine gezielt und ihn nur aus Versehen weiter oben getroffen.

Auch die Gespräche mit der Polizeipsychologin stellten eine Gratwanderung dar. Mit tränenerstickter Stimme erzählte sie, wie Peter mit ihr geflirtet und wie er sie hinters Licht geführt hatte. Rückblickend verstünde sie natürlich, dass er sie nur hatte aushorchen wollen. Die Psychologin tröstete sie, als es ihr gelang, ein paar geheuchelte Tränen zu verdrücken, wozu sie allerdings ihr gesamtes schauspielerisches Talent aufbieten musste.

Auch Verwandten und Freunden spielte sie etwas vor. Man lud sie zu Abendessen ein, brachte ihr Geschenke und Blumen, schickte SMS und E-Mails und demonstrierte einhellig, wie sehr man sie liebte und sich um sie sorgte, und jedes Mal schluchzte Embla dankbar, genau wie es von ihr erwartet wurde.

Sie spielte mit.

Aber in ihrem Inneren herrschten weiterhin Grabesstille, Eiseskälte und Finsternis. Als wäre ihr Herz von einem Panzer aus Eis umschlossen – von Permafrost, auf den niemals ein Frühling folgte.

Embla war eine Woche lang krankgeschrieben. Im Anschluss daran wurde sie für die Dauer der Ermittlungen in den Innendienst versetzt, doch Hampus und Göran hielten sie auf dem Laufenden. Von ihnen hatte Embla auch erfahren, dass die rote Tasse Rohypnol enthalten hatte.

Doch nicht nur Embla war betäubt worden. In Frippes Blutprobe war Glykol nachgewiesen worden, das wegen des süßen Geschmacks von Hunden meist ohne Wenn und Aber verschlungen wurde. Es grenzte an ein Wunder, dass das Tier den Verzehr ohne bleibende Schäden überstanden hatte. Die Ermittler nahmen an, dass Peter dem Hund in der Mittagspause am Grillplatz eine vergiftete Wurst zugeworfen hatte, weil er nicht hatte einschätzen können, ob Frippe über Nacht bei den Jägern bleiben würde. Um sicherzustellen, dass das Tier ihm nicht in die Quere kam, hatte er für sein Verschwinden gesorgt.

Peters Geheimkammer schließlich hatte Gegenstände aus seinem Elternhaus enthalten. Man musste kein Psychologe sein, um zu verstehen, dass er dort die Trümmer seiner traumatischen Kindheit aufbewahrt hatte.

Die Frau in Weiß, so hatte sich herausgestellt, war eine mit einem Luciahemd bekleidete aufblasbare Sexpuppe mit blonder Langhaarperücke. Damit sie im entscheidenden Moment nicht umfiel, hatte Peter ein Aluminiumgestell unter das Luciahemd geschoben, das den runden Abdruck in der nassen Erde beim Pinkelplatz hinterlassen hatte. Mithilfe dieses Gestells hatte Peter die

Puppe auch mühelos mit sich herumtragen können. Dank eines im Dunkeln kaum sichtbaren schwarzen Trainingsanzugs, den die Ermittler an einem Bügel neben der Luciapuppe sichergestellt hatten, war allen augenscheinlich bloß die Frau in Weiß erschienen.

In der Geheimkammer fanden die Ermittler überdies ein Album mit einem Foto von Camilla aus dem Jahr vor ihrem Verschwinden. Mit einem Kerzenkranz im Haar stand sie an der Spitze einer Luciaprozession auf der Bühne ihrer Schulaula. Ihre Augen strahlten, und ihr langes Haar schimmerte silbrig. Eine wahre Schönheit, die mit ihren hohen Wangenknochen, dem strahlenden Lächeln und den blauen Augen Peter auffallend ähnlich sah.

In der Nacht auf Allerheiligen starb er. Eine Lungenentzündung war in eine Blutvergiftung übergegangen. Selbst Antibiotika hatten gegen die schwere Infektion nichts mehr ausrichten können. Zu guter Letzt wurde er für tot erklärt und das Beatmungsgerät abgeschaltet.

Der zuständige Oberarzt erkundigte sich bei Göran Krantz nach Angehörigen. Kein Verwandter oder Freund hatte Peter im Krankenhaus besucht, und niemand wusste, wen man nun verständigen sollte. Göran musste einräumen, dass die Nachforschungen der Polizei in keiner Hinsicht irgendetwas ergeben hatten. Es gab weder Cousinen noch Cousins, da Peters Eltern Einzelkinder gewesen waren.

Embla hatte eine gescheiterte Beziehung erwähnt, von der Peter ihr mal erzählt hatte, doch Göran, der Peters Meldedaten der vergangenen fünfzehn Jahre überprüft hatte, war nirgends auf den Namen weiterer Personen gestoßen.

Was für ein einsamer Mensch er gewesen sein muss, dachte Göran, gab diese Erkenntnis aber nicht an Embla weiter. Sie hatte genug mit ihren eigenen Problemen zu schaffen.

Die Untersuchung des Schusses, den Embla auf Peter abgefeuert hatte, ergab, dass es sich um einen unglücklichen Zufallstreffer gehandelt hatte und dass die Schussverletzung letztlich nicht als Todesursache gewertet werden konnte. Embla wurde von jedem diesbezüglichen Verdacht freigesprochen.

Auf eigenen Wunsch erschien sie für eine letzte Unterredung bei der Polizeipsychologin, die sie dazu aufforderte, bei Bedarf jederzeit wieder bei ihr vorzusprechen. Embla nickte und bedankte sich artig, wusste aber insgeheim, dass es dazu nie kommen würde. Sie hatte der Ärmsten bereits genügend Lügen aufgetischt.

Tags darauf trat sie ihren normalen Dienst bei der MEB an. Alles war geklärt. Es war vorbei.

Ein paar Tage später machte Göran bei der Untersuchung von Peters Computer eine merkwürdige Entdeckung. Eine unverschlüsselte Datei mit dem Namen »Der Junge, der alles sah« schien eine Erzählung oder möglicherweise die Vorarbeiten zu einem Buch zu enthalten. Der Erzähler, ein namenloser Achtjähriger, war zweifelsohne Peter selbst. Embla las den Text mit zunehmender Beklemmung.

Anschließend musste sie ein paarmal schwer schlucken. Da sie ihrer Stimme nicht traute, schwieg sie erst einmal.

Nachdenklich starrte Göran auf den Bildschirm.

»Seltsam, dass er die Datei nicht passwortgeschützt hat.«

»Vielleicht wollte er ja, dass sie irgendwann gelesen würde. Als Rechtfertigung – oder als Hilferuf«, meinte Hampus.

Weil er mich darum gebeten hat.

Embla räusperte sich und sagte dann: »Dann ist euch wohl inzwischen klar, wo Camilla begraben liegt.«

Gemeinsam mit zwei Kriminaltechnikern krochen Hampus und Embla mit Taschenlampe und Lupe über den Boden der Schlachthütte. Als Erstes untersuchten sie die Ecken, und nach einer Weile rief ein Techniker: »Hier drüben!«

Sie folgten seinem Ruf. Die Schrauben in den Bodenbrettern wiesen frische Schraubenzieherspuren auf und glänzten im hellen Schein der Taschenlampen. Nach einer Weile hatten sie eine Fläche von ungefähr anderthalb auf zwei Meter eingegrenzt. Mithilfe eines Akkuschraubers entfernten sie die Schrauben und hoben dann die Bretter an. Die Erde darunter war ganz offensichtlich erst kürzlich bewegt worden. Embla und Hampus legten eine Pause ein, während die Techniker Fotos machten, dann begannen sie vorsichtig zu graben.

Die Leichen lagen in einer Tiefe von anderthalb Metern in einem Doppelgrab.

Die Untersuchung durch den Rechtsmediziner ergab, dass von Beehn lebendig begraben worden war. In seinen Atemwegen fand sich eine große Menge erdigen Staubs. Seine Hände waren auf dem Rücken mit Kabelbinder gefesselt worden, und über seinem Mund klebte ein breites Klebeband. Neben ihm lag sein ungeladenes Gewehr. Die Munition befand sich unter der Leiche.

»Die Bodenbretter der neuen Schlachthütte waren im Gegensatz zur alten Bauweise nicht festgenagelt, sondern verschraubt. Peter konnte sie also im Handumdrehen entfernen. Dank der

Erzählung aus seinem Computer wissen wir jetzt auch, wie er Camillas Grab entdeckte. Urplötzlich hatte er sich wieder an eine Beobachtung erinnert, die er als Achtjähriger mit einem Fernrohr gemacht und die ihm als Erwachsener irgendwann gewisse Schlussfolgerungen ermöglicht hatte. Wahrscheinlich hat er die Schlachthütte noch vor der Jagdsaison aufgesucht. Als Mitglied der Jagdgesellschaft besaß er einen Schlüssel. Dann suchte er systematisch den Boden ab, bis er das Grab seiner Schwester fand. Er erweiterte die Grube – und schraubte die Bodenplanken anschließend wieder fest«, sagte Göran.

»Von Beehn wurde also mit vorgehaltener Waffe in die Schlachthütte genötigt, bekam einen Schlag auf den Kopf und wurde auf das alte Skelett in die Grube geworfen«, fasste Hampus zusammen.

»Das ist wohl das wahrscheinlichste Szenario. Oder aber Peter versetzte ihm bereits oben beim Jagdschloss einen Schlag auf den Hinterkopf, und er kam später noch mal kurz zu sich.«

Lebendig begraben. Ein unerträglicher Gedanke, der allen dreien gleichermaßen zu schaffen machte.

»Und Camilla? Wie ist sie gestorben?«, fragte Embla.

»Laut Rechtsmediziner war das Zungenbein gebrochen. Sie wurde höchstwahrscheinlich erdrosselt. Des Weiteren wies eins der Jochbeine eine Fraktur auf. Außerdem trug sie Handschellen – echte Polizeihandschellen.«

»Ola Forsnaess«, murmelten Hampus und Embla gleichzeitig.

»In Anbetracht seiner sexuellen Neigungen wäre das naheliegend.«

Angewidert verzog Hampus das Gesicht.

»Und die anderen Musketiere haben ihm dabei geholfen, sein Verbrechen zu verschleiern. Einer für alle, alle für einen.«

»Genau. Übrigens lag eine Silberkette mit einem großen M um ihren Hals.«

»Du hattest also recht«, meinte Embla.

»Ja. Milla … Ich habe mittlerweile übrigens herausgefunden, dass Peter Hansson fünfzehn Jahre lang Mitglied der Göteborger Herpetologischen Vereinigung war.«

Das Bild eine großen braunen und einer kleineren schwarzen Schlange blitzte vor Emblas Augen auf.

»Mit Schlangen kannte er sich also aus. Die Kreuzotter im Klohäuschen – *ich* war es, die er vertreiben wollte. Er hatte geplant, zwei Männer zu ermorden, und wollte dabei möglichst keine Polizistin in der Nähe haben. Am Abend, bevor Karin von der Schlange gebissen wurde, waren Peter und ich mit den Hunden draußen spazieren. Er bot mir an, auf die Hunde aufzupassen, falls ich aufs Klo müsste, was aber nicht nötig war. Und an diesem Abend hockten Karin und ich uns einfach hinter ein paar Büsche. Es war reiner Zufall, dass Karin am nächsten Morgen als Erste aufs Klo ging. Es hätte genauso gut mich erwischen können, worauf Peter sicher gehofft hatte. Als der Plan nicht funktionierte, versuchte er es stattdessen mit dem Fangeisen. Nur ging ihm da lediglich ein Fuchs in die Falle.«

Und nachdem all das missglückt war, hat er es mit einer Charmeoffensive versucht, und ich bin ihm schnurstracks auf den Leim gegangen, dachte Embla.

Nur mit Mühe konnte sie verbergen, wie übel ihr bei diesem Gedanken war.

Vollkommen erschöpft betrat sie an diesem Abend ihre Wohnung in Kålltorp. Sie hatte nicht einmal mehr die Kraft, die Post vom Fußboden aufzuheben, sondern schob sie einfach nur mit dem Fuß beiseite, ging direkt in die Küche und schaltete den Wasserkocher ein. Mit der Hand – ganz ohne Hightech. Ihr Zuhause war nun mal kein Smart Home und würde es auch niemals werden. Embla nahm die Teekanne aus dem Schrank und gab einige Löffel Bio-Darjeeling in ein Teesieb. Während das Wasser aufkochte, ging sie ins Wohnzimmer und zündete die Kerzen auf dem Couchtisch an. Als der Tee gezogen hatte, nahm sie die Kanne in die eine und einen Becher in die andere Hand. Quer über den Becher hatte sie ein Knäckebrot mit Käse gelegt, das sie nun konzentriert ins Wohnzimmer balancierte, wo sie sich auf das Sofa fallen ließ.

Als sie die Hand nach der Teekanne ausstreckte, sah sie zu ihrer Verwunderung, dass ihre Hand unkontrolliert zitterte. Nur Augenblicke später brach sie unvermittelt in Tränen aus. Sie rollte sich auf dem Sofa zusammen und schluchzte hemmungslos.

Das Eis in ihrem Inneren zerbrach und hinterließ ein schwarzes Loch. Ein Vakuum. Ein leeres Nichts. Rettungslos wurde sie mitsamt ihrer Albträume und all der Stimmen in ein schwarzes Loch gesogen.

Peter. Sein Saphirblick. Ich habe ihn getötet. Das Nachtsichtgerät. Blut. Blut … Hunde werden erschossen. Peter war ein Mörder. Er hat mich betrogen. Ich Idiotin. Ich Lügnerin. Lollo. Niemand darf etwas erfahren. Niemand!

Sie verlor jedes Gefühl für Zeit und Raum und weinte so sehr, dass sie glaubte, in Stücke zu reißen.

Erst in den frühen Morgenstunden schlief sie vor Erschöpfung ein.

Benommen und mit einem Gefühl leichter Übelkeit wankte sie zum Badezimmer. Der Anblick, der sich ihr im Spiegel bot, schockierte sie zutiefst. Ihr Gesicht war grotesk angeschwollen. So konnte sie nicht unter Leute gehen. Sie meldete sich erkältungsbedingt krank. Dann nahm sie zwei Tüten Tiefkühlgemüse aus dem Gefrierschrank und legte sie sich aufs Gesicht, damit die Schwellungen abklangen.

Ein Tag Pause genügte. Abgesehen davon, dass sie erneut den immer gleichen Albtraum gehabt hatte, war schließlich alles wieder beim Alten. Der Traum war letztlich mit den Erinnerungsbildern aus der Wohnung des toten Hundebesitzers verschmolzen. Wie immer hatte sie auf den Hund gezielt und ihn erlöst, doch diesmal hatte sie Peter in der Blutlache vor sich liegen gesehen.

Scheiße, warum hast du den Hund erschossen?

Weil er mich darum gebeten hat.

Sixtens Zustand war tagelang kritisch, dann aber ging es allmählich wieder bergauf mit ihm. Nachdem die linke Schulter zertrümmert worden war, würde er den Arm nie mehr richtig bewegen können. Eine Rückkehr in sein altes Leben war also undenkbar. Zum Erstaunen aller Bekannten willigte er sofort ein, in ein Altenheim zu ziehen, wo er sich überraschend schnell einlebte. Das Essen schmeckte ihm, und das freundliche Personal half ihm bei allem, was er infolge seiner Verletzung nicht mehr alleine zu bewältigen vermochte. Außerdem kannte Sixten die meisten Bewohner von früher und durfte sich zum Abendessen hin und wieder ein Glas Wein oder ein Bier genehmigen. Er war also vollauf zufrieden.

Die rätselhafte Rückkehr des Nachtsichtgeräts in seinen Waffenschrank erwähnte er mit keinem Wort. Embla hoffte, dass er es irgendwann vollends vergessen würde.

In der Woche vor Weihnachten fand sie im Internet ein Iron-

Maiden-T-Shirt mit einem Totenkopfaufdruck, wie es sich Elliot im Herbst gewünscht hatte – ein paar Nummern zu groß, aber immer noch besser als zu klein.

Am selben Tag, als das Päckchen mit dem T-Shirt bei ihr eintraf, kam noch mehr Post. Erstaunt stellte sie fest, dass es sich bei dem Absender um Sixten Svensson handelte. Sie hatte noch nie davon gehört, dass er irgendjemandem etwas zu Weihnachten geschenkt hätte.

Es handelte sich um ein längliches, verhältnismäßig schweres, aber nicht sonderlich großes Päckchen.

Es enthielt – bruchsicher verpackt – ein Nachtsichtgerät.

Epilog

Der Junge, der alles sah

Laute Stimmen aus dem Untergeschoss weckten ihn. Zwecklos, wieder einschlafen zu wollen. Außerdem zu gefährlich. Papa hatte am Vorabend viel getrunken. Der Junge wusste, was dann in der Regel folgte.

Er sprang aus dem Bett und schlich hinüber zur Toilette. Dann schlüpfte er schnell in seine Klamotten.

Auf der Schwelle zur Küche blieb er stehen. Mama saß weinend auf einem Stuhl. Sie wandte sich ab, damit er ihre Tränen nicht sah. Papa starrte aus dem Fenster. Dann schlug er mit der Faust auf den Tisch und brüllte: »Diese verdammte Nutte! Wenn die mir nach Hause kommt, dann ...«

Wahrscheinlich hörte er in diesem Augenblick die Schritte des Jungen, denn er schnellte zu ihm herum, während seine Mutter aufstand und sich mit dem Ärmel die Tränen abwischte. Sie versuchte, ihn anzulächeln.

»Milla ist nicht nach Hause gekommen«, erklärte sie ihm. »Wir machen uns Sorgen ... Niemand weiß, wo sie steckt. Wir haben überall herumtelefoniert, aber keiner weiß etwas ...«

»Red keinen Unsinn! Sie treibt sich mit irgendeinem Kerl herum!«

Plötzlich hielt Papa inne. Mit einem derben Fluch drehte er sich wieder zum Fenster um und starrte hinaus in die Dunkelheit.

Der Junge musste wieder daran denken, wie seine Schwester in der Nacht nach der Abschlussfeier von der Polizei nach Hause gebracht worden war. Papa hatte ihr eine schallende Ohrfeige verpasst, und sowohl die Schwester als auch ihre beste Freundin hatten anschließend wochenlang Hausarrest gehabt.

»Abschlussfeier artet in Besäufnis aus«, hatte in der Zeitung gestanden. Nur mit Mühe hatte der Junge sich durch die Überschrift buchstabiert. Auf einem Foto waren ein paar Jugendliche auf der Rückbank eines amerikanischen Straßenkreuzers zu sehen – einige hingen aus den Seitenfenstern und winkten dem Fotografen zu. Darunter auch Milla – mit einer Bierdose in der Hand. Als Papa das Foto zu Gesicht bekam, verpasste er ihr eine weitere Ohrfeige.

Der Junge warf einen Blick auf die Küchenuhr. Viertel nach fünf. Irre früh. Oder viel zu spät.

Die Angst schnürte ihm die Kehle zu, aber es gelang ihm trotzdem irgendwie, sich an seinen Platz am Tisch zu setzen. Die Haferhappen, die ihm seine Mutter hingestellt hatte, brachte er nicht hinunter. Sie schwammen in Milch und weichten langsam auf.

Als Papa zur Toilette ging, bot sich die Gelegenheit. Mama sah ihm nach. »Ich hol nur schnell das Telefonbuch«, flüsterte sie und verschwand dann ebenfalls aus der Küche.

Da wusste der Junge, was zu tun war. Er glitt von seinem Stuhl, eilte zur Kühltruhe und nahm eine Tüte tiefgefrorener Zimtschnecken heraus. Drei Stück. Das sollte reichen. Im Kühlschrank stand noch eine Flasche Birnenlimonade. Eilig verstaute er alles in seiner Schultasche, die an einem Haken an der Tür zur Waschküche hing. Daneben hing auch das Etui mit dem neuen Fernrohr. Es war schrecklich teuer gewesen – zumindest hatte Mama das gesagt, als Papa vor ein paar Monaten damit nach Hause gekommen war. Schrecklich teuer? Papa hatte behauptet, damit Vögel beobachten zu wollen, aber meist hing das Ding ungenutzt neben der Hintertür. Doch für das Vorhaben des Jungen würde es sich bestens eignen.

Obwohl der Haken weit oben saß, gelang es ihm schließlich, den Lederriemen zu lösen. Dann verstaute er das unförmige, schwere Etui ebenfalls in seiner Tasche. Der Reißverschluss ließ sich nur mehr mit Mühe zuziehen.

Auf leisen Sohlen ging er durch die Waschküche zur Hintertür, zog seine warme Jacke vom Kleiderbügel und zog die Tür hinter sich leise zu, damit die Eltern ihn nicht hörten.

Draußen war es immer noch stockdunkel. Der Wind pfiff, und kurz dachte er darüber nach, zurückzugehen und sich eine Mütze zu holen, traute sich dann aber nicht. Vorsichtig schlich er in Richtung Stall. Die Dunkelheit machte ihm keine Angst. Er wusste genau, wo sein Fahrrad stand. Er hatte es im vergangenen Jahr zu seinem siebten Geburtstag geschenkt bekommen. Er liebte dieses Fahrrad, und es spielte keine Rolle, dass es nicht neu gewesen war. Das sah man kaum. Er tastete sich zu seinem Ziel vor, klemmte die Schultasche auf den Gepäckträger und schob das Rad ins Freie. Dann trat er in die Pedale und fuhr in Richtung Wald. Dass seine Eltern ihn in der Dunkelheit entdecken würden, war unwahrscheinlich. Außerdem hatte sein Fahrrad kein Licht, das ihn hätte verraten können.

Hinter der Ortsgrenze standen keine Straßenlaternen mehr, und auch auf der Landstraße war weit und breit nirgends Licht zu sehen. Er hielt kurz an, um seine Handschuhe aus der Jackentasche zu ziehen, und zum Glück steckte im Kragen seiner Jacke eine dünne Kapuze, die er sich über den Kopf ziehen konnte und die ihn halbwegs vor dem Wind schützte.

Er durfte seinen Fuß nur nicht in den großen Wald setzen und erst recht nicht auf den Forstwegen herumradeln. Seine Eltern hatten immer wieder behauptet, dass man sich dort leicht verirren konnte. Trotzdem konnte er sich noch gut an das große Schild erinnern, und wenn er erst einmal dort wäre, würde er den Weg schon wiederfinden. Schließlich ging er bereits in die zweite Klasse und konnte lesen.

Er vermutete, dass sich seine Schwester im Wald versteckt hielt, weil sie mal wieder getrunken hatte. Und zwar nicht in dem kleinen Birkenwäldchen hinter dem Hof, sondern im großen Wald. Bestimmt war sie besoffen und traute sich noch nicht wieder nach Hause. Als er seinen wutschnaubenden Vater vor sich sah, konnte er sie nur allzu gut verstehen. Trotzdem wollte er sie dazu überreden, wieder nach Hause zu kommen. Wegen Mama.

Insgeheim hoffte er auch, dass seine Eltern ihn loben und einen tapferen Jungen nennen würden. Denn in dem Wald war es stockfinster. Nur ein mutiger Junge traute sich, der Dunkelheit zu trotzen, um nach seiner verschwundenen Schwester zu suchen.

Dieser Gedanke gab ihm Auftrieb, und er trat umso fester in die Pedale. Auf diesem Weg war er im vergangenen Herbst vor Beginn des neuen Schuljahres mit seinem Vater unterwegs gewesen. Der Wagen schien eine Ewigkeit den gewundenen Weg entlanggekrochen zu sein, ihm war übel gewesen, aber er hatte es nicht gewagt, seinen Vater anzusprechen. Sie hatten am Fuß des steilen Bergs geparkt und waren dann bis zum Gipfel marschiert. Oben stand ein Aussichtsturm. »Das ist der Lohn für unsere Mühen«, hatte Papa gesagt und in die Tiefe gezeigt.

Erst hatte die Höhe ihm Angst gemacht, aber nach einer Weile war ihm allmählich wieder wohler geworden. Wie weit er hatte sehen können!

Dann hatte sein Vater das neue Fernrohr aus der Tasche geangelt und ihm gezeigt, wie man die Schärfe einstellte. Mithilfe dieses Fernrohrs wollte er jetzt die Landschaft absuchen, um herauszufinden, wo sich seine Schwester versteckte. Vielleicht hatte sie sich ja verlaufen und irrte nur mehr durch die Gegend. Dank ihrer rosafarbenen Jacke würde sie meilenweit zu sehen sein.

Noch nie war er alleine so weit mit dem Fahrrad gefahren. Er hatte das Gefühl, allmählich die Orientierung zu verlieren, und war drauf und dran, in Tränen auszubrechen, als er plötzlich Motorengeräusche hörte. Ein Wagen schob sich neben ihn und hielt dann zu seinem Entsetzen an.

»Hallo, was machst du denn so früh hier draußen?«, fragte ihn eine vertraute Stimme. Es war der Nachbar mit seinem Lieferwagen.

Ohne nachzudenken, antwortete er: »Vögel beobachten.«

»Ach? Haben diese Irren auch eine Jugendgruppe?« Der Nachbar lachte. Es war kein freundliches Lachen. »Und wo trefft ihr euch?«

»Am … Aussichtsturm.«

»Am Aussichtsturm? Das ist aber weit. Das schaffst du nie mit deinem Fahrrad. Soll ich dich mitnehmen? Ich bin ohnehin in dieser Richtung unterwegs. Wir bauen eine neue Schlachthütte, erinnerst du dich?«

Der Junge nickte. Sein Vater half dort hin und wieder aus.

Der Nachbar warf das Fahrrad hinten auf die Ladefläche und ließ den Jungen auf dem Beifahrersitz Platz nehmen. Nach einer Weile erreichten sie das Schild, auf dem in Großbuchstaben auf den »AUSSICHTSTURM« verwiesen wurde. An dieses Schild hatte er sich erinnert. Hier ging der Fußweg hoch, der hinauf zum Gipfel führte.

Sixten Svensson hielt den Wagen an. »Du hast ja eine Uhr. In zwei Stunden hole ich dich wieder ab«, sagte er.

Der Junge bedankte sich und sprang hinaus. Der Nachbar half ihm, das Fahrrad und seine Tasche von der Ladefläche zu hieven. Dann verschwand er mit quietschenden Reifen den Weg entlang.

Der Junge lehnte sein Fahrrad an das Schild und legte sich die Tasche über die Schulter. Auf dem Weg zum Aussichtsturm stolperte er immer wieder über Steine und Wurzeln. Wie dumm, dass er seine Taschenlampe vergessen hatte! Die Tasche wurde immer schwerer und schwerer, und allmählich sammelte sich Schweiß auf seinem Rücken. Wenn er von seinem Proviant äße, *müsste er weniger schleppen – aber er schob den Gedanken beiseite. Die Zimtschnecken wollte er sich zur Belohnung aufheben, wenn er sein Ziel erreicht hätte.*

Auf dem Gipfel ruhte er sich am Fuß des Turmes erst mal aus. Die schwache Dämmerung gewährte ihm eine immer bessere Sicht. Bald würde die Sonne aufgehen. Zufrieden nahm er die Limoflasche und die Zimtschnecken aus der Tasche. Er hatte tatsächlich ganz allein der Dunkelheit getrotzt, nur um seine Schwester zu retten. Er war ein richtiger Abenteurer, ein Held!

Die erste Zimtschnecke spülte er mit ein paar Schlucken Limo herunter. Lecker. So ein Frühstück statt der aufgeweichten Haferhappen oder anstelle von Käse- und Wurstbroten hätte ihm jeden Morgen zugesagt. Die Zimtschnecke war immer noch nicht ganz aufgetaut, aber das machte ihm nichts aus. Nachdem er schon einmal dabei war, aß er auch gleich noch eine zweite. Jetzt war auch die Limo halb leer. Den Rest wollte er sich für die letzte Zimtschnecke aufheben. Er konnte schließlich nicht wissen, wie lange er im Wald bleiben und Ausschau halten würde.

Gestärkt kletterte er auf den Aussichtsturm, der beinahe aussah wie ein ganz normaler, ein bisschen groß geratener Hochstand. Der Heimatverein hatte ihn einige Jahre zuvor errichten lassen. Sein Vater hatte beim Bau geholfen.

Genau wie beim letzten Mal überkam ihn erst ein leichter Schwindel, als er von der Plattform hinunterblickte. Er klammerte sich fest an das Geländer. Ein paar Minuten später hatten die schöne Aussicht und der Sonnenaufgang seine Angst vertrieben. Zeit, das Fernrohr hervorzuholen. Es lag schwer in der Hand, und die Einstellung der richtigen Schärfe bereitete ihm mehr Mühe als erwartet. Das Okular saß obenauf, und als sein Vater ihn hatte hineinschauen lassen, hatte er alles wunderbar erkennen können.

Da entdeckte er eine Schraube, drehte daran und sah zusehends schärfer. Auf der Suche nach der rosafarbenen Jacke seiner Schwester schwenkte er das Fernrohr in alle Richtungen. War er zu schnell, verschwamm alles, und ihm wurde ein bisschen schwindlig. Bewegte er es langsamer, konnte er alles gut erkennen.

Dort drüben lag die Schlachthütte. Sein Vater hatte ihm im vergangenen Jahr die Baugrube gezeigt. Hier würden die erlegten Elche zerteilt werden. Papa hatte sein Jagdrevier verpachtet. Wenn Sixten, der Pächter, Braten vorbeibrachte, lud Papa ihn immer auf Bier und Schnaps ein. Letztes Mal hatte seine Mutter zwar geschwiegen, aber es war ihr anzusehen gewesen, dass ihr das Ganze nicht sonderlich behagt hatte.

Er versuchte, die Schlachthütte näher zu zoomen. Schlachthütte klang unheimlich. Er hoffte inständig, dass Milla sich nicht dort versteckte, denn sonst müsste er den weiten Weg dorthin radeln, um sie wieder nach Hause zu holen. Dazu fehlte ihm gerade die Kraft. Obwohl es natürlich spannend wäre. Irgendwann würde er sich diese Hütte noch mal näher ansehen, aber nicht heute.

Er machte Sixtens Lieferwagen vor der Hütte aus. Ein Mann trug Kartons und Bretter hinein. Der Abstand war zu groß, um zu erkennen, um wen es sich dabei handelte, aber es konnte eigentlich nur Sixten sein. Der Junge betrachtete ihn eine Weile. Er sah, wie der Nachbar die Tür hinter sich abschloss und wieder in sein Fahrzeug stieg. Der Junge sah auf die Uhr. Bis Sixten ihn unten am Schild abholen würde, hatte er noch eine Stunde Zeit. Er blickte wieder in das Okular und stellte erstaunt fest, dass der Lieferwagen tiefer in den Wald hineinfuhr. Vermutlich gab es dort noch einen anderen Weg. Dann kam ihm der Gedanke, dass der Nachbar ihn womöglich hier vergessen könnte. Aber zur Not hatte er ja immer noch sein Fahrrad und konnte nach Hause radeln, auch wenn es ein weiter Weg war.

Plötzlich nahm er neben der Hütte eine Bewegung wahr. Ein Auto. Er meinte sogar, es zu kennen – ein BMW, sicher ein E23 der 7er Serie, der ihm schon einige Male im Ort aufgefallen war. Einmal hatte er sich sogar angeschlichen und sich die Marke und das Kennzeichen hinten in seinem Mathebuch notiert. Autos interessierten ihn. So einen BMW würde er sich zulegen, sobald er einen Führerschein hätte. Im ganzen nördlichen Dalsland gab es nur eines dieser ungewöhnlichen Fahrzeuge.

Das Bild im Fernglas war ein wenig unscharf, aber er sah nichtsdestotrotz, wie jemand aus dem Auto stieg. An dem Autoschlüssel, den die Person in der Hand hielt, baumelte ein großer, funkelnder Schlüsselanhänger. Garantiert das BMW-Logo. Sein Großvater und er waren einmal bei einem BMW-Händler in Göteborg gewesen, weil sich der Großvater ebenfalls für Autos interessierte. Er hatte gefragt, ob er so einen Schlüsselring haben könnte, aber der Verkäufer hatte nur gelacht und erwidert, dass er dafür das dazugehörige Auto kaufen müsste.

Er versuchte, den Anhänger näher zu zoomen, aber der Abstand war einfach zu groß, und dann rutschte das Rohr, das er auf dem Geländer abgestützt hatte, auch noch ab und krachte gegen sein Knie. Das tat zwar weh, aber zum Glück war es nicht auf den Boden gefallen. Von Neuem positionierte er das Fernrohr auf dem Geländer.

Erst sah er nur ein Durcheinander aus Farben und drehte verzweifelt an der Schraube. Da! Eine Hand am Kofferraum. Am Handgelenk blitzte eine goldene Uhr in den ersten Strahlen der Morgensonne. Dann öffnete die Hand den Kofferraumdeckel.

Der Junge bewegte das Fernrohr ein Stück zur Seite und sah den Rücken eines weiteren Mannes. Er trug ein T-Shirt mit einem Totenkopf. Der Text ließ sich nicht entziffern, aber der grinsende Schädel war deutlich zu erkennen. Der Mann im T-Shirt hob die

Arme und band sich ein breites schwarzes Stirnband um. Wie ein Indianer – nur mit der falschen Haarfarbe. Indianer waren nicht blond. Es gab nur einen Typen mit so langem Haar hier in der Gegend, aber der wohnte nicht im Dorf, er kam nur manchmal zu Besuch und fuhr dann mit seinem schweren Motorrad herum. Er war der Freund des Autobesitzers. Der Junge auf dem Aussichtsturm kannte ihn vom Sehen, wusste aber nicht, wie er und der BMW-Fahrer hießen. Der Blonde, der Mann mit der goldenen Uhr und der BMW-Fahrer. Drei Leute. Mehr schienen es nicht zu sein.

Er richtete sein Fernrohr auf den Kofferraum. Dort stand jetzt auch der Typ, der am Lenkrad gesessen hatte. Er steckte den Schlüssel in die Tasche seiner schwarzen Lederjacke. Die Männer waren ständig in Bewegung, sodass der Junge ihre Gesichter nicht klar erkennen konnte. Jetzt hoben der Fahrer und der Mann mit der goldenen Uhr irgendwas aus dem Kofferraum. Es sah aus wie ein großer Sack. Gemeinsam trugen sie ihn in die Hütte. Der blonde Indianer nahm einen großen Spaten und einen Werkzeugkasten aus dem Auto, folgte den anderen hinein und schloss die Tür hinter sich. Kurz darauf trat er wieder ins Freie, ließ den Motor an und fuhr das Auto hinter die Hütte, wo es vom Weg aus nicht zu sehen war. Dann ging er wieder zurück in die Hütte.

Der Junge wartete eine halbe Ewigkeit. Allmählich wurde ihm langweilig, und er suchte die Umgebung mehrmals gründlich nach der rosafarbenen Jacke seiner Schwester ab, konnte sie aber nirgends entdecken.

Und an der Schlachthütte tat sich nun auch nichts mehr. Er trank den letzten Schluck lauwarmer Limonade und verputzte die dritte Zimtschnecke. Als er einen Blick auf seine Armbanduhr warf, stellte er erschrocken fest, dass der Nachbar ihn in zwanzig Minuten abholen würde. Er musste sofort zu seinem Fahrrad und dem Schild zurückkehren.

Dass er seine Schwester nicht gefunden hatte, war zwar enttäuschend, aber immerhin hatte er es versucht. Mama und Papa würden stolz auf ihn sein.

Der Nachbar verspätete sich um fast eine halbe Stunde. Er roch nach Schnaps. Er half dem Jungen, seine Sachen hinten auf der Ladefläche zu verstauen. Bei der Abzweigung zum Hof setzte er ihn ab. Die letzten hundert Meter durfte der Junge wieder radeln.

»Verdammter Rotzbengel! Wo hast du dich rumgetrieben? Noch dazu mit meinem teuren Fernrohr!«, brüllte Papa, als der Junge über die Schwelle trat. Mit wenigen langen Sätzen war er bei ihm und gab ihm eine Ohrfeige, die den Jungen gegen den Türrahmen warf.

Erst spürte er keinen Schmerz. Da war lediglich ein Pfeifen in seinem Kopf. Erst schwach, dann immer stärker. Es übertönte den Schmerz. Die Feuerkugel, die sich in seiner Brust zusammenballte, arbeitete sich langsam aufwärts bis hinauf in seinen Kopf. Hinter seinen Augen blieb sie stehen. Er sah nur mehr das intensive Licht. Es brannte in seinen Augen, und er rieb sie fieberhaft, um den Schmerz zu vertreiben.

Dann spürte er etwas Warmes an seinem Bein hinabrinnen.

Die Limonade, dachte er noch – dann explodierte der Feuerball.

Die folgenden Tage verschwommen zu einem einzigen Chaos. Seine Schwester kam nicht wieder heim. Aus Tagen wurden Wochen, dann Monate. Der Junge und seine Mutter verließen den Hof. Für immer.

Fast dreißig Jahre vergingen, ehe er sich wieder daran erinnerte, was er als kleiner Junge durch ein Fernrohr hindurch beobachtet hatte.

Dank

Für die Hilfe bei diesem Buch möchte ich vielen danken, allen voran meiner Verlegerin *Kerstin Aronsson.*

Obwohl ich fünfundzwanzig Jahre lang in Värmland gewohnt habe, waren meine Kenntnisse der Jagd gelinde gesagt rudimentär, ehe ich mit der Recherche begann. Zum Glück kenne ich ein paar Jäger, nicht zuletzt meine Schwester *Pia* und meinen Schwager *Stefan*. Sie hat das Manuskript gegengelesen, und er hat geduldig all meine Fragen beantwortet. Ich danke euch sehr!

Alle fachlichen Fehler gehen ganz allein auf mein Konto. Wie immer habe ich mich überdies in Sachen Geografie von meiner Fantasie leiten lassen.

Gemeinsam mit den Produzenten von Illusion Film, *Johan Fälemark* und *Hillevi Råberg* begann ich bereits 2006, die Figur der Åsa Embla Nyström für ein Drehbuch zu entwickeln. Im vergangenen Jahr war auch der Drehbuchautor und Schriftsteller *Stefan Ahrnhem* an unseren Diskussionen beteiligt und trug zahlreiche wertvolle Ideen bei. Meinen allerherzlichsten Dank dafür!

Aber auch in Buchform hat sich Embla schon beweisen dürfen – und zwar in »Das Brandhaus«. Damals arbeitete sie mit Irene Huss und deren Kollegen vom Dezernat für Gewaltverbrechen zusammen und machte sich in jenem Team ganz ordentlich. Jetzt aber ist es an der Zeit, dass sie auf eigenen Beinen steht. Ich bedanke mich bei allen, die dies möglich gemacht haben.

Helene Tursten